Der Aufstieg des Heiligen

SÜNDEN DES HEILIGEN
BUCH EINS

BELLA J

ÜBERSETZT VON
FRAUKE M.A. BESTEMAN

SVM
PUBLISHING

Bella J.

Der Aufstieg des Heiligen
Sünden des Heiligen #1

Umschlaggestaltung: Artscandare Book Cover Design
Illustration: Manuela Soriani
Übersetzung: Frauke M.A. Besteman

Bücher von Bella J.

Die Bösewicht Dilogie

Die Gefangene des Bösewichts

Die Geliebte des Bösewichts

Sünden des Heiligen

Der Aufstieg des Heiligen

Sündenfall

Die Sünden des Heiligen

KAPITEL 1

Saint

In der Sekunde, in der sich die Fahrstuhltür öffnete und ich in ihre auffallend grünen Augen blickte, wusste ich, dass diese Nacht mit Blutvergießen enden würde. Seinem Blut – des Mannes, der neben ihr stand und ihre Hand hielt, als gehörte sie ihm. Aber das tat sie nicht. Ich wusste das. Er wusste es. Leider wusste sie es nicht.

Ich beobachtete, wie sie ins Foyer trat, ihre dunklen Locken waren vom Regen nass. Wäre mir ihr Kontostand nicht bereits bekannt gewesen, hätte ich ihn allein anhand ihrer Kleidung erraten können. Die enge Jeans, die sie trug, war an den Knien zerrissen und ihre weißen Turnschuhe waren schmutzig und durchnässt. Bei jedem Schritt, den sie tat, hielt ich meinen Blick auf sie gerichtet. Beobachtete sie. Untersuchte jedes Merkmal, jede ihrer Bewegungen. Die Art und Weise, wie sie sich in der Penthouse-Suite umsah, mit großen, neugierigen Augen. Ihre Lippen teilten sich, als sie den Luxus und die Eleganz dessen, was ich mir mit meinem Reichtum leisten konnte, in sich aufnahm, es war der Beweis dafür, dass sie nicht aus einer Welt stammte, in der Geld und Macht Allianzen bestimmten, Respekt einforderten und jeden Bauern beherrschten.

Meiner Welt.

Ihre Unschuld umhüllte sie wie ein Schleier der Tugend, doch ihre gestrafften Schultern zeugten von einem inneren Selbstbewusstsein, das das schwarze Lakers-Shirt nicht widerspiegelte. Ihre Garderobe verriet ihre Jugend und ihre Neugierde bewies, wie naiv sie war.

Der Mann neben ihr entdeckte mich sofort und eilte in meine Richtung, war viel zu eifrig, mir die Hand reichen zu wollen. »Mr. Saint. Schön, Sie endlich kennenzulernen.«

Ich wies seinen Versuch, mir die Hand zu geben, mit einem einfachen Nicken ab, woraufhin er zurücktrat und seine Finger an der Seite seiner Jeans abwischte, bevor er sie in seine obere Jackentasche steckte. »Mein Name ist Brad. Mr. Reed hat mich geschickt, um das Paket abzuliefern.«

»Ich weiß, wer du bist. Und ich weiß genau, warum du hier bist.« Ich gab James, meiner rechten Hand, ein Zeichen, mein Glas mit Bourbon aufzufüllen, bevor ich mich wieder Brad zuwandte. »Du hast sichergestellt, dass dir niemand hierher gefolgt ist?«

Er nickte. »Dafür habe ich gesorgt.«

Mein Blick wanderte zurück zu der Frau mit den rabenschwarzen Haaren neben ihm. Es gab nichts Außergewöhnliches an ihren Gesichtszügen. Nichts, was sie von der Masse abhob – außer den waldgrünen Augen, die im schummrigen Licht lebendig wurden.

»Stell mich deiner Freundin vor, Mr. Walters.«

Brad räusperte sich und legte seine Hand an ihren Ellenbogen. »Das ist Mila.«

Ich zog eine Braue hoch, als sie einen Schritt nach vorne machte und mir die Hand reichte. Ihr Lächeln war höflich und warm. »Schön, Sie kennenzulernen, Mr. Saint.«

Dieses Mal beschloss ich, nett zu sein, indem ich ihre Geste erwiderte. Es war unsere erste Berührung und ich lächelte, weil ich verdammt noch mal wusste, dass es bestimmt nicht die letzte sein würde.

»Mila. Ist das die Abkürzung für einen anderen Namen?«

Ich ließ ihre Hand los und lehnte mich zurück. »Milana vielleicht?«

»Ähm, nein. Es ist nur Mila.« Ihre Wangen erröteten in einem leichten Rosa und ich fragte mich, wie ihre Haut wohl in einem tieferen Rotton aussehen würde, den meine Finger hinterlassen hätten.

Ich griff nach meinem Bourbon und richtete mich in meinem Sessel auf. »Niemand weiß, dass du hier bist?« Meine Frage richtete sich an Brad, der sie sofort beantwortete.

»Nein, Mr. Saint.«

»Ich gehe davon aus, dass du dich aufgrund der Art der Ware, die du ablieferst, diskret verhalten wirst?«

»Natürlich.«

Aus dem Augenwinkel bemerkte ich, dass Mila die Stirn runzelte. Es war leicht zu erkennen, wie sich ihr Unbehagen langsam einstellte. Ein halbes Lächeln zerrte an meinen Mundwinkeln, als sie anfing, sich zu winden, weil unsere kleine Unterhaltung ihr unangenehm wurde.

Ich wandte meine Aufmerksamkeit wieder der schmutzigblonden Platzverschwendung zu. »Und jetzt, nehme ich an, erwartest du wohl eine Bezahlung für deine Lieferung.«

Brad grinste. »Wir wissen jeden Beitrag zu schätzen, Mr. Saint.«

Ich tippte mit dem Finger auf die Armlehne des Sessels und wusste, dass er bereits an all das Kokain und die Huren dachte, die er durch unser kleines Geschäft würde kaufen können. Er war nichts weiter als eine erbärmliche Ausrede für einen Mann, der keine anderen Ambitionen hatte, als high zu werden und sich durchs Leben zu vögeln. Aber die Regeln waren ihm auf eine Weise erklärt worden, die sogar er verstehen konnte. *Rühr nicht an, was mir gehört.* Und zu seinem Glück hatte er das nicht getan.

Ich nickte, platzierte mein Glas auf dem Beistelltisch und stand auf, richtete meinen *Armani*-Anzug und griff in meine

Tasche, um ihn zu bezahlen. »Es ist mir ein Vergnügen, mit dir Geschäfte zu machen, Brad.«

Mila

Fünfzehn Minuten früher

»Wow.« Ich legte den Kopf in den Nacken und schaute zur Decke eines der teuersten Luxushotels in New York hinauf. »Ich wünschte, du hättest mir gesagt, dass wir hierherkommen würden.«

»Warum? Hättest du dir sonst mehr Mühe mit deiner Garderobe gegeben?«

»Lustig, aber nein.« Ich lächelte spöttisch und zückte mein Handy, um ein paar Fotos zu machen. »Ich hätte eine bessere Kamera mitgebracht.«

»O mein Gott.« Brad riss mir das Telefon aus der Hand. »Kannst du wenigstens so tun, als wärst du von hier?«

»Ich bin von hier.« Ich grinste. »Ich bin hier nur nicht von *hier*.«

Brad rollte mit den Augen. »Du bist ein Trottel, weißt du das?«

»Diese Decke allein ist wahrscheinlich mehr als das Tausendfache meines derzeitigen Kontostands wert.«

»Versuch es mit eine Million Mal mehr.« Brad zwinkerte und drückte den Aufzugknopf.

Ich schaute mich ehrfürchtig um. »Weißt du, durch das Fenster zu starren, wird diesem Ort wirklich nicht gerecht.« Ich drehte mich um, als sich die Fahrstuhltür öffnete und trat hinter Brad ein. »Was machen wir hier noch mal?«

Er fuhr sich mit einer Hand durch sein blondes Haar, das dringend geschnitten werden musste. »Es ist nur ein kurzer

Stopp, um ein Paket für einen reichen italienischen Wichser abzugeben.«

Ich nahm ihm mein Handy ab und steckte es in meine Jeanstasche. »Was für ein Paket?«

Er zuckte mit den Schultern und schaute auf seine Armbanduhr. »Ich weiß es nicht. Ich tue einem Freund nur einen Gefallen. Ich habe keine Fragen gestellt.«

»Wo ist es?«

Brad sah mich stirnrunzelnd an. »Wo ist was?«

»Das Paket? Ich sehe keins in deinen Händen.«

»Oh.« Er klopfte gegen seine Jackentasche. »Es ist ein kleines Paket.«

Die Zahlen auf dem Seitenpanel leuchteten auf, während wir jedes Stockwerk passierten. Ich lehnte mich gegen die Rückwand. »Lass mich raten. Dieser reiche Kerl hat das Penthouse.«

»Jap.« Brad verlagerte sein Gewicht von einem Bein auf das andere und ich bemerkte, dass er ein neues Paar Designerjeans trug. »Ist die neu?«

»Hmm?«

»Die Jeans.«

»Oh, ja. Ich habe sie letzte Woche bekommen.«

Ich verschränkte die Arme. »Seit wann kannst du dir Designerjeans leisten?«

»Seit ich Pakete an reiche Bastarde ausliefere.« Sarkasmus tropfte aus seinen Worten und ich sah ihn finster an. Ich kannte Brad schon seit ein paar Monaten und wir hatten eine tolle Freundschaft am Laufen. Wir hatten uns über einen gemeinsamen Freund kennengelernt und er war einfach an mir hängen geblieben, ich hatte ihn gern um mich. Egal, wohin wir gingen, wir hatten immer eine gute Zeit zusammen.

Ich seufzte und starrte wieder auf die Zahlen. Wir hatten noch sechs Stockwerke vor uns, bevor wir endlich oben ankommen würden. Ich blickte auf mein verzerrtes Spiegelbild in der glänzenden Wand und kämmte mit meinen Fingern durch meine unordentlichen Locken. Aber bei diesem Wetter war es hoffnungslos. Das hitzige Durcheinander, das aus meiner Kopfhaut wuchs, war nicht zu bändigen.

Endlich hielt der Aufzug an und die Türen öffneten sich. Selbst wenn ich gewollt hätte, wäre ich nicht in der Lage gewesen, den Mund zu schließen, als ich in das Foyer starrte. Das Licht eines eleganten Kristallkronleuchters, der von der Decke hing, erfasste all die subtilen Beige- und Goldtöne, wobei die Beleuchtung weder zu grell noch zu dumpf war. Der dunkle Marmorfußboden stand in starkem Kontrast zu den elfenbeinfarbenen Wänden und sorgte für ein Gefühl der Ausgewogenheit, bei dem man sich gleich wie zu Hause fühlte.

»Hör auf, zu glotzen«, murmelte Brad neben mir.

»Es tut mir leid. Ich kann dich bei dem lauten Geschrei des Reichtums, von dem ich umgeben bin, nicht hören.« Ich drehte mich um, als wir weiter hineingingen. Jeder Zentimeter der Suite war mit schweren Ledermöbeln, schönen Landschaftsgemälden und Blumensträußen dekoriert und eingerichtet worden. Der frische Duft von Lilien stieg mir in die Nase, der Geruch passte gut zu der makellosen Umgebung.

»Mr. Saint. Es ist schön, Sie endlich kennenzulernen.«

Ich riss meinen Kopf zur Seite. »Wer ist Mr. Saint?«, murmelte ich vor mich hin und folgte Brad schnell in den Aufenthaltsbereich. Der Duft von teurem Leder und Politur hing in der Luft, die ich einatmete.

»Mein Name ist Brad. Mr. Reed hat mich geschickt, um ...«

»Ich weiß, wer du bist. Und ich weiß genau, warum du hier bist.«

Die tiefe, kräftige Stimme mit dem starken italienischen Akzent ließ mir alle Haare zu Berge stehen und ich erstarrte, als ich einen Mann erblickte, der in einem der Ledersessel saß. Er hatte seinen Knöchel auf dem anderen Knie liegen, das Jackett seines marineblauen Anzugs war aufgeknöpft, sodass ein frisches weißes Hemd zum Vorschein kam, und dieser Mann sah ebenso mächtig wie reich aus. Seine olivfarbene

Haut war makellos und seine blassblauen Augen leuchteten im gedämpften Licht des Raums. Dunkles Haar und ein markanter Kiefer, der von einem Fünftagebart überzogen war, ließen ihn wie jemanden aussehen, der von Geheimnissen und Dunkelheit umgeben war. Die Art von Dunkelheit, die eine Frau wie mich verschlingen würde, ohne satt zu werden. Allein seine Anwesenheit schüchterte mich schon ein.

Als ich neben Brad eintrat, stellte er mich dem geheimnisvollen Mr. Saint vor, der in dem Sessel saß, als wäre er sein Thron, als würde ihm alles auf dieser verdammten Welt gehören – mich eingeschlossen. Ob es nun ein kühner Schachzug war oder ein völliger Mangel an Urteilsvermögen, ich streckte meine Hand aus. Es verging eine Sekunde, in der er mich lediglich ohne Belustigung anstarrte, als ob ich ihn beleidigt hätte, weil ich seine Hand schütteln wollte. Ich war mir sicher, dass er mir die gleiche Verachtung entgegenbringen würde, die er Brad gezeigt hatte, als er sich geweigert hatte, seine zu schütteln, aber zu meiner Überraschung beugte er sich vor und nahm meine Hand in seine. In der Sekunde, in der seine Handfläche auf meine traf, presste ich meine Lippen zusammen, weil ich Angst hatte, laut aufzukeuchen, denn seine Berührung war genauso kalt wie sein Blick. Sie war wie Eis auf meiner Haut, ein vollkommener Gegensatz zu dem warmen Licht und der Atmosphäre, die durch die Reichtümer um uns herum geschaffen worden war.

Er lehnte sich zurück und ein amüsiertes Grinsen zerrte an seinen Mundwinkeln, ein verführerischer Amorbogen, der von einer kräftigen Unterlippe vervollständigt wurde. Dieser Mann hatte einen perfekten Mund wie aus dem Lehrbuch, Lippen, die dazu geschaffen waren, zu reizen und zu verführen. Aber da war etwas in der Art, wie er mich ansah, wie er mich anstarrte, als würde er mich kennen. Das war, gelinde gesagt, beunruhigend. Ich war so von dem Mann fasziniert, der vor mir saß, dass ich dem folgenden Gespräch kaum noch Aufmerksamkeit schenkte ... bis Brad meinen Namen erwähnte, als wäre er wichtig. Als wäre er zum Thema ihrer Unterhaltung geworden. Ein Kribbeln der Warnung lief mir langsam über den Rücken und erst dann bemerkte ich, wie seltsam sich Brad in der Nähe von Mr. Saint verhielt. Als würde er versuchen, sich von seiner besten Seite zu zeigen – respektvoll sogar. Und ich kannte Brad. Er neigte dazu, jede Art von Respekt zu verweigern, wenn man diesen von ihm verlangte, aber hier benahm er sich, als wäre er in der Gegenwart des verdammten Präsidenten.

Ich lehnte mich näher heran und gab mir Mühe, so unauffällig wie möglich zu sein. »Brad, was ist hier los?«

»Mila«, fauchte er und ein plötzliches Frösteln erfüllte meinen Bauch. Irgendetwas stimmte nicht. Ich konnte das warnende Klopfen in meinem Hinterkopf spüren. Während ich von einem Fuß auf den anderen trat, versuchte ich, zu ignorieren, dass sich mein Magen mit jeder Sekunde schwerer anfühlte.

Mr. Saint hob sein Kinn und seine Augen zeigten nichts als Verärgerung. »Ich nehme an, du erwartest wohl eine Bezahlung für deine Lieferung.«

Brad nickte. »Wir wissen jeden Beitrag zu schätzen, Mr. Saint.«

Mit einem Nicken platzierte er sein Glas auf dem Beistelltisch und ich blieb wie erstarrt stehen, während er sich aus seinem Sessel erhob. Mein Herz klopfte und ich schluckte schwer, als ich meinen Blick auf ihn richtete. Der marineblaue Anzug, den er trug, schmiegte sich an ihn wie eine zweite Haut und seine breiten Schultern verstärkten sein ohnehin schon einschüchterndes Auftreten.

Adrenalin schoss durch meine Adern und meine Instinkte waren sich der Bedrohung, die seine große Gestalt ausstrahlte, überbewusst.

Er griff in seine Jackentasche und ein boshaftes Grinsen umspielte seine Lippen. »Es ist mir ein Vergnügen, mit dir Geschäfte zu machen, Brad.«

KAPITEL 2

Mila

Ich erhaschte einen flüchtigen Blick auf Silber, gefolgt von einem ohrenbetäubenden Knall, der mein Trommelfell durchfuhr. Da war ein Luftzug, während ich keuchte, und meine Augen schlossen sich wie von selbst. Im Bruchteil einer Sekunde fiel ich zu Boden und der Instinkt übernahm die Kontrolle über jeden Muskel in meinem Körper, als ich meinen Kopf mit den Armen bedeckte.

Das Klingeln in meinen Ohren war lähmend und verdrängte jedes Geräusch, während die Welt um mich herum in eine unheimliche Stille gehüllt war.

Ich wusste, dass ich meine Augen nicht öffnen sollte. Irgendetwas sagte mir, dass ich sie so lang wie möglich geschlossen halten sollte, während ich meine Stirn in den Plüschteppich drückte. Sobald ich sie öffnete, würde mein schlimmster Albtraum klar vor mir liegen und es kein Zurück mehr geben. Es gab einen Grund, warum jeder wusste, dass Neugierde immer die Katze tötete, aber das Unbekannte hatte ein Talent dafür, mit seinen Krallen an jedem Knochen in deinem Körper zu kratzen, und es zwang mich, meine Lider zu heben. Ich bereute diese Aktion sofort, als ich nur noch Rot sah, purpurfarbene Schlieren, die von den Fasern des Teppichs aufgesaugt wurden. Blut. Brads Blut.

»Gott.« Meine Stimme war nichts weiter als ein Hauch in der Luft. Ich zitterte unkontrolliert und Tränen brannten Furchen in meine Wangen. »Brad?«

Zwei Hände packten mich an den Schultern und rissen mich aus diesem Albtraum, als sie mich vom Boden zogen.

»Bitte.« Meine Lippen bebten und die Angst machte es mir unmöglich, meine Beine gerade zu halten, während ich spürte, wie sich eine harte Faust um das Haar meines Hinterkopfes schloss. Instinktiv begann ich, trotz der Panik und Tränen, zu flehen. »Bitte tun Sie mir nicht weh. Ich wusste nicht ...«

»Du hättest nicht in diesen Aufzug steigen sollen, Mila.« Eiskalte Finger packten meinen Kiefer und zwangen mich, aufzublicken.

»Ich wusste nicht ... Ich weiß nicht ...« Meine zitternden Lippen machten es mir fast unmöglich, zu sprechen, und ich schluckte schwer. »Er sollte nur ein Paket abliefern. Ich wusste nicht, dass ...«

»Natürlich wusstest du das nicht.« Er lehnte seinen Kopf zur Seite und musterte mich aufmerksam, wobei sich seine Mundwinkel leicht verzogen. »Wie hättest du es wissen können, wenn sich so viele Menschen solch große Mühe gegeben haben, es vor dir zu verbergen? Oder besser gesagt, um dich vor mir zu verstecken.«

Ich verstummte, meine Augen verengten sich, als jeder Gedanke erstarrte. »Ich weiß nicht, wovon Sie reden. Ich bin nur mit einem Freund hergekommen ...«

»Um ein Paket auszuliefern?«

»Ja.« Meine Unterlippe hörte nicht auf, zu zittern, als ich ihn direkt ansah. Ich zwang mich, nicht wegzublicken, aus Angst, ich könnte auf den toten Körper meines Freundes und dessen Blut hinunterschauen, das den teuren Luxusteppich befleckte.

Er drehte seine Finger und verstärkte seinen Griff an meinem Hinterkopf. Ein Schauer durchfuhr meinen ohnehin schon bebenden Körper, als ich spürte, wie sein Daumen meine Tränen wegwischte. »Liebe unschuldige Mila.« Seine Stimme wurde leiser und jede einzelne Silbe klang amüsiert. »Du bist das Paket.«

Seine Worte explodierten in Bruchstücke, die mein Verstand unmöglich zusammensetzen konnte. Ich war zu verängstigt, zu betäubt, um es überhaupt zu versuchen. Die hellblaue Farbe seiner Augen war ein trügerischer Widerspruch zu der Dunkelheit, die er ausstrahlte. Während sich seine Finger in meine Wangen gruben und seine Hand mein Haar so festhielt, dass meine Kopfhaut zu brennen begann, schrie jeder Instinkt in mir, dass ich versuchen sollte, wegzulaufen. Aber meine Beine waren zu schwach, die eisigen Tentakel des Schreckens hatten sich fest um sie geschlungen.

»Wovon reden Sie?«

»Schhh.« Er zog einen Finger hinunter, vorbei an meinen Lippen. »Stell keine Fragen, auf die du nicht bereit bist, eine Antwort zu erhalten.«

»Das verstehe ich nicht.«

»Das erwarte ich auch nicht von dir. Was ich von dir erwarte, ist, dass du dich nicht gegen mich wehrst und genau das machst, was man dir sagt.«

»Warum sollte ich das tun?«

Er fuhr mit einem Finger sanft an der Seite meines Gesichts hinab und meine Unterlippe bebte. »Weil es von dir erwartet wird.« Ein Grinsen umspielte seinen Mund. »Ich kann schon hören, wie deine Gedanken vor lauter Fragen nur so herumwirbeln. Bald schon werden sie alle beantwortet sein.« Er ließ mein Haar los und brachte etwas Abstand zwischen uns. »Aber zuerst müssen wir gehen.«

Ich trat zurück, um weiter von ihm wegzukommen, und schüttelte den Kopf. »Ich gehe nirgendwo mit Ihnen hin.«

Mit einem Grinsen blickte er von mir zu Brads totem Körper und dann wieder zu mir – eine stumme Warnung, die meinen letzten Mut schwinden ließ. »Das wirst du, Mila. Du wirst.«

Er nickte einem Mann zu, der ein paar Meter entfernt stand. Ich merkte nicht einmal, dass er näher kam, bis ich spürte, wie sich seine Finger um meinen Ellenbogen legten. Ich versuchte, mich loszureißen, ohne meinen Blick von dem Mann abzuwenden, der gerade meinen Freund umgebracht hatte. »Wenn Sie mich töten wollen, dann tun Sie es jetzt und bringen es hinter sich.«

Mein Gegenüber grinste und seine wie gemalten Lippen verwandelten sich in den Mund des Teufels. »Oh, süße kleine Mila. Sehe ich wie ein barmherziger Mann aus?«

»Barmherzig?« Ich runzelte angewidert die Stirn.

Er streckte seine Hand aus, um mit deren Rückseite meine Wange zu berühren, aber ich zuckte zurück. Er biss sich auf die Unterlippe und musterte mich mit zusammengekniffenen Augen, wobei mir das böse Glitzern in seinen Iriden einen Einblick in seine teuflischen Absichten gewährte. »Glaub mir, wenn ich dich töte, würde ich dir Gnade erweisen.«

Sein Fokus glitt von mir zu dem Mann hinter mir. »Mach sie sauber. Wir fahren in einer halben Stunde los.«

»Nein! Ich gehe nirgendwohin mit Ihnen und Sie können mich nicht zwingen. Das können Sie nicht tun!«

Ich hatte nicht einmal den Bruchteil einer Sekunde Zeit, Atem zu holen, bevor er seine Hand um meinen Hals legte und die Finger so fest in meine Kehle grub, dass ich nur noch nach Luft schnappen konnte. Meine Augen weiteten sich und die giftige Mischung aus Angst und meinem Bedürfnis, zu atmen, ließ eine Welle der Panik gegen meine Brust donnern. Sein Blick war genauso tödlich wie sein Griff.

»Erste Lektion. Erhebe niemals deine Stimme gegen mich, niemals. Und zweitens«, er zog mich näher an sich heran, »gibt es nichts auf dieser Welt, was ich verdammt noch mal nicht tun kann, und dazu gehört auch, dich mitzunehmen. Und jetzt halt dein beschissenes Maul, tu, was man dir sagt, und gib mir keinen Grund, dein ohnehin schon unansehnliches Gesicht zu ruinieren.«

Wenn ich nicht so verzweifelt nach Luft gerungen hätte, hätte mir seine Beleidigung mehr wehgetan als der Schmerz seiner Finger, die sich in meine Kehle bohrten. Mein Kopf fühlte sich an, als würde er gleich explodieren, und meine Lunge schmerzte, als sie nach Sauerstoff schrie, während in seinem bedrohlichen Blick eine dunkle Warnung herumwirbelte.

Abrupt ließ er mich los und die Wucht mich nach hinten stolpern. Ich keuchte, als sich meine Lunge endlich mit Luft füllte, und legte eine zittrige Hand auf die brennende Haut um meinen Hals. Es gab so viele Dinge, die ich ihm zurufen wollte, womit ich ihn anschreien, ihn verfluchen wollte. Aber mein Bedürfnis, zu atmen, war stärker und ich wagte einen Blick in seine Richtung. In den Tiefen seiner Augen lag keine Reue und seine gestrafften Schultern sowie seine steinerne Miene strahlten Macht aus – die Macht eines Tyrannen.

»Ich werde dich nicht noch einmal warnen, Mila. Je eher du anfängst, deinen Platz zu kennen, desto einfacher wird das hier werden.« Sein Kiefer zuckte, während er meinen Blick festhielt und das Feuer der Warnung hinter seinen eisigen Iriden aufloderte. »Für jeden von uns.« Er drehte sich um, schnappte sich seinen Drink und ging davon, als ob es für einen Mann wie ihn ganz alltäglich wäre, einen Kerl kaltblütig zu töten und eine Frau zu entführen.

Während mir die Tränen über das Gesicht liefen und sich mein Brustkorb hob und senkte, während die Angst an jedem Knochen meines Körpers riss, sah ich zu, wie er wegging. Der Mann in dem marineblauen Anzug, mit den hellblauen Augen und den perfekten Lippen wie aus dem Lehrbuch. Ein Mörder. Ein Kidnapper. Der Teufel.

Ich wurde von zwei großen Händen über den Teppich

gezerrt, bis ich das Geräusch unserer auftretenden Füße auf dem Marmorboden des Foyers vernahm. Mein Körper fühlte sich plötzlich völlig ausgelaugt an. Die Geschichten, die man hörte, vom einschießenden Adrenalin, dem natürlichen Instinkt, der auf Autopilot schaltete, um solchen Situationen zu entkommen, waren Blödsinn. Es gab keinen Energiestoß, kein alles verzehrendes Bedürfnis, zu fliehen. Es war, als wäre ich eine leere Hülle, mein Verstand im Netz des Schwindels verheddert, als würde er versuchen, diese neue Realität, in der ich gefangen war, zu verarbeiten.

Noch einmal blickte ich auf Brads leblosen Körper hinunter, bevor ich um eine Ecke gezogen wurde. Das war der Moment, in dem ich den Halt verlor, der Moment, in dem mein Körper und mein Geist zusammenbrachen, die Welt direkt vor meinen Augen verschwand.

Ich fiel zurück, Arme fingen mich auf, bevor ich auf dem Boden aufschlug. Eine Frauenstimme ertönte aus der Ferne, aufblitzende Bilder schnitten wie Klingen durch meinen Kopf.

»Bring sie aufs Zimmer.«

Ich wollte mich wehren. Ich wollte sie aufhalten, schreien, aber irgendwie hatte sich mein Gehirn ausgeschaltet und ich konnte nichts davon tun.

»Halt sie fest. Wir müssen sie säubern und zum Gehen vorbereiten.« Mein Rücken traf auf etwas Weiches wie Seidenlaken und meine Schultern wurden von etwas niedergedrückt, was sich wie zwei Felsbrocken anfühlte.

»Mila, wir werden dir nicht wehtun.«

Weitere Blitze. Das Gesicht einer Frau. Blond. Hübsch.

Ich musste kämpfen.

Meine Haut kribbelte unangenehm, als ich spürte, wie Hände und Finger meinen Körper hinunterglitten. »Halt still, dann ist es bald vorbei. Ich verspreche es.«

»Nein.« Zwar konnte ich meine eigene Stimme nicht hören, aber ich wusste, dass ich das gesagt hatte. Ich wollte nicht, dass mich jemand berührte. Ich wollte nicht, dass mir so etwas passierte. Das passierte anderen Leuten, anderen Mädchen. Aber nicht mir. Es sollte nicht mir passieren.

»Halt sie ruhig, James.«

»Ich versuch's ja. Die Schlampe ist stark.«

Stark? Ich war nicht stark. Ich bewegte mich nicht einmal. Ich kämpfte nicht. Ich versuchte nicht, mich zu befreien, sondern lag einfach nur da, schwach und gebrechlich, und ließ sie tun, was sie tun wollten.

»James!«

Druck übte sich auf meine Brust aus, ein starker Moschusduft umwehte mich.

»Mein Gott. Darf ich sie k. o. schlagen?«

»Willst du, dass Saint dich tötet?«

»Beeil dich einfach, verdammt.«

Mehr Druck, mein Körper wurde tiefer in die Matratze gepresst, während Hände weiter über meine Haut eilten. Je mehr ich diese ungewohnten Berührungen spürte, desto mehr begann ich, wieder meine Sinne zu beherrschen und langsam die Kontrolle zurückzugewinnen.

Die Blitze hörten auf und plötzlich fügte sich alles, was um mich herum geschah, zusammen. Ein Mann hielt mich fest, die Frau gab sich Mühe, mich auszuziehen.

»Stopp!«, rief ich. »Lasst mich los!« Mit einer Kraft, von der ich gar nicht gewusst hatte, dass ich sie in mir trug, riss ich mich los und schlug der Frau meine Faust ins Gesicht, was sie zurückstolpern und auf den Hintern fallen ließ.

»Mein Gott, Mädchen.« Der Mann packte meine beiden Arme, schlang seine Finger um meine Handgelenke und drückte mich auf das Bett.

Ich trat, schrie, schlug um mich, krallte mich fest, versuchte alles in meiner Macht Stehende, um mich zu befreien.

»Lass sie los.«

Mein Kopf ruckte in Richtung der Frau, deren Lippe ich gerade aufgeschlagen hatte.

»Lass sie los, James.« Sie erhob sich vom Boden und berührte behutsam ihre Verletzung.

»Bist du sicher? Diese Schlampe ist angriffslustig.«

»Ja.« Nickend warf sie mir einen bösen Blick zu. »Sie wird nicht weglaufen.«

»Von wegen.«

Sie trat näher heran. »Wohin willst du laufen? Du kannst nirgendwohin.«

»Du kennst mich nicht«, erwiderte ich mit zusammengebissenen Zähnen.

»Glaub mir, ich weiß mehr, als du dir vorstellen kannst.« Sie sah James an, der meine Handgelenke immer noch fest umklammert hielt. »Lass sie los.« Selbst ich konnte die Warnung in ihren dunklen Augen erkennen.

Abrupt gehorchte er und hob die Arme in die Luft. »Wenn sie wegläuft, bist du verantwortlich.«

Ihr Blick wanderte zurück zu mir. »Sie wird nicht weglaufen ... oder doch, Mila?«

Trotz des harten Ausdrucks in ihrer Miene war ihre Stimme ruhig und sanft. Man sollte meinen, nachdem ich ihr fast die Nase gebrochen hätte, wäre sie ein bisschen wütender.

Ich richtete mich umgehend auf und kroch zum Kopfende des Bettes, während ich beobachtete, wie ihre große, schlanke Gestalt näher kam.

»Mein Name ist Elena.«

Meine Antwort war Schweigen.

»Ich kann mir vorstellen, dass du im Moment verwirrt bist.«

»Mein Freund wurde gerade vor meinen Augen ermordet und nun werde ich von einem Mann entführt, den ich nicht kenne. Verwirrt trifft es nicht mal ansatzweise.«

Elena stellte sich direkt neben mich. »Im Augenblick haben wir nicht viel Zeit, aber ich kann dir versprechen, dass, egal, was du zu tun versuchst oder wie sehr du dich wehrst, es nichts ändern wird. Dinge sind in Gang gesetzt worden und es gibt jetzt keine Möglichkeit mehr, sie aufzuhalten.«

»Welche Dinge?«

»Dinge, die du nicht verstehen würdest. Zumindest jetzt nicht.«

Mit dem Handrücken wischte ich mir über die Wange. »Das klingt, als ob du mich bitten würdest, dir zu vertrauen.«

»Bitten, ja. Erwarten, nein.« Die rosafarbenen Lippen verzogen sich zu einem Ansatz von einem Lächeln, ihre Miene wurde weicher – beinahe mitfühlend. »Ich erwarte nicht, dass du mir vertraust, aber ich möchte dir eine freundliche Warnung mitgeben. Wenn du dagegen ankämpfst, machst du es noch viel schwerer, als es ohnehin schon ist.« Sie nahm ein schwarzes Kleid, das über der Lehne eines Stuhls hing, und legte es neben mir auf das Bett. »Wenn du dich wehrst, wird es noch schwieriger für dich. Aber wenn du kooperierst, kann ich dir versprechen, dass du nicht verletzt wirst.«

Da ich dieser Frau nicht traute, beobachtete ich sie weiter, als sie das Bett umrundete und sich an dessen Ende positionierte. »Wenn das alles vorbei ist, könntest du es sogar als ... befreiend empfinden.«

»Was soll das bedeuten?«

»Es bedeutet, dass du vielleicht Antworten auf die Fragen findest, die du dir bereits dein ganzes Leben lang gestellt hast.«

Der wissende Blick, den sie mir zuwarf, ließ mich den Mund halten und in diesem Moment hatte ich das Gefühl, dass sie mich tatsächlich so gut kannte, wie sie noch vor wenigen Sekunden behauptet hatte.

Elena lächelte. »Das hat deine Aufmerksamkeit erregt, nicht wahr?«

Wieder reagierte ich nicht.

»Gut.« Sie straffte die Schultern. »Jetzt kannst du dich entweder selbst anziehen oder James und ich helfen dir.«

Stille legte sich um uns, während sich ihr Blick in meinen bohrte. Der einzige Grund, warum ich die Karten, die mir das

Leben in den letzten zweiundzwanzig Jahren ausgeteilt hatte, spielen konnte, war, weil ich gelernt hatte, zu bluffen. Und jetzt schrie mich mein Instinkt förmlich an, das zu tun, was ich am besten konnte. Wenn ich überleben wollte, was auch immer das für eine Hölle war, musste ich meine ganze Energie auf diese eine Sache konzentrieren.

Zu bluffen.

KAPITEL 3

Saint

Ich konnte immer noch ihre Haut unter meinen Fingern spüren, als ich wegging. Immer noch den Ausdruck in ihren Augen sehen, als er von verängstigt zu verzweifelt gewechselt war, während sie nach Luft gerungen und ich um Beherrschung gekämpft hatte. Darum gekämpft hatte, meine Wut unter Kontrolle zu bringen, während ich ihr Leben in meinen Händen gehalten hatte, Sekunden davon entfernt, ihr die Kehle zu zerquetschen. Aber nichts würde mich davon abhalten, das zu tun, was ich mir vorgenommen hatte, schon gar keine unwissende junge Frau wie sie. Ihr hatte eine Lektion erteilt werden müssen. Sie musste lernen, dass es stets schmerzhafte Konsequenzen haben würde, wenn sie mich herausforderte und mir sagte, was ich tun sollte.

Ich hatte beobachtet, wie der Widerstand in ihren Augen langsam von einem Glühen zu einer lodernden Flamme geworden war. Sie musste gelöscht werden, bevor sie die Chance hatte, sich dessen bewusst zu werden, bevor sie überhaupt daran denken konnte, sich gegen mich aufzulehnen. Man konnte mich nicht bekämpfen, mich nicht davon abhalten, das zu bekommen, was ich wollte. Und das war etwas, was sie so schnell wie möglich lernen musste.

Meine Koffer waren schon vor Stunden gepackt worden. Die Nacht war genau nach Plan verlaufen und jetzt mussten wir diese Penthouse-Suite des Hotels verlassen, als wären wir nie hier gewesen. Damit das funktionierte, musste ich sicherstellen, dass er meinen Plan nicht im Geringsten durchschaute und wusste, welche Karten ich in der Hand hielt. Nun, da ich das Torres-Mädchen hatte, musste ich dafür sorgen, dass niemand sonst von ihr wusste – oder von der Tatsache, dass sie mein größter Trumpf sein würde.

Mein Handy vibrierte in meinem Jackett, es war eine Nachricht von meinem Piloten, der mir bestätigte, dass alles für unseren Abflug bereit war.

Als James klopfte und mein Zimmer betrat, steckte ich das Telefon zurück in die Tasche.

Ich warf ihm einen Seitenblick zu. »Ist das Mädchen so weit?«

»Das ist sie.«

Kratzspuren an seinen Händen erregten meine Aufmerksamkeit und ich runzelte fragend die Stirn.

James zuckte mit den Schultern. »Sie ist eine Kämpferin.«

»Ich habe nichts anderes erwartet«, erwiderte ich grinsend und rückte meine Manschettenknöpfe zurecht. »Hat sich die Putzkolonne um die Sauerei gekümmert, die Brad auf dem Teppich hinterlassen hat?«

»Es ist, als wäre er nie hier gewesen.«

»Fantastisch. Ist alles für unsere Abfahrt vorbereitet?«

»Ja, Mr. Saint. Die Köche sowie das Küchenpersonal sind informiert und drei nicht gekennzeichnete Wagen werden am Hinterausgang auf uns warten.«

»Gut.« Ich wandte mich dem Ganzkörperspiegel zu und richtete meine Krawatte. »Sorge dafür, dass alle Überwachungsvideos gelöscht werden, sobald wir weg sind, auch die, die zeigen, wie sie vorhin das Hotel betreten haben. Ich will, dass jede Spur von ihr ausradiert wird.« Ich drehte mich zu James um. »Es gibt hier keinen Spielraum für Fehler. Wenn sie herausfinden, dass wir sie haben, wird unser Plan zum Teufel gehen.«

»Verstanden.«

James war gerade auf dem Weg nach draußen, als ich ihn zurückrief. »Wann hörst du endlich auf, mich Mr. Saint zu nennen?«

Er grinste. »An dem Tag, an dem du aufhörst, mich zu bezahlen.«

»Klugscheißer.«

Die Tür schlug hinter James zu und ich strich mit einer Hand meine Anzugjacke glatt. Für eine einzige Sekunde dachte ich an Mila und wie ihre Wangen glühend rot geworden waren, während ich meine Finger um ihren Hals gelegt und ihr gezeigt hatte, dass sie sich nicht länger in einer Welt befand, in der sie sagen und tun konnte, was immer sie wollte. Sie war nun in meiner Welt und musste nach meinen Regeln leben, mir jederzeit gehorchen. Jedoch hatte sie eine Stärke in sich, die es ihr erschwerte, sich so einfach zu unterwerfen – die Art von Stärke, die ich so schnell wie möglich brechen musste. Ich war nicht überrascht gewesen, ihr Kunstwerk an James' Händen zu sehen, und es war nicht gelogen gewesen, als ich gesagt hatte, dass ich nichts anderes von ihr erwartet hätte. Das war kein kurzfristig ausgeheckter Plan, den ich in letzter Minute zusammengeworfen hatte. Ich hatte das alles seit Monaten, Jahren, geplant und Mila war von Anfang an ein Teil davon gewesen – sie hatte es nur nicht gewusst. Sie wusste es immer noch nicht.

Ich nahm meine Sea-Dweller-*Rolex* vom Nachttisch, deren Oystersteel und Gelbgold im schummrigen Licht des Zimmers glänzten, und machte mich auf den Weg nach draußen, während ich sie um mein Handgelenk schloss. Endlich war es so weit. Die Räder waren ins Rollen gebracht worden und es gab jetzt kein Zurück mehr.

James wartete bereits am Aufzug im Foyer. Das Geräusch von klackernden Absätzen ließ mich den Flur hinunterschauen, meine Tante Elena war wie immer tadellos gekleidet.

Sie nickte leicht und Mila erschien neben ihr, von der Jeans und dem T-Shirt, welches sie vorhin getragen hatte, keine Spur. Stattdessen hatte sie ein eng anliegendes schwarzes Kleid an, das ihre Sanduhrfigur betonte, und einen großen, eleganten Hut auf dem Kopf, der so gewählt worden war, dass er ihr Gesicht so gut wie möglich verbarg, ohne zu auffällig zu wirken. Ihre wilden Locken waren zu einem ordentlichen Dutt im Nacken zusammengesteckt worden und je näher sie uns kam, desto mehr fiel mir auf, wie anders Milas Gesicht mit dem Make-up wirkte, das Elena ihr aufgetragen hatte. Hätte ich vor einer halben Stunde nicht die wahre Mila gesehen, wäre ich nie auf die Idee gekommen, dass es sich um dieselbe Person handelte.

Als Elena vortrat, streckte ich meine Hände aus und runzelte die Stirn, weil ich die Verletzung an ihrer Lippe entdeckte. »Was ist passiert?«

Sie lächelte warmherzig. »Nur ein Missverständnis.«

Ich funkelte Mila wütend an, denn ich wusste nur zu gut, dass es sich um ihr Werk handelte. Aber ich hatte keine Zeit, weiter nachzuforschen, und küsste Elena auf die Wange. »Das hast du ganz toll gemacht, Tante Elena.«

»Danke, Marcello.«

Flüchtig warf ich einen Blick auf die Frau mit dem trotzigen Ausdruck in den Augen, die nur Sekunden davon entfernt schien, in die andere Richtung zu rennen. Ich nahm den schwarzen Trenchcoat, den Elena in der Hand hatte, und umrundete Mila, um hinter ihr zu stehen. Während sie den Mantel widerstrebend anzog, hielt ich ihn fest. Ich beugte mich näher heran und legte meine Hände auf ihre Arme. »Ich muss sagen, du hast dich fein herausgeputzt.«

Mila schaute über ihre Schulter. »Glaubst du, wenn ich diese teuren Klamotten trage und mein Gesicht mit einem riesigen Hut verdecke, hält mich das davon ab, mir die Lunge aus dem Leib zu schreien, sobald wir aus dem Aufzug treten?«

Meine Finger gruben sich in ihre Schultern und sie keuchte

unter meinem strafenden Griff auf. »Ich kann dir garantieren, dass du nicht so dumm sein wirst.«

Sie hob eine Braue. »Ja? Und warum?«

Ich ließ von ihr ab und stellte mich direkt vor sie, überragte sie und zwang sie so, den Kopf nach hinten zu lehnen, damit sie mir weiterhin in die Augen sehen konnte. »Weil du mitbekommen hast, was ich mit deinem Freund getan habe.«

Ihr Gesicht wurde blass und ich griff hinter meinen Rücken, zog meine Pistole heraus und hielt sie ihr vor die Nase, bevor ich die Mündung seitlich an ihrer Schläfe entlangführte – eine subtile Erinnerung daran, wozu ich fähig war. »Sieh mal, wenn du schreist oder irgendetwas anderes bewegst als diese High Heels, die du trägst, während wir hier rausmarschieren, werde ich nicht zögern, den Abzug zu drücken.«

»Ich habe keine Angst, zu sterben«, stieß sie hervor.

»Oh, ich werde nicht dich umbringen. Du bist viel zu wertvoll für mich. Aber es gibt eine Menge Leute in diesem Hotel, die mir nichts nützen und deren Blut ich gern vergießen würde.« Ich trat näher an sie heran. »Kannst du damit umgehen, für ein Massaker verantwortlich zu sein, Mila?«

Die langen Wimpern, die diese großen grünen Augen umrahmten, zuckten einige Male, während ich mich weigerte, wegzuschauen. Dieser steinerne Ausdruck, den sie so verzweifelt aufrechtzuerhalten versuchte, geriet ins Wanken und ihre Unterlippe zitterte. Furcht. Genau das war es. Das war es, was ich sah, als ich so dicht bei ihr stand. Gut. Es war genau diese Angst, die dafür sorgen würde, dass sie alles überlebte, was im Begriff war, auf sie zuzukommen.

Ich steckte die Waffe zurück unter mein Jackett. »Es wird ein Blutbad im Erdgeschoss geben, bevor du auch nur in der Lage sein wirst, diese goldene Drehtür zu erreichen.«

Ihre Miene verfinsterte sich. »Du bluffst doch nur.«

»Sicher, dass du das riskieren willst? Da unten gibt es eine Menge unschuldiger Menschen, die nichts mit unseren Angelegenheiten zu tun haben.«

»Ich bin kein Teil eurer beschissenen Angelegenheiten.«

Ich lächelte. »Du könntest dich nicht mehr irren.«

»Sir«, unterbrach uns James, »alles ist bereit. Wir müssen jetzt gehen.«

Ein Grinsen breitete sich auf meinen Lippen aus. »Bist du bereit, ein Teil meiner Welt zu werden, *principessa perduta*?«

KAPITEL 4

Mila

Da war nichts in seinen Augen. Keine Emotion. Kein Gefühl. Nichts. Nicht einmal Wut. Es war eine absolut tiefschwarze Leere. Gleichgültigkeit, die eine Sache, die noch viel schlimmer war als Hass. Es war so einfach zu erkennen, dass er zu der Art von Mann zählte, die sich nicht um diejenigen scherte, die sie verletzte, solang sie bekam, was sie wollte.

»Also, wie wird das ablaufen, Mila? Wirst du das Leben anderer für deine eigene Freiheit riskieren?« Das Grinsen auf seinen Lippen verriet mir, dass er meine Antwort bereits kannte. Er wusste bereits, ich würde niemals zulassen, dass jemand meinetwegen verletzt werden würde.

»Nein.« Das Wort brannte auf meiner Zunge und das arrogante Grinsen in seinem Gesicht wurde noch breiter.

»Gut.«

Sanft legte Elena eine Hand an meinen Ellenbogen, als sich die Aufzugtür öffnete. Beim Eintreten war ich sicher, dass meine Beine unter mir nachgeben würden, mein Körper war schwach und taub. So viel Angst hatte ich in meinem ganzen Leben noch nie gespürt. Nicht einmal an den Tagen, an denen ich ein neues Heim betreten und keine Ahnung gehabt hatte, in was für eine Hölle ich mich begeben würde.

»Atme, Mila«, flüsterte Elena, während wir uns im hinteren Teil des Fahrstuhls positionierten. Warum war diese Frau so besorgt, obwohl sie doch ganz offensichtlich ein Teil von alldem war?

Saint, James und zwei weitere Männer traten vor uns und die Tür gab ein läutendes Geräusch von sich, als sie sich schloss.

»Halte deinen Kopf stets gesenkt.« Saint drehte sich nicht um, um mich anzusehen, während er sprach. »Kein Augenkontakt mit niemandem und stelle sicher, dass du an Elenas Seite bleibst. Verstanden?«

Ich kaute auf der Innenseite meiner Wange herum, der Stein in meinem Magen war zu schwer und mein Verstand zu erschöpft, um zu reagieren.

»Hast du verstanden, Mila?«

Elena verstärkte ihren Griff um meinen Arm und warf mir einen warnenden Blick zu.

»Ja«, stieß ich gepresst hervor, gefolgt von einem tiefen Atemzug.

Als der Aufzug nach unten fuhr, beobachtete ich, wie die Zahlen auf dem Seitenpanel aufleuchteten. Mit jedem Stockwerk, das wir passierten, schlug mein Herz ein wenig schneller, mein Luftholen wurde hastiger und flacher. Schweißperlen bildeten sich in meinem Nacken, mein Mund war trocken, weil die Angst meinen Durst so stark befeuerte, dass meine Kehle brannte.

Während Saint und seine beiden Männer uns im hinteren Teil der Kabine mit ihren großen Gestalten und breiten Schultern abschirmten, betrachtete ich ihn, wie er in seinem teuren Anzug dastand. Die Zuversicht, die er verströmte, die Macht, die er ausstrahlte, ließen die Atmosphäre stickig und bedrohlich erscheinen. Alles, woran ich denken konnte, war, wie verzweifelt ich fliehen wollte, davonrennen und versuchen wollte, mich vor dem zu retten, was auch immer er mit mir vorhatte.

Mein Herz hämmerte gegen meine Rippen, der Schlag pulsierte in meinen Ohren, während Adrenalin durch meine Adern strömte. Schweiß rann mir den Rücken hinab, doch meine Haut fühlte sich eiskalt an. Wir waren nur fünf Personen in einem Aufzug, der für zwei Tonnen ausgelegt war, aber jeder Atemzug blieb mir in der Kehle stecken, als gäbe ich nicht genug Sauerstoff, um richtig Luft holen zu können.

Der Aufzug läutete ein weiteres Mal und die Tür öffnete sich. Doch es war nicht die Etage, die zum Foyer des Hotels gehörte.

Saint drehte sich auf halbem Weg um und ertappte mich beim Starren. Meine Lippen teilten sich, als er seine Finger in meine Taille grub, und niemand sonst bemerkte, wie er knapp oberhalb meines Hüftknochens so fest zudrückte, dass Schmerz meine Seite durchzuckte und meine Haut gequetscht wurde. »Kopf. Runter.« Mit einem leichten Ruck zog er mich näher zu sich heran, wobei die Krempe meines Huts das Einzige war, was mich vor seinem mörderischen Blick schützte und gleichzeitig die Furcht in meinen Augen verbarg. »Stell. Mich. Nicht. Auf die Probe.« Seine Warnung war hart und beängstigend und ich gehorchte, indem ich meinen Kopf senkte, sodass mein Kinn fast meine Brust berührte. Er ließ meine Taille nicht los, seine grausame Berührung verweilte noch ein paar weitere Sekunden. Auf andere wirkten wir wahrscheinlich wie zwei Liebende, ein Mann, der sich zu seiner Frau beugte, um ihr süße Worte zuzuflüstern. Nicht wie ein Kidnapper, der seinem Opfer Drohungen und Befehle ins Ohr murmelte.

Erst als James sich in Bewegung setzte, nahm Saint seine Hand von meiner Seite. Und erst dann gelang es mir, vernünftig zu atmen.

Elenas Finger blieben an meinem Ellenbogen, während sie mich führte. Wir liefen schnell, fast so schnell wie mein Herz schlug. Niemand sprach ein Wort und meine Sinne arbeiteten auf Hochtouren. Mein Geruchssinn. Der Gehörsinn. Sehsinn. Sogar mein Geschmackssinn.

Ich konnte den Zitrusduft des sauberen Teppichs riechen, durch den meine Absätze gedämpft wurden, und die winzigen Schmutzflecken erkennen, von denen man annehmen würde, dass sie in einem so großen Hotel wie diesem nicht erlaubt wären. Ich hörte Telefone klingeln und die Schritte der Leute um uns herum. Bemerkte den scharfen metallischen Geschmack von Blut, als ich mir auf die Zunge biss und verzweifelt versuchte, die lähmende Angst zu verdrängen.

Scharniere quietschten und der Teppich unter uns verschwand, als wir auf gefliesten Boden traten, ehe wir eine Treppe hinabstiegen. Meine Beine fühlten sich wackelig an. Ich war es nicht gewohnt, hohe Schuhe zu tragen, und die Stufen erschwerten es mir, das Gleichgewicht zu halten. Aber Elena ließ kein einziges Mal meinen Arm los und hielt mich fest, während sie neben mir blieb.

Das Geräusch unserer eiligen Schritte war wie ein Echo des Schreckens, den jeder verstreichende Augenblick mit sich brachte.

Wir kamen zum Stehen und für eine Sekunde vergaß ich seine Anweisung, seine Warnung, den Kopf unten zu halten.

Ich schaute auf und erhaschte einen flüchtigen Blick auf James, der eine graue Doppeltür öffnete, aber das war auch der Moment, in dem Saint zu mir zurücksah. Ich machte die Wut in seinen Augen aus, bevor er den Mund öffnete. »Was zum Teufel habe ich dir darüber gesagt, deinen Kopf unten zu lassen?«

»Tut mir l…« Instinktiv wollte ich mich entschuldigen, doch dann erinnerte ich mich daran, wer er war und was gerade passierte. Ich hatte nicht vor, mich zu rechtfertigen, dass ich aufschaute, während ich entführt wurde.

Also biss ich mir erneut auf die Innenseite meiner Wange und begegnete seiner Musterung, wobei ich all den Hass, den ich in mir finden konnte, darauf lenkte, ihm in die Augen zu starren, während ich meinen Kopf hoch und die Schultern gerade hielt.

Seine Lippen teilten sich, ein Tadel brannte wie heiße Kohlen auf seiner Zunge. Aber es blieb keine Zeit, denn James drängte uns alle durch die Tür.

Es dauerte nur einen Sekundenbruchteil, bevor ich den Kopf senkte, einen Sekundenbruchteil, in dem ich Notiz von der Küche vor uns nahm. Sie war leer. Keine Spur vom Personal. Ich hatte schon in einigen Restaurants gearbeitet, Geschirr gespült und hinter unhöflichen sowie wütenden Köchen aufgeräumt. Ich wusste, wie sich eine geschäftige Küche anhörte, das Klirren von Utensilien und Besteck, das Geschrei eines perfektionistischen Kochs. In der vor mir fehlte all das.

Elena zog an meinem Ellenbogen, trieb mich dazu an, schneller zu gehen, und ich hielt den Kopf wie befohlen unten. Ich wusste, dass wir uns auf dem Weg zum Hinterausgang der Küche befanden. Warum sonst sollten wir hier durchkommen? Ich wusste auch, dass meine Chancen auf eine Flucht sanken, sobald ich erst einmal aus dieser Tür heraus und wohin auch immer gebracht worden wäre. Aber Saint hatte mir klargemacht, dass das Blut anderer an meinen Händen kleben würde, sollte ich es wagen.

Die Türen öffneten sich und meine Füße eilten wie von selbst eine einzige Stufe hinab. Die frische Frühlingsbrise war bei Weitem nicht kalt genug, um den Trenchcoat zu rechtfertigen, den ich tragen musste, und mein ganzer Körper brannte vor lauter Adrenalin.

»Elena«, begann Saint, »du nimmst den vorderen Wagen. Mila und ich nehmen den mittleren und James fährt hinter uns.«

»Meinst du nicht, dass es für Mila und mich besser wäre, in dasselbe Auto zu steigen? Die Wahrscheinlichkeit, euch zusammen zu sehen, ist größer, wenn sie bei dir ist.«

»Nein. Ich werde sie nicht aus den Augen lassen.«

Diesmal hob ich meinen Kopf, um ihn anschauen zu können.

»Ich habe schon viel zu lang nach ihr gesucht. Und jetzt, nachdem ich sie gefunden habe, werde ich sie nicht mehr gehen lassen.« Das Grinsen in seinem Gesicht war voller Geheimnisse und er wusste, dass seine Worte gerade ein ganzes Arsenal an Fragen ausgelöst hatten, die er nie zu beantworten gedachte.

Elena akzeptierte seine Antwort sofort, ließ meinen Ellenbogen los und ging auf den schwarzen Geländewagen zu, der vorn geparkt war. Saint packte meinen Arm, sein Griff war so fest, dass sich seine Finger in mein Fleisch gruben. Es war ihm egal, ob er mir wehtat oder mich zum Stolpern brachte, indem er mich grob zum Auto zerrte. Ihm war alles scheißegal, außer mich so schnell wie möglich von hier wegzubringen.

Als wir das Auto erreichten, zog er mir den Hut vom Kopf, dann ergriff er mich im Nacken und seine Fingernägel gruben sich ein weiteres Mal in mein Fleisch, während er mich auf den Rücksitz des Geländewagens zwang. Seine Berührung war gnadenlos und grausam, hätte mein Herz nicht bereits versucht, sich den Weg in meine Kehle zu bahnen, wäre es wahrscheinlich noch schmerzhafter gewesen.

Saint stieg neben mir ein und in dem Moment, als die Beifahrertür geschlossen wurde, setzte sich das Auto in Bewegung. Ich huschte ans andere Ende der Rückbank, suchte verzweifelt nach Abstand zwischen uns. Instinktiv fasste ich nach dem Griff, aber ich war nicht überrascht, dass die Tür verschlossen war.

»Du entkommst mir nicht, Mila.«

»Warum tust du das?« Ich lehnte mich gegen die Tür und traute mich plötzlich nicht mehr, ihn anzuschauen.

»Weil es dein Schicksal ist. Es ist unser Schicksal.«

»Wovon zum Teufel redest du da?«

»Etwas, wovon dein winzig kleines Köpfchen nichts

verstehen würde.« Er rutschte auf seinem Sitz herum. »Weil man es dir seit dem Tag deiner Geburt vorenthalten hat.«

Nun sah ich ihn doch an. »Was?«

Mit zusammengekniffenen Augen studierte er mich, als würde er mich kennen. Als wüsste er mehr über mich als ich selbst.

»Unsere Familien existieren schon seit vielen Generationen.«

Ich schnaubte. »Welche davon? Ich hatte schon viele.«

»Ich spreche nicht von einer deiner Pflegefamilien.« Seine Miene wurde zu Stein. »Ich spreche von deiner richtigen Familie.«

Mein Magen drehte sich um, meine Haut war eiskalt. »Meine richtige Familie?«

Er nickte, hinter den geschlossenen Lippen verbargen sich Geheimnisse.

»Du kennst meine richtige Familie?«

Sein Mund verzog sich zu einem Ausdruck purer Belustigung, so als würde er jede Sekunde genießen, in der er mich mit Worten, die keinen Sinn ergaben, in den Wahnsinn trieb. Wie erstarrt, konnte ich nur dabei zusehen, als er den Arm ausstreckte und den Rücken seiner kühlen Hand auf meine Wange legte. »Du, liebe Mila, bist das bestgehütete Geheimnis der Welt.« Seine Stimme senkte sich zu einem tiefen, dunklen Flüstern. »Und jetzt ... bist du mein Geheimnis.«

KAPITEL 5

Saint

Der Ausdruck in ihrem Gesicht war unbezahlbar. Ich konnte sehen, wie ihr Körper erschauderte, wie ihre Augen vor Verlangen schrien, jedes dunkle Geheimnis zu erfahren, das ich so gut hütete. Geheimnisse, die ich nicht vorhatte, in nächster Zeit mit ihr zu teilen. Aber das bedeutete nicht, dass ich sie damit nicht quälen würde ... zumindest ein bisschen.

Mir war klar, dass ihr der Kopf vor lauter Fragen schwirrte, doch sie hielt den Mund. Ob es ihre Sturheit war, die sie davon abhielt, sie zu stellen, oder ob ihr Verstand durch das, was ich gerade enthüllt hatte, zu sehr zerrissen war, wusste ich nicht. Ich kannte ihre Familie. Ich kannte ihr Erbe. Ich kannte ihre gesamte gottverdammte Blutlinie. Aber das Beste daran war, dass ich die Antwort auf jede beschissene Frage kannte, die sie jemals über ihr Leben gehabt hatte, darüber, wer sie wirklich war.

Während wir durch die Straßen von New York rasten, lehnte ich mich in meinem Sitz zurück und entspannte mich. Die drei Autos hatten sich in verschiedene Richtungen aufgeteilt, nachdem wir um die erste Ecke des Hotels gebogen waren. Alle Sicherheitsvorkehrungen waren getroffen worden, damit ich sie so schnell wie möglich aus New York wegbringen konnte, sobald man sie endlich zu mir gebracht hatte. Selbst aus den Slums von Syracuse hätte ich sie eigenhändig herausgeholt, wenn ich es für möglich gehalten hätte. Aber ich hatte es nicht riskieren können, falls ich beobachtet worden wäre.

Auf dem gesamten Weg zum Flughafen von Teterboro blieb Mila mucksmäuschenstill. Sie bewegte sich nicht einmal neben mir und schaute die ganze Zeit über aus dem Fenster. Es war kurz nach Mitternacht, durch die getönten Scheiben konnte sie lediglich die verschwommenen Lichter der Straßenlaternen ausmachen. New York verblasste langsam und ich wollte ihr sagen, dass sie sich das alles genau einprägen sollte, da sie es für eine lange Zeit nicht wiedersehen würde, wenn überhaupt. Aber ich schätzte die Stille als das, was sie war. Schwer, erdrückend, ahnungsvoll, mit einem Hauch von Aufregung, weil mir bekannt war, was ihre Zukunft für sie bereithielt. Für uns beide. Und der sadistische Arsch in mir liebte die Tatsache, dass ich sie so einfach quälen konnte, indem ich ihr schlichtweg alles, was ich wusste, vorenthielt.

Jeder andere Mann in meiner Position würde wahrscheinlich ein leichtes Schuldgefühl verspüren, in dem Wissen, dass er im Begriff war, das Leben einer Frau zu zerstören, um eine zehn Jahre alte Vendetta auszuführen. Aber ich nicht. Das Blut in meinen Adern war schon vor langer Zeit erkaltet und ich kümmerte mich nicht länger um das Wohlergehen anderer. Insbesondere nicht um das eines Torres-Mädchens. Das Mädchen einer Familie, die dachte, sie könnte uns zum Narren halten – mich zum Narren halten. Nun, sie sollten sich auf eine höllische Überraschung gefasst machen, wenn ich bereit war, alles zu enthüllen.

Das Auto fuhr durch die Tore des Flughafens von Teterboro, die Sicherheitskräfte ließen uns passieren, ohne uns anzuhalten – wie angewiesen. Eine Lektion, die ich Mila schnell beibringen musste – Geld und Macht waren die einzigen Dinge, die man benötigte, um die verdammte Welt zu beherrschen.

Blitze zuckten über den Himmel und zum ersten Mal während der ganzen Fahrt sah Mila mich an. »Warum sind wir hier?«

»Es ist ein Flughafen. Was zum Teufel glaubst du denn?«

»Wohin gehen wir?«

»Willst du nicht eher fragen, wohin ich dich bringe?«

»Das ist dasselbe.«

Ich schmunzelte. »Zu fragen, wohin wir gehen, impliziert, dass du freiwillig mitkommst. Zu fragen, wohin ich dich bringe, bedeutet, dass du kein Mitspracherecht hast.« Ich zuckte mit den Schultern. »Was in diesem Fall passender ist.«

Mila wand sich auf ihrem Sitz, ihre Wangen waren aschfahl, ihr frisches Make-up konnte die Augenringe nicht länger verbergen. »Lass den Scheiß.«

Ich gab einen verächtlichen Ton von mir. »So eine reife Antwort. Ich sehe schon, wir haben viel Arbeit vor uns.«

Sie drehte sich, um mich direkt anzuschauen. »Vergib mir, wenn meine Hauptsorge nicht darin besteht, auf eine beschissen reife Art zu sprechen.«

»Etwas, mit dem wir uns in den nächsten Tagen beschäftigen werden. Sobald sich die Tür öffnet, steigst du aus und folgst James zum Privatjet. Denk nicht einmal daran, wegzulaufen.«

Mila kniff die Augen zusammen, die Wirbel ihrer smaragdgrünen Iriden schrien förmlich vor Verachtung. »Und wo zum Teufel sollte ich genau hinlaufen? Danach zu urteilen, wie leicht wir hier reingefahren sind, bin ich mir ziemlich sicher, dass du jeden, der hier arbeitet, auf deiner Gehaltsliste stehen hast.«

»Du bist ziemlich aufmerksam.«

Ihre Tür wurde geöffnet, James streckte seine Hand aus, doch sie blickte mich weiter an und rührte sich nicht.

»Das passiert, wenn man mit Menschen zusammenlebt, deren einziges Ziel es ist, einen zu verletzen.«

Mit den teuren High Heels, die Elena ihr angezogen hatte,

stieg sie aus dem Auto und ich folgte ihr, nachdem ich die Tür hinter mir geschlossen hatte. Weitere Blitze zuckten über den Himmel, gefolgt von einem lauten Donnergrollen, bevor es schließlich zu regnen begann. Wäre ich ein abergläubischer Bastard, würde ich das als die Art des Universums ansehen, mir zu sagen, dass etwas Schlimmes geschehen würde. Aber ich brauchte die Warnung des Universums nicht. Ich wusste bereits, dass Schlimmes kommen würde, denn ich war derjenige, der es brachte.

KAPITEL 6

Mila

Noch nie in meinem Leben hatte ich ein Flugzeug, geschweige denn einen Privatjet bestiegen. Als ich einen Fuß ins Innere setzte, war es, als würde ich aus dem verfluchten Aufzug wieder in die Luxussuite seines Hotels treten. Ich roch den starken Duft von schwerem Leder und die maßgefertigte Täfelung verlieh der Einrichtung mehr als nur einen Hauch von Eleganz. Natürliche Schattierungen von Hellbraun, Beige und Umbra hießen mich willkommen, wobei das Klackern meiner Absätze durch den üppigen beigen Teppich gedämpft wurde. Es war eine imposante Darstellung von Reichtum und Macht. Es war ebenfalls eine Erinnerung daran, dass meine Chancen, ihn zu bekämpfen, ihn zu überleben, gering waren. Gegen diese Art von Macht konnte ein Mädchen wie ich auf keinen Fall ankommen.

Ich biss mir auf die Lippe, während ich mich umsah. Unter anderen Umständen wäre ich jetzt wahrscheinlich vor lauter Aufregung ganz aus dem Häuschen gewesen. Aber so war es nicht. Und ich war alles andere als aufgeregt. Tatsächlich hatte ich in meinem ganzen gottverdammten Leben noch nie so viel Angst gehabt. Ich bemühte mich, tapfer zu sein, damit mein Gesichtsausdruck mich nicht verriet. Das Letzte, was ich wollte, war, dass Saint dachte, ich würde mich wegducken, während ich durch das, was er mit mir vorhatte, verkümmerte.

James half mir aus dem Trenchcoat, den ich trug, bevor er mich zu meinem Platz führte. Ich atmete tief durch, als ich mich setzte, aber auch der Komfort des breiten, gepolsterten Sitzes trug nicht dazu bei, meine Besorgnis zu zerstreuen. »Wohin fliegen wir?« Ich schaute zu James auf, doch der blinzelte nicht einmal auf meine Frage hin, geschweige denn antwortete er. Es war, als ob er mich überhaupt nicht hörte, mich ignorierte, als wäre ich gar nicht da.

Saint ließ sich mir gegenüber nieder, er trug seine Anzugjacke nicht mehr. Seine Krawatte war etwas gelockert worden und die Ärmel seines Hemds waren bis zur Mitte der Arme hochgekrempelt.

»Wer bist du?« Meine Stimme zitterte, meine Hände lagen in meinem Schoß, die Finger miteinander verschränkt.

»Du kannst mich Saint nennen«, antwortete er, als hätte ich gerade die dümmste Frage überhaupt gestellt. »Ich bin der Mann, dem dieses Flugzeug gehört ...«

»Und lass mich raten, die halbe Welt ebenfalls?«

James reichte ihm etwas, was nach einem Glas Bourbon aussah. »Wenn das alles vorbei ist, gehört mir hoffentlich die ganze verdammte Welt.«

»Ich meinte für mich.«

Er zog eine Augenbraue hoch. »Das verstehe ich nicht.«

»Ich meinte, wer bist du für mich?«

Wieder erschien dieses arrogante Grinsen in seinem Gesicht. »Das ist eine sehr merkwürdige Frage.«

»Und das ist eine sehr beschissene Situation.«

»Du hast ein loses Mundwerk, Mila.«

»Meine Wortwahl ist für mich momentan nicht wirklich von Belang.«

Einige Zeit musterte er mich, während er an seinem teuren Drink nippte, in seinem Sitz zurückgelehnt, wie ein Mann, der sich um nichts in dieser Welt scheren musste. Wäre ich ein kluges Mädchen, hätte ich weggesehen und keine Erwiderung verlangt, indem ich seinem Blick standhielt. Aber ich war kein kluges Mädchen – zumindest gerade nicht.

»Wirst du meine Frage beantworten?«

Saint schürzte die Lippen, als er einen Schluck von seinem Bourbon nahm, und räusperte sich. »Leider bist du noch nicht für alle Antworten bereit.«

»Ist das deine professionelle Meinung?«

Er runzelte die Stirn. »Sarkasmus ist sehr unpassend.«

»Das gilt auch für Entführung.«

Er schnaubte. »Ich habe das Gefühl, wir beide werden viel Spaß miteinander haben.«

»Verlass dich nicht darauf.«

»Du willst Antworten?«

»Ja.«

Saint beugte sich vor und ich stieß einen kaum hörbaren Atemzug aus, als seine Hand über mein Knie strich, seine Berührung war etwas wärmer als zuvor. Ein Schauer durchfuhr mein Bein, als seine Fingerspitzen auf meine nackte Haut trafen, sein Mund war leicht geöffnet, der Ausdruck in seinen Augen glich dem eines Jägers.

Er leckte sich über die Lippen und für einen einzigen Moment ließ ich meine Deckung fallen, richtete meinen Blick auf diese subtile Bewegung, die mich daran erinnerte, wie perfekt sie mir erschienen waren, als ich ihn zum ersten Mal gesehen hatte ... kurz bevor er meinen Freund umgebracht hatte.

Plötzlich wurde sein Griff um mein Knie so fest, dass es schmerzte, und ich schloss die Augen, als ich keuchte.

»Dann hör auf, dich wie ein verdammtes Gör zu benehmen.« Seine harte Stimme passte zu seiner grausamen Berührung.

Tränen stachen mir in den Augen und ich war nur wenige Atemzüge davon entfernt, sie loszulassen und das Ausmaß meiner Furcht zu enthüllen.

Saint streckte die Hand aus und ich schloss die Lider erneut, als er über mir aufragte. Durch die drohenden Tränen hindurch konnte ich den Duft seines teuren Parfüms riechen, eine Mischung aus Gewürzen – Rosmarin, schwarzer Pfeffer ... und Dominanz. Das Klicken des Sicherheitsgurts ließ mich erstarren und ich konnte sie nicht länger zurückhalten. Es war wie ein langsames Rinnsal der Angst, das mir die Wange hinunterlief, und meine Lippen zitterten, als es meinen Mund berührte.

»Aber, aber, Mila.« Er wischte eine Träne weg und ich wandte mein Gesicht von ihm ab, ohne meine Augen zu öffnen, was ihm unfreiwillig die Möglichkeit verschaffte, sich noch näher zu mir zu lehnen, wobei sein Mund mein Ohr streifte. »Ich mag es, wenn Mädchen weinen.«

Ohne Vorwarnung spürte ich, wie er mit seinen Zähnen in mein Ohrläppchen kniff, und ich wimmerte mit bebenden Lippen.

»Es wäre klug, wenn du dir das merken würdest.«

Ich brauchte meine Lider nicht zu heben, um zu wissen, dass er sich nicht mehr über mich beugte. Allein dadurch, dass ich endlich wieder ruhig atmen konnte, war mir klar, dass er nicht mehr in meiner Nähe war. Als die Motoren des Flugzeugs ansprangen, hob ich sie doch. Ich weigerte mich, ihn anzuschauen, und starrte durch das Fenster in die Dunkelheit hinaus. So schnell, wie der Tag zur Nacht geworden war, hatte sich mein Leben von einer Realität, die mir vertraut war, in einen Albtraum verwandelt und ich hatte keine Ahnung, was er für mich bereithielt.

Man hätte meinen sollen, dass ich etwas aufgeregter sein würde, als sich das Flugzeug in Bewegung setzte, da es für mich das erste Mal war. Stattdessen fühlte ich mich noch schlechter. Die Beschleunigung sorgte dafür, dass ich die Armlehnen fest umklammerte, der Druck presste mich tiefer in den Sitz.

Mein Herz raste, mein Mund war so trocken wie im Aufzug des Hotels.

»Du bist noch nie geflogen.«

Ich warf ihm einen kurzen Blick zu, antwortete aber nicht.

»Entspann dich. Der Start ist der schlimmste Teil.«

Ich kniff meine Lider zusammen und schluckte schwer. Mit einem dumpfen *Klonk* hob der Jet vom Boden ab. Ein Gefühl des Fallens überkam mich, als wir weiter aufstiegen, meine Brust wurde eng und mein Magen schwer. Ich schaute nicht aus dem Fenster. Es war ohnehin zu dunkel, um irgendetwas zu erkennen. Aber ich spürte sie, die Neigung, während das Flugzeug stieg. Während ich die Augen geschlossen hielt, merkte ich, wie sich Schweißperlen an meinen Schläfen sammelten, und anstatt zu fühlen, wie sich der Jet in die Lüfte erhob, stellte ich mir vor, wie er auf den Boden stürzte.

Ich wand mich in meinem Sitz und versuchte, mich auf meine Atmung zu konzentrieren und nicht zuzulassen, dass die drohende Panikattacke meine Brust zerquetschte.

»Mila. Sieh mich an.«

Ich packte die Armlehnen fester.

»Mila!«

Der scharfe Tonfall in seiner Stimme zwang mich, meine Augen zu öffnen.

»Sieh mich an.«

Ich schüttelte den Kopf und war kurz davor, meine Lider wieder zu schließen.

»Ich sagte, sieh mich an. Atme und sieh mich an.«

Meine Nasenflügel blähten sich, als ich tief einatmete und die Luft brennend in meine Lunge strömte, während ich weiter in das Kristallblau seiner Augen starrte. Der steinerne Ausdruck, den er so gut beherrschte, war immer noch da, aber seinem Blick fehlte der grausame Glanz, welchen er die ganze Nacht über zur Schau gestellt hatte. Wirbel aus Saphiren und Schiefer hielten mich gefangen, während mein Herzschlag immer schneller wurde. Ich konnte meinen Fokus nicht abwenden, obwohl ich wusste, was für ein skrupelloser Mistkerl er war. Die Dunkelheit zog mich an, während die Angst mich fest mit ihren Klauen gepackt hielt. Die Sekunden vergingen und es fiel mir leichter, zu atmen, solang ich meine Augen auf seine gerichtet ließ.

Das Flugzeug stabilisierte sich, bis es sich so anfühlte, als würden wir uns überhaupt nicht mehr bewegen.

Saint lehnte sich zurück und hob eine Hand. »James, bring dem Mädchen einen Drink.«

»Ich will keinen ...«

»Doch, den willst du.«

James reichte mir ein Glas, das ich widerstrebend annahm.

»Trink aus«, verlangte Saint. »Es wird ein langer Flug werden.«

»Ein langer Flug wohin?«

Er grinste. »Dorthin, wo dich niemand finden kann.«

KAPITEL 7
Saint

Wir hatten einen neunstündigen Flug vor uns und da sie mir gegenübersaß, war ich gezwungen, sie anzuschauen. Ihr Gesicht. Ihre Augen. Die Art und Weise, wie sich ihr Kiefer bewegte, als sie sich auf die Innenseite ihrer Wange biss. Sie schlug kein einziges Mal die Beine übereinander, sondern behielt die Knie stets geschlossen. War das ein Zeichen mangelnden Selbstvertrauens? Ein Zeichen von Unbehagen? Natürlich war es das. Sie hatte keine Ahnung, was vor sich ging oder wer ich wirklich war. Mila saß in einem Flugzeug, ohne zu wissen, was unser Ziel war, und trug Kleider, die nicht ihr gehörten.

Eine Träne rann über ihre Wange und ich erkannte an ihrem gequälten Gesichtsausdruck, dass sie an ihn dachte. Aus irgendeinem Grund ärgerte mich das, als würde Metall an Knochen kratzen. »Er hat deine Tränen nicht verdient.«

Sie gab einen verächtlichen Ton von sich. »Er war nicht dein Freund.«

»Und deiner war er auch nicht.«

Schließlich wandte sie sich mir zu, dunkle Ringe umrahmten ihre müden Augen. »Wusste er es?«

Es war offensichtlich, nach was sie hier fragte. Durch all die

Nachforschungen, die ich über sie angestellt hatte, war mir klar, dass sie ein kluges Mädchen war, und sie konnte leicht zwei und zwei zusammenzählen.

Ich nickte. »Er wusste, dass er dich bei mir abliefern würde.«

Ihre Unterlippe begann zu zittern, aber sie biss die Tränen zurück. »Er wusste es die ganze Zeit? All die Monate über, die wir befreundet waren?«

»Glaubst du wirklich, es war Zufall, dass er buchstäblich in dich hineingelaufen ist in der U-Bahn, unter Hunderten von Menschen? Ein Akt des Schicksals?«

Lange Wimpern verwoben sich miteinander, als sie ihre Augen schloss. Tränen fielen und hinterließen eine sichtbare Spur in ihrer Make-up-Schicht. Zu wissen, dass diese Tränen für diesen niederträchtigen Hurensohn bestimmt waren, reichte aus, um das Blut in meinen Adern zum Kochen zu bringen.

Ich schüttete den letzten Schluck meines Drinks hinunter und hielt das leere Glas hoch, um anzuzeigen, dass man nachschenken sollte. »Er hat mit dir gespielt, Mila. Du warst nichts weiter als ein Gehaltsscheck für ihn. Darüber solltest du nachdenken, bevor du noch eine Träne an diesen Trottel verschwendest.«

Ein leises Wimmern kam über ihre Lippen und sie wischte sich über die Wange, ohne ein Wort zu sagen. Ich wusste nicht, warum, aber ich hasste es. Wenn dieses Arschloch jetzt vor mir stünde, würde ich ihn verdammt noch mal wieder abknallen.

Der Rausch des Bourbons, gemischt mit dem weißglühenden Zorn, ließ einen Schwall harter Gedanken auf mich einprasseln.

James kam mit einem neuen Glas zurück und mein Starren wurde zu einem wütenden Blick, als ich ihr sorgenvolles Gesicht beobachtete. »Hör auf. Hör auf, wegen ihm zu weinen.«

Ihre herzförmigen Lippen verzogen sich zu einem traurigen Lächeln. »Du denkst, ich weine um ihn?«

»Es sieht ganz danach aus.«

»Das zeigt nur, dass du nichts weißt.«

Ich richtete mich auf und rückte an den Rand meines Sitzes vor, während ich weiterhin den Drink zwischen meinen Fingern festhielt. »Ich weiß, dass du dein ganzes gottverdammtes Leben lang von einer Pflegefamilie zur nächsten gereicht wurdest. Ich weiß, dass du nie richtige Freunde hattest.«

»Ich dachte, Brad wäre mein Freund.«

Mir entglitt die Kontrolle und ich reagierte, indem ich mein Glas quer durch das Flugzeug warf, wobei das zerberstende Geräusch durch die Kabine schallte. »Dieser Wichser hat dich getäuscht, mit dir gespielt, so getan, als wäre er jemand, der er nicht war, hat dir die Worte gesagt, die du hören wolltest, um dein Vertrauen zu gewinnen. Und wenn er nicht bei dir war, hat er sich Crack reingezogen und Huren gefickt, wie das zwielichtige Stück Scheiße, das er war.« Ich stand auf und fuhr mir mit der Hand durch die Haare, mein Grad an Wut stieg mit jeder Sekunde, die verstrich.

Ihr grünäugiger Blick, der von unangebrachter Trauer verdorben war, richtete sich auf mich. »Ich weiß, dass er mich verraten hat.«

Mich über sie beugend, umklammerte ich die Rückenlehne ihres Sitzes. »Dann weißt du, warum ich Blei in seinen beschissenen Schädel gejagt habe.« Ihre Augen weiteten sich, als sie zu mir aufsah und mich studierte. Ich lächelte. »Wenn du nach einem Zeichen von Reue suchst, wirst du es nicht finden.« Ich senkte meinen Mund zu ihrem Ohr. »Weil ich keine empfinde. Brads Blut an meinen Händen zu haben, ist eines der wenigen Dinge, die mich nachts nicht wach halten werden.«

Mila zitterte und ein Luftzug strömte über ihre Lippen, ihre Kehle bewegte sich, als sie schluckte. Aus dieser Nähe konnte ich ihre Angst riechen, ihre Unsicherheit. Sie stank nach

Naivität und Unwissenheit, ein Geruch, den ich durch meinen eigenen ersetzen wollte, wie ein gottverdammtes Tier, das Anspruch auf das erhob, was ihm rechtmäßig zustand.

Meine verdorbenen Gedanken füllten meinen Kopf wie ein Gift und ich streckte meine Hand aus, fuhr mit einem einzelnen Finger die Kurve ihres Halses hinunter, wobei ich ihren schnellen Puls unter der Spitze spürte. Es war leicht zu erkennen, dass sie den Atem anhielt, weil sie meinen nächsten Schritt fürchtete. Meine Berührung hasste. Mich verachtete. Etwas, was ich sehr, sehr bald zu ändern gedachte.

Während ich mit meiner Nasenspitze am Rand ihres Ohrs entlangfuhr, erlaubte ich meinem Finger, weiter über ihren Oberkörper und die glatte, seidige Haut zu wandern. Ich strich über den Stoff ihres Kleides, über den V-förmigen Ausschnitt ihres Dekolletés. So jung. So unschuldig. Eine zerbrechliche Puppe, die unter der boshaften Berührung eines Mannes wie mir zerbrechen würde.

Ich glitt zwischen ihre Brüste, eine einzelne Fingerspitze, die über ihre weiche Haut strich, und ich hörte, wie sie endlich Luft holte.

»Fass mich nicht an«, flüsterte sie, doch ihre Stimme sowie ihr Mangel an Überzeugung waren viel zu schwach, um mich davon abzuhalten, ihren Körper zu erforschen. Im Gegenteil, es spornte mich nur an, mehr von ihrer Haut unter meinen Fingerspitzen spüren zu wollen. Weich, seidig, unschuldig. Mir lief das Wasser im Mund zusammen, bei dem Gedanken daran, sie zu schmecken, sie zu zerstören und ruinieren, zu sehen, wie sich ihr Rücken wölbte, während ich ihren süßen kleinen Körper bis zur Unterwerfung fickte.

»Oh, liebe Mila.« Ich schob eine Hand unter ihr Kleid und umfasste ihre nackte Brust, ohne Rücksicht darauf zu nehmen, ob meine Berührung willkommen war. Schließlich gehörte sie mir, sie wusste es nur noch nicht.

Ein leises Wimmern entrang sich ihrer Kehle und ich schloss die Augen, genoss das Geräusch, während es mich verdammt erregte, zu spüren, wie sie sich versteifte, wie ihr Atem schwer und mühsam wurde. Ihr Nippel wurde hart unter meiner Handfläche, die winzige Knospe bettelte darum, gesaugt zu werden, ihr Körper reagierte wunderbar auf meine ungebetene Liebkosung.

»Es wird eine Zeit kommen, Mila, in der du mich anflehen wirst, dich zu berühren.«

Sie wandte mir ihr Gesicht zu, ihre rosigen Lippen glitzerten einladend und flehten praktisch darum, verwöhnt zu werden, bis sie geschwollen wären. Ihre Brust hob und senkte sich, sanfte Atemzüge wehten aus ihrem Mund wie eine Brise der Verführung. Ich konnte ihre Lust praktisch riechen, ihr Blick bohrte sich in meinen, als würde sie um etwas bitten. Etwas, was sie nicht wollte, was sie aber unerklärlicherweise brauchte.

Mila leckte sich über die Lippen, ihre Zunge forderte meine Aufmerksamkeit. »Ich ... würde lieber sterben.«

Lächelnd schaute ich zu der Stelle hinab, wo meine Hand unter ihrem Kleid verschwand. *Gut gespielt, Mila.*

Die Wölbung ihrer Brust passte perfekt in meine Handfläche und ich drückte einmal fest zu, bevor ich meine Finger unter dem Stoff hervorzog. Ihr Körper sackte im Sitz nach hinten, ihre Wangen waren gerötet, während sie sichtlich verwirrt nach Atem rang. Ich war ein Jäger, ein Mann, der die Verfolgung liebte, und es war leicht für mich zu erkennen, wenn eine Frau verzweifelt versuchte, gegen die grundlegendsten menschlichen Triebe anzukämpfen – der Sünde zu erliegen. Aber in Mila steckte eine Stärke, die ich schon lang nicht mehr gesehen hatte, eine Stärke, die die Jagd wieder zu einer Herausforderung werden ließ – eine Versuchung, für die ich töten würde, um ihr nachgeben zu können.

Ohne sie aus den Augen zu lassen, beobachtete ich, wie sie den Sicherheitsgurt öffnete und aufstand. »Ich muss mal auf die Toilette.«

»Elena wird dich hinbringen.«

Mila schob sich an mir vorbei und vermied absichtlich den Blickkontakt. Ich setzte mich wieder hin und starrte ihr hinterher. Der kranke Wichser in mir fragte sich, wie feucht sie wohl zwischen ihren Beinen war. Ich wusste nicht, welcher Gedanke mich mehr erregte – dass sie mich wollte und sich mir unterwarf oder dass sie gegen mich ankämpfte, bis ihr Körper sie auf die schlimmste Art und Weise verriet. Ob sie sich jedoch nun fügte oder weiter auflehnte, sie würde mir geben, was ich wollte. Dafür würde ich sorgen. Jahrelang hatte ich auf diesen Tag gewartet, war diesem Weg der Rache und Vergeltung gefolgt, bis ich endlich das Ziel erreichen würde, nach dem ich mich sehnte. Einen Ort, an dem ich alles Unrecht, das mir je angetan worden war, berichtigen könnte.

KAPITEL 8

Mila

Ich konnte kaum noch einen Fuß vor den anderen setzen. Meine Emotionen zerrten an jedem Quäntchen Kraft, das ich noch in mir hatte, und wischten es hinfort, als wäre es nichts als Staub.

Elena lief mir voraus und ich folgte ihr, betete, dass ich nicht zusammenbrechen würde – zumindest nicht, bis ich allein war.

»Hier, bitte.« Elena trat zur Seite und zeigte auf die Tür. Ich eilte hinein, bevor es zu spät war – bevor die Wände einstürzten und mich die Trümmer unter sich begruben.

Als das Klicken der Tür ertönte, war das das Signal für mich, loszulassen, die Risse aufbrechen zu lassen, mich in Stücke zerspringen zu lassen.

Ein einziger Atemzug, ein einziger Augenblick genügte, damit die Tränen eines ganzen Lebens durch meine Seele flossen und sich wie ein Strom der Trauer aus meinem Körper ergossen. Alles verschwamm zu einem Grau, die Finsternis der Welt blendete mich. Bis auf das Blut. Brads Blut. Ich konnte noch deutlich sehen, wie es in den Teppich gesickert war, weil sein Körper keine Verwendung mehr dafür gehabt hatte. Saint hatte nicht einmal geblinzelt. Brads Leiche war ihm keinen zweiten Blick wert gewesen. Er hatte nur das Blut von meinen Wangen gewischt, das auf mein Gesicht gespritzt war, als hätte es die Macht, mich zu beflecken.

Ich drehte mich um und sank zurück, rutschte langsam die Tür hinunter, während ich so sehr weinte, dass es wehtat. Jede Träne brannte auf meiner Haut, der Schmerz war unerträglich.

Saint hatte mich mitgenommen. Er hatte mich gegen meinen Willen mitgenommen. Mich entführt. Mich bedroht. Mich dann berührt. Etwas, wozu er kein Recht gehabt hatte, es zu tun. Etwas, wozu mein Körper kein Recht gehabt hatte, es zu mögen. Aber er tat es. Ich tat es. In dem Moment, als er seine Hand unter mein Kleid geschoben hatte, hatte sich mein Inneres zusammengezogen und mehr gewollt. Mein Körper wollte immer noch mehr. Wie war das überhaupt möglich? Dieser Mann war der Teufel, das leibhaftige Böse, und er versuchte nicht einmal, etwas anderes zu behaupten. In der Sekunde, in der ich begriffen hatte, was geschehen war, war es gewesen, als wäre ein Schalter umgelegt worden, als hätte sich dieser eine Moment des Verlangens in eine heftige Welle verwandelt, ein ekelhaftes Gefühl, das ich noch nie zuvor erlebt hatte.

Er widerte mich an. Saint widerte mich an. Seine Berührung war Gift und seine Worte waren nichts als Lügen, manipulative Täuschungen und verdrehte Wahrheiten. Ich war erst seit ein paar Stunden in seiner Gegenwart, doch es fühlte sich an, als hätte er mich schon mein ganzes Leben lang infiziert. Als hätte er sich in meinen Knochen eingenistet.

»Mila, ist alles okay?« Elena klopfte an die Tür und ich wischte mir über die Wangen, als wäre es möglich, jede Spur meiner Tränen zu beseitigen.

»Ich werde so tun, als sei das eine Fangfrage.« Sarkasmus war die einzige Waffe, hinter der ich meine Angst verbergen konnte.

»Es ist ein langer Flug. Ich habe etwas Bequemeres für dich zum Anziehen. Ich lege es einfach vor die Tür.«

Ich streckte meine Beine vor mir aus und starrte auf die schwarzen High Heels an meinen Füßen. »Warum bist du so nett zu mir?«

Da keine Antwort kam, dachte ich, sie wäre gegangen. Aber dann hörte ich ihre sanfte Stimme. »Weil, egal aus welchen Gründen du hier bist, du um nichts davon gebeten hast.«

»Warum tut er mir das an?«

»Es ist so, wie es sein sollte.«

Ich blickte auf den Boden neben mir. »Er wird mir wehtun ... nicht wahr?«

Es folgte Stille, aber sie war immer noch da. Ich konnte ihren Schatten unter der Tür hindurchsehen.

Doch dann verschwand er und Elena ging, ohne zu antworten. Sie wusste genauso gut wie ich, dass Saint mich verletzen würde, und ich hatte allen Grund, ihn zu fürchten und mich so weit wie möglich von ihm fernzuhalten.

Geschwächt drückte ich mich nach oben, schloss die Tür auf und fand ein Paar schwarzer Leggings sowie ein weißes Hemdkleid ordentlich gefaltet auf dem Boden vor. Dieser Stapel an einfacher Kleidung, den sie mir dagelassen hatte, war wahrscheinlich mehr wert als meine gesamte Garderobe in der schäbigen Wohnung, die ich mir mit meiner Mitbewohnerin teilte. Wäre sie nicht die meiste Zeit auf Kokain, hätte ich mir mehr Hoffnung gemacht, dass man mich vermissen würde. Meine Abwesenheit war nichts, was sie bemerken würde. Ich war mir nicht einmal sicher, ob sie sich bewusst war, dass ich dort wohnte.

Bevor ich die Tür erneut schloss, seufzte ich und hob die Kleider auf. Wie der Rest von Saints Privatjet war auch das Badezimmer der Inbegriff von perfekter Architektur und Design. Braun marmorierte Ablageflächen ergänzten den gefliesten Boden. Die gläserne Duschtür war durchsichtig und ein großer Spiegel bedeckte die gesamte Wand im Inneren. Zwei goldene Ringe zogen meine Aufmerksamkeit auf sich und ich trat näher heran. Sie sahen wie Handtuchringe aus, aber was hätten diese in einer Dusche zu suchen? Ich ging auf die Glastür zu, während die goldenen Ringe meine Neugier weckten. Fest in der Wand verankert, konnte ich mir deren Zweck nicht erklären.

Ich schaute mich um und suchte nach etwas, was fehl am Platz war. Aber alles andere schienen normale Badezimmerarmaturen zu sein.

Der Schrank unter dem Waschbecken schrie förmlich danach, geöffnet zu werden. Ich hätte es wahrscheinlich besser wissen sollen, als hier herumzuschnüffeln, aber angesichts der Umstände dachte ich mir, dass ich mich nicht noch tiefer in die Scheiße hineinreiten konnte.

Da ich wusste, dass sie nicht verschlossen war, warf ich einen Blick auf die Badezimmertür, aber meine Neugier übermannte mich und ich hockte mich vor den Schrank. Der runde Messinggriff fühlte sich glatt an und das Klicken des Verschlusses ließ mich schwer schlucken, als ich an ihm zog.

Im Inneren fand ich Shampoo, Duschgel, Zahnpasta und eine große Auswahl an Aftershaves sowie Rasierschaum – alles teure Marken natürlich. Ich schürzte die Lippen, griff hinein und schob die Flaschen hin und her, um herauszufinden, was sich noch darin versteckte. Meine Finger stießen auf etwas Raues, ähnlich einem Seil, und ich hielt inne, um genauer nachzuschauen. Zögerlich und in einem plötzlichen Anfall von Nervosität hob ich es auf und hielt ein schwarzes geflochtenes Seil in der Hand.

»Was zur Hölle?«, murmelte ich und warf einen weiteren Blick in den Schrank. In der hintersten Ecke fand ich eine goldene Flasche und nachdem ich sie herausgenommen hatte, las ich das Etikett auf der Vorderseite. »Flüssiges Gold. Was zum Teufel ist flüssiges Gold?«

»Hat dir niemand beigebracht, nicht herumzuschnüffeln?«

Mein Herz schlug mir fast bis zum Hals und ich schoss hoch, hielt immer noch das Seil in der einen Hand, ließ jedoch die Flasche fallen. Sie rollte über den gefliesten Boden, bis sie direkt vor seinen teuren italienischen Lederschuhen zum Liegen kam.

Saint zog die Augenbrauen zusammen, bückte sich, um sie aufzuheben, und strich mit dem Daumen über das Etikett, bevor er seinen Blick auf mich richtete. »Weißt du, was das ist?«

Ich beäugte ihn mit Vorsicht. »Sollte ich?«

»Ich deute das als ein Nein.«

Er machte einen bestimmten Schritt nach vorn und verringerte den Abstand zwischen uns. Seine Anwesenheit ließ den großen Raum um uns herum viel kleiner erscheinen als zuvor und mein Herz drohte, in meiner Brust zu explodieren. Saint hielt die Flasche hoch und die Adern in seinen Armen traten unter der Kraft, die durch seinen Körper pulsierte, hervor. »Es soll das Ficken so viel ... vergnüglicher machen.«

Die Worte rollten von seiner Zunge wie flüssige Verführung, verdrehte Verlockung tropfte von seinen Lippen. Ich schluckte schwer und wich einen Schritt zurück, als er sich weiter heranpirschte, seine blauen Iriden hielten mich gefangen.

»Bist du schon mal gefickt worden, Mila?«

Nach einem weiteren Schritt spürte ich, wie sich die Ablagefläche in meinen Rücken bohrte, und ich hielt mich an deren Kante fest. »Das geht dich nichts an.«

In seinen Augen blitzte etwas Ursprüngliches auf. Etwas Bedrohliches. Und ich wusste, die Jagd hatte gerade erst begonnen. »Beantworte meine Frage.«

Tödliche Wellen lauerten unter der Oberfläche und ich überlegte, auf welche Art von kranken, verdrehten Vergnügungen er stand – welche Art von Frau er in seinem Bett bevorzugte.

Ich hob mein Kinn, um ihm weiterhin in die Augen sehen zu können, während er mich überragte. Mich bedrängte. Mich belauerte. »Ich hatte schon mal Sex.«

»Das habe ich nicht gefragt.«

Mir stockte der Atem, als er sich vorbeugte, seine Hände auf der Ablagefläche hinter mir platzierte, mich einhüllte, mich zwischen seinen Armen gefangen nahm, mit nichts als einem Hauch von Abstand zwischen uns. »Ich habe gefragt, ob du schon mal *gefickt* wurdest?«

»Gibt es da einen Unterschied?«

Er grinste. »Bei mir schon.« Das tiefe Vibrieren seiner Stimme war von schmutzigen Fantasien und verruchter Lust durchzogen und ich wurde von der Glut einer matten Begierde überrumpelt, die mich entflammte.

Eisblaue Augen studierten jede Kontur meines Gesichts, sein Kopf war geneigt. In einem verzweifelten Versuch, seinem fesselnden Blick zu entgehen, drehte ich meinen Hals zur Seite und wandte mich so von ihm ab. Ein Teil von mir hoffte, dass es eher wie ein Akt des Trotzes wirken würde statt wie die Reaktion einer Frau, die sich wegduckte.

Saint hob seine Hand und fuhr mit einem Finger sanft an meinem Kiefer entlang. Auf meiner Haut spürte ich seine verlockende Berührung überdeutlich. Als seine Hand über meinen Hals und Oberkörper wanderte, erschauderte ich und schloss die Augen. Mit leicht geöffneten Lippen atmete ich aus und in dem Moment, als seine gierigen Finger die Rundung meiner Brust erreichten, reagierte ich. Instinktiv holte ich mit dem Arm aus, aber er sah ihn kommen und blockte meine Faust, mit der ich auf sein Gesicht gezielt hatte, indem er mein Handgelenk ergriff. Seine Reaktion war schnell und kalkuliert, er zog meinen Arm zur Seite und packte mit der anderen Hand meine Kehle, drückte meinen Kopf nach hinten gegen den Spiegel, während mein Körper unangenehm über die Ablagefläche gebeugt wurde.

Mit einem Knurren brachte er sein Gesicht nah an meins heran, die Kiefer aufeinandergepresst, die Zähne entblößt, als sich seine Oberlippe kräuselte. »Dies ist deine letzte Warnung, Milana. Kämpfe nicht gegen mich an. Widersetze dich mir nicht. Und vor allem«, er drückte zu, seine Finger gruben sich in die Haut meines Halses, »führe mich nicht in Versuchung.«

Sein Blick brannte wie der einer Bestie, die kurz davor war, ihre Beute zu verschlingen, und sein Griff verstärkte sich noch ein wenig, bevor er mich schließlich mit einem Ruck losließ und zurücktrat.

Tief atmete ich ein und mein Körper sackte gegen die Kante der Ablage, während ich die Haut rieb, in die sich seine Finger gebohrt hatten.

»Du hast zwei Minuten, andernfalls komme ich wieder und schleife deinen Arsch hier raus.«

Ich ließ mich auf den Boden sinken, nahm immer noch einen tiefen Atemzug nach dem anderen und sah zu, wie seine polierten schwarzen Schuhe aus meinem Sichtfeld verschwanden.

»Milana.« Meine Stimme war krächzend und ich schaute zu ihm auf, als er stehen blieb. »Du hast mich Milana genannt.«

Saint bewegte sich nicht. Er drehte sich auch nicht zu mir um.

»Heiße ich so? Ist das mein richtiger Name?«

Diesmal warf er einen Blick über seine Schulter, seine Kiefermuskulatur zuckte unter dem dunklen Ansatz des Fünftagebarts. »Milana Katarina«, murmelte er, bevor er ohne ein weiteres Wort davonging.

Mein Gott. War das mein richtiger Name? Wusste Saint tatsächlich, wer ich war und wer meine richtige Familie war?

Mein ganzes Leben lang hatte ich erfahren wollen, wer ich wirklich war, woher ich kam und wer meine leiblichen Eltern waren. Das war etwas, was die meisten Kinder, die sich im System befanden, stets wissen wollten, etwas, was uns jeden Tag unseres Lebens verfolgte. Und jetzt schien es, als ob ich endlich jemanden gefunden hätte, der mir die Antworten geben konnte, die ich immer gesucht hatte. Zu schade, dass dieser Jemand der Teufel war.

Die schwarzen Leggings und das weiße Hemdkleid waren zehnmal bequemer als das eng anliegende Etwas, das sie mich hatten tragen lassen. Elena hatte mir keine Schuhe dagelassen, aber ich hatte kein Problem damit, barfuß herumzulaufen, besonders wegen der angenehmen Temperatur in der Kabine.

Elena und James saßen auf der anderen Seite des Flugzeugs und unterhielten sich angeregt. Ich fragte mich, wie alt Elena war. Sie schien keinen Tag älter als vierzig zu sein und doch hatte ich gehört, wie Saint sie seine Tante genannt hatte. James schien allerdings jünger zu sein, sogar jünger als Saint, aber sie waren ungefähr gleich groß. Von gleicher Statur.

Ohne auf Saint hinabzublicken, schob ich mich an ihm vorbei, um meinen Platz ihm gegenüber einzunehmen, als eine Stewardess, die ich vorher nicht bemerkt hatte, einen Teller mit Essen vor mich stellte. Sie lächelte in Saints Richtung, ihre roten Lippen waren verführerisch geschwungen. »Gefüllte Lammbrust mit Zitrone und Ricotta.«

Ich warf einen Blick auf die Mahlzeit. »Ich ... äh ...«

Saint schnappte sie sich und drückte sie ihr wieder in die Hand. »Ich habe um die gefüllte Hühnerbrust gebeten. Nicht das Lamm.«

»Sir ...«

»Die Dame isst kein rotes Fleisch. Ich habe ausdrücklich um Huhn gebeten.«

Sie verschluckte sich fast an ihrem Lächeln, ihre Wangen verfärbten sich panisch rosa. »Es tut mir leid, Mr. Saint.«

»Hol einfach das verdammte Huhn.«

»Ja, Mr. Saint.«

»Oh«, er hob die Hand, »stell sicher, dass du alle deine persönlichen Gegenstände aus meinem Jet entfernst, sobald wir gelandet sind. Du wirst nicht zurückkehren.«

Die Röte in ihren Wangen verschwand und wurde durch ein kränkliches Weiß ersetzt. Ihre Lippen öffneten sich, aber er entließ sie lediglich mit einer Handbewegung, woraufhin sie den Mund schloss und in die andere Richtung davoneilte.

Erschrocken riss ich die Augen auf und blinzelte. »Du hättest sie nicht feuern müssen.«

»Natürlich musste ich das.« Er nahm einen Schluck aus seinem neuen Glas.

»Warum? Weil sie die Bestellung falsch verstanden hat?«

»Weil sie nicht zugehört hat. Weil sie eine so einfache Aufgabe wie das Ordern des richtigen Essens nicht bewältigen konnte.«

»Ich denke immer noch nicht, dass dieser Fehler ihre Entlassung rechtfertigt.«

Er stellte seinen Drink auf dem Tisch neben sich ab. »Wird dich die Tatsache, dass ich meine Stewardess unzählige Male gefickt habe, vom Gegenteil überzeugen?«

Ungläubig starrte ich ihn an und schüttelte den Kopf. »O mein Gott.«

»Wird sie?«

»Nein«, antwortete ich knapp, doch ich war nervös und fühlte mich unwohl. »Dein Sexualleben ist mir scheißegal und auch, mit wem du gefickt hast. Ich kenne dich doch gar nicht.«

Er stützte die Ellenbogen auf die Knie und ein scharfsinniger Ausdruck blitzte in seinen blauen Augen auf, als er mich anstarrte. »Wenn ich dir also erzähle, dass das Seil, das du vorhin in den Händen gehalten hast, dasselbe Seil ist, mit dem ich sie in der Dusche abgebunden habe, macht das für dich keinen Unterschied?«

Jetzt wusste ich, wofür die goldenen Ringe in der Dusche gedacht waren.

Ohne meinen Blick von ihm abzuwenden, rutschte ich in meinem Sitz hin und her. Es wurde immer deutlicher, was für ein Mann er war. Ein Jäger. Ein Triebtäter. Die schlimmste Sorte.

»Hast du mich deshalb mitgenommen?«, fragte ich. »Um

mich in eine Sexsklavin zu verwandeln und an einen reichen arabischen Perversen namens Abdul zu verkaufen?«

Sein Gesicht verfinsterte sich, sein Ausdruck war unlesbar, bis er plötzlich in Gelächter ausbrach. »Abdul?«

»Ich bin froh, dass du das amüsant findest«, erwiderte ich stirnrunzelnd.

Das grollende Geräusch seines Lachens hielt an und ich wich zurück, als es langsam verklang.

Saint fuhr sich mit den Fingern über die Stirn. »Nein, Mila. Ich werde dich nicht als Sexsklavin an einen arabischen Perversen namens Abdul verkaufen.« Seine Augen verengten sich, während sich seine Miene verschloss. »Du bist viel mehr wert als das.«

»Du sagst ständig solche Sachen. Was soll das bedeuten? Was willst du wirklich von mir?«

»Alles zu seiner Zeit, Mila.«

»Milana Katarina.«

Saint bedachte mich mit einem warnenden Blick.

»Das ist mein Name, richtig? Mein wahrer Name?«

Er lehnte sich zurück, rieb seine Handflächen aneinander und meine Aufmerksamkeit wanderte von seinen saphirblauen Iriden zu seinen muskulösen Händen, der seidigen Haut und den kräftigen Knöcheln mit den mir unbekannten Symbolen, die in jedem Finger eintätowiert waren.

»Ja«, antwortete er schlicht.

»Woher weißt du das? Woher weißt du, wer ich bin?«

Saint rieb sich weiter die Fäuste. »Du stellst zu viele Fragen.«

»Du gibst zu wenige Antworten.«

Er gab einen verächtlichen Ton von sich. »Wie sagt ihr Amerikaner? Du hast Eier, so mit mir zu reden, nachdem du gesehen hast, wie ich Brad, ohne mit der verdammten Wimper zu zucken, getötet habe.«

Ich lehnte mich zurück und strich mir die Haare aus dem

Gesicht. »Irgendetwas sagt mir, wenn du mich tot sehen wolltest, wäre ich es auch.«

»Schlaues Mädchen. Aber es wäre klug, sich das zu merken.«

Ich schaute aus dem Fenster. Die Sonne begann, am Horizont hervorzulugen, ein malerischer, klarer Blick auf den blauen Ozean, der sich kilometerweit erstreckte, während nichts anderes in Sicht war.

»Was willst du von mir?«

»Ich habe dir bereits gesagt, dass du deine Antworten bekommen wirst, sobald du dazu bereit bist.«

Die Frustration überwältigte mich und ich fuhr mir mit der Hand durch das Haar. »Um Himmels willen, sag es mir einfach. Sag mir, warum ich hier bin, was du von mir willst und was du vorhast, mit mir zu tun.« Meine Stimme wurde mit jeder Silbe lauter und sowohl James als auch Elena drehten sich in unsere Richtung.

Die Hitze in meinen Wangen machte mir klar, dass ich mich beruhigen musste. Ich musste die Kontrolle behalten. Das war das Einzige, was er mir nicht nehmen konnte. Die Kontrolle. Zumindest im Moment.

»Bitte, Saint«, murmelte ich, schloss die Augen und ließ den Kopf sinken. »Was. Willst du. Von mir?«

Die Stille drängte jeden von uns beiden in die Enge. Sie war schwer. Ohrenbetäubend. Und langsam erstickte sie mich. Ich brauchte Antworten. Ich musste es wissen, denn unwissend zu sein, war viel schlimmer.

Die kürzlich arbeitslos gewordene Stewardess kam mit einem neuen Teller in der Hand zurück und ihre Anwesenheit trug nur noch mehr zum Unbehagen dieser Situation bei. Nun, da ich wusste, dass Saint mehrmals mit ihr im Waschraum Sex gehabt hatte, sah ich sie in einem anderen Licht. Ihr blondes Haar wirkte unechter als noch vor einer halben Stunde, ihre auffallend blauen Augen hatten einen Farbton, den nur Kontaktlinsen verleihen konnten. Warum mochte ich sie plötzlich nicht mehr? Der Gedanke daran, wie Saint sie entlassen hatte, beunruhigte mich nicht mehr ganz so sehr wie vorhin.

Die Stewardess schaute weder Saint noch mich an, ihre Unterlippe zitterte, als würde sie jeden Moment in Tränen ausbrechen. Ich wollte sie fragen, ob es ihr gut ging, aber Elena trat mit zwei Gläsern Champagner hinter sie.

»Möchte jemand ein Glas Champagner?«

Saint grinste. »Ich bin sicher, Mila würde sich über eins freuen.«

Luft entwich durch meine Zähne. »Champagner ist ein Getränk zum Feiern.«

»In der Tat.« Saint nahm ihr die Gläser ab und hielt mir eins entgegen. »Wir haben viel zu feiern.«

Ich runzelte ungläubig die Stirn. »Du machst Witze, oder?«

»Trink aus. Es ist nur ein Glas Champagner. Der beste der Welt, wie ich hinzufügen möchte.«

Ich kaute auf meiner Lippe herum und starrte auf die vermeintliche Gefahr, die Saint darstellte, wie er mir in seiner teuren Kleidung, mit seiner *Rolex* und seinem giftigen Grinsen gegenübersaß.

»Ein Glas, Mila«, drängte Elena mit einem warmen Lächeln. »Er ist köstlich. Er passt gut zu deinem Essen.«

Zögerlich griff ich nach dem Glas in Saints Hand und meine Finger streiften seine. Eine sanfte Berührung, ein subtiler Funke und ich sog den Atem ein, als sich unsere Blicke trafen. In seinen Iriden lauerte ein böses Glitzern, eine unausgesprochene Dunkelheit, die mich mit Haut und Haaren zu verschlingen drohte.

Ohne ein Wort zu sagen, nahm ich ihm das Glas ab und er stieß seins gegen meins. »Auf unsere gemeinsame Zeit, Mila.«

Ich antwortete nicht und erwies ihm auch nicht den Gefallen, so zu tun, als ob ich mit ihm anstoßen wollte. Zwar mochte ich aus der Gosse kommen, aber ich wusste, dass Champagner dazu bestimmt war, genossen zu werden. Man musste an ihm nippen. Doch ich trank ihn in einem Zug aus – als Zeichen des

Trotzes. Ich musste einen klaren Kopf bewahren und mir überlegen, wie ich von ihm wegkommen konnte. Bis dahin musste ich mein Bestes geben, damit mir diesen Mann nicht unter die Haut ging.

Während ich in Saints Richtung blickte, schluckte ich den letzten Tropfen Champagner hinunter und reichte Elena das Glas zurück. Er presste seine Lippen zu einer geraden Linie zusammen. Diese gottverdammt perfekten Lippen wie aus dem Lehrbuch, die mich wie die Grinsekatze angrinsten, die den Bauch voller Geheimnisse hatte.

Ich war eines dieser Geheimnisse. Er hatte es mir gesagt. Die Frage war nur, warum?

KAPITEL 9

Mila

Es war mir nicht fremd, mit einem hämmernden Kater und einer Zunge aufzuwachen, die sich anfühlte, als hätte man an Glasscherben geleckt. Aber das hier war anders. Mein Geist war getrübt, desorientiert und in den ersten paar Momenten nach dem Aufwachen konnte ich mich an nichts erinnern. Alles war leer, meine Gedanken zerstreut.

Ich umklammerte irgendeinen Stoff, als ich die Fäuste ballte, und drückte mich hoch, wobei mein Kopf so schwer wie eine verdammte Abrissbirne war. Wäre er nicht an meinem Körper befestigt gewesen, wäre er auf den Boden gerollt.

»Jesus, Maria und Josef.« Ich legte eine Hand an meine Schläfe, mein Gesicht wurde von dem wilden Wirrwarr aus Haaren verdeckt.

»Du hast wirklich ein loses Mundwerk, Mila.«

»Scheiße!« Ich zerrte an dem Laken und sah Saint in einem Sessel sitzen, der seine Hände vor das Gesicht geschlagen hatte und mich anstarrte. Jap, jetzt kam alles wieder zurück.

Das Hotel. Die Penthouse-Suite. Der Mann mit den perfekten Lippen. Brad. Der Privatjet.

Fuck.

»Wo sind wir?«

Er tippte mit einem Finger auf die Oberseite seiner anderen Hand. »Du bist in Sicherheit.«

»Das ist nicht das, wonach ich gefragt habe.«

Mit einem Blick nach unten vergewisserte ich mich, dass ich noch angezogen war, dann wuselte ich auf dem Bett herum, als könnte ich so einen versteckten Hinweis zwischen den Laken finden. Gott, ich war so verwirrt.

Ich warf mein Haar zurück und es fühlte sich an, als würde sich mein Gehirn in meinem Schädel bewegen. »Wo sind wir?«

»Auf einem meiner Anwesen.«

»Einem?« Ich zog die Brauen hoch.

»Ja. Einem.«

Mit zu Schlitzen verengten Augen sagte ich: »Wir waren in einem Flugzeug.« Meine Erinnerungen kehrten langsam zurück. »Wir waren in einem Flugzeug und du ... ich hatte Champagner. O mein Gott.« Verdutzt starrte ich ihn an. »Hast du mich verdammt noch mal unter Drogen gesetzt?«

»Du hast ein schmutziges Mundwerk.« Er blinzelte nicht einmal.

»Hast du mich betatscht?« Ich sprang vom Bett auf und schaute an meinem Körper hinunter, betrachtete meine Arme, sah bis zu meinem Hintern herum, verzweifelt auf der Suche nach Anzeichen für irgendeine versaute Scheiße, die mir angetan worden war.

»Glaub mir, um dich zu berühren, muss ich dich nicht ohnmächtig machen.« Seine Worte rollten verführerisch über seine Lippen. Diese verdammten Lippen verlangten immer noch nach meiner Aufmerksamkeit, selbst mit einem benebelten Gehirn nach Drogeneinfluss.

»Warum hast du mich betäubt?«

»Ich musste sicherstellen, dass niemand sieht, wie du hier hergebracht wurdest.«

»Und wo genau ist hier?«

»Auf meinem Anwesen.«

»Ich erinnere mich, dass du das sagtest, ja. Ich meine, wo befindet sich dein Anwesen?«

Saint leckte sich über die Lippen. »Italien.«

»Wir sind in Italien?«, wiederholte ich ungläubig.

Er nickte.

»Italien?«

»Wir sind in der Region Friaul-Julisch Venetien in Italien.«

Meine Augen weiteten sich. »Bitte was?«

Amüsiert über die Tatsache, dass ich das wahrscheinlich nie würde korrekt aussprechen können, schmunzelte er.

Meine Hand hebend, versuchte ich, zu verarbeiten, was er gerade offenbart hatte. »Wir sind in Italien?« Ich blickte mich um. »Wir sind in Italien. Ich bin in Italien«, murmelte ich vor mich hin. Als ich mich umdrehte, entdeckte ich ein Fenster, dessen Läden zugezogen waren. Ich eilte hin und versuchte, es zu öffnen, aber es war verriegelt und durch den Spalt, der durch die beiden aufeinandertreffenden Fensterläden gebildet wurde, fielen Sonnenstrahlen. »Warum sind die verschlossen?«

Saint stand auf und ich bemerkte den frischen, sauberen Anzug, den er trug. Diesmal einen schwarzen. »Fürs Erste bleibst du drinnen und hältst dich von allen Fenstern fern.«

»Ich bin eine Gefangene?«, fragte ich mit einem verächtlichen Unterton. »Natürlich bin ich das. Für eine Sekunde habe ich vergessen, wie du meinen Freund erschossen hast, um mich zu entführen.«

Seine dunklen Brauen runzelten sich missbilligend. Der Mann war der Inbegriff von Perfektion und Macht, stolz und majestätisch, als gehörte ihm die ganze gottverdammte Welt. »Ich dachte, wir hätten festgestellt, dass Brad nicht dein Freund war?«

»In meinem Kopf war er das, bis du ihn getötet hast.«

»Wenn du mich fragst, habe ich dir einen beschissenen Gefallen getan.«

»Du darfst also ein schmutziges Mundwerk haben, aber ich nicht?«

Mit einem selbstgefälligen Grinsen bewegte er sich auf mich zu, langsam, einen einschüchternden Schritt nach dem anderen machend. Ich fühlte mich wie die verdammte Beute, die wusste, dass sie in die Enge getrieben worden und nur noch Sekunden davon entfernt war, von Kopf bis Fuß verschlungen zu werden.

Ich stieß mit dem Rücken gegen die Wand und die Luft entwich aus meiner Lunge. Seine eins neunzig große Gestalt, sein hungriger Blick und seine perfekten Lippen ließen mich meine Nägel gegen die Mauer hinter mir drücken. Mit meinen eins siebzig hatte ich mich nie klein gefühlt, aber zwischen ihm und der Wand eingekesselt zu sein, sorgte für ein Gefühl, als würde ich ersticken.

Saint nahm mein Kinn zwischen seinen Daumen und Zeigefinger und zwang mich, aufzuschauen. »Du denkst, ich hätte jetzt ein schmutziges Mundwerk? Warte, bis ich damit zwischen deinen Beinen war. Ich gebe dem Wort schmutzig eine ganz neue Bedeutung, mein kleines *Segreto*.«

Ich hasste es. Ich hasste es, dass er mich so leicht einschüchtern konnte und mich mit seinen unverhohlenen sexuellen Anspielungen beeinflusste. Der Wichser hatte mich entführt. Dachte er wirklich, ich würde mich auf den Rücken werfen und ihn anflehen, mich zu benutzen?

Während ich mich zentimeterweise von der Wand wegbewegte, berührten meine nackten Zehen seine italienischen Lederschuhe und ich sah zu ihm auf, entschlossen, jedes Quäntchen Trotz zu zeigen, das durch meine Adern pulsierte. »Fick. Dich.« Ich wölbte eine Braue. »Wie ist das für ein schmutziges Mundwerk?«

Mein Herz raste wie verrückt, aber ich behielt einen steinernen Gesichtsausdruck bei, während er sich auf die Lippe biss. Ich war mir sicher, dass die Ader in meinem Hals kurz davor war, zu explodieren, und je länger er dastand und auf mich hinabstarrte, desto schwieriger wurde es, meine Fassung zu bewahren.

Seine Hand löste sich von meinem Kinn, stählerne Augen hielten mich gefangen. »Sei vorsichtig, *Segreto.* Du willst einem Mann wie mir doch nicht zu viel Vergnügen bereiten.«

»Du meinst einem wahnsinnigen Mann?«

Saint beugte sich hinunter und knurrte: »Einem entschlossenen.«

Dann trat er zurück und ich hielt den Atem an, als wir uns gegenseitig anstarrten und die Spannung zwischen uns zu bersten drohte.

»Zieh dich an und komm in mein Büro am Ende des Flurs. Wir haben viel zu besprechen.«

»Scheiße, nein.«

»Und mach keine Dummheiten.«

»Wie beispielsweise was?«

»Wegzurennen.« Warnend hob er eine Augenbraue. »Betrachte es als vorübergehende Milde meinerseits, dich nicht in diesem Zimmer einzusperren. Wenn du etwas Dummes tust, ist es mit der Nachsicht vorbei.«

Saint drehte sich um und war im Begriff, den Raum zu verlassen, stoppte dann aber. »Und geh duschen. Du stinkst.«

Die Tür knallte zu, was seinen verdammt dramatischen Abgang noch verstärkte.

»Arschloch«, murmelte ich.

Verwirrt und nervös fuhr ich mir mit den Fingern durch die Haare, während ich mich umsah. Das Zimmer war mit natürlichen Farben dekoriert worden und vollkommen luftig und offen – abgesehen davon, dass es kein offenes Fenster gab. Der Bettkorpus bestand aus gepolstertem cremefarbenem Leder, die winterweißen Laken waren an der Stelle zerwühlt, wo ich gelegen hatte. Das Kopfteil passte zum Rahmen, dahinter hingen dicke metallfarbene Vorhänge herab und die Deckenlampen waren mit Edelstahlketten an den Ecken des Bettes befestigt. Es war ultramodern und gut ausgewählt, jedoch fand sich auch ein Hauch von Eleganz wieder, wie beispielsweise in den dunkelgrauen Wänden oder einem ovalen silbernen Spiegel, der über einem Beistelltisch hing. Natürlich war ich nicht verwundert, erneut einen Marmorboden zu erblicken, denn es schien, als hätte Saint wirklich eine Vorliebe für Marmor.

Die Schranktüren erregten meine Aufmerksamkeit und ich war überrascht, dass das Innere des Möbelstücks mit Frauenkleidung gefüllt war. Weniger überrascht war ich darüber, dass alles in meiner Größe war – sogar die Schuhe –, denn Saint schien in dieser Hinsicht ein Stalker zu sein.

»*Du stinkst*«, äffte ich ihn mit heiserer Stimme nach, als ich die riesige Auswahl an Kleidern, Blusen und Röcken durchstöberte. Mir fiel auf, dass es keine Hosen gab, kein einziges Paar Jeans oder Leggings. Ich trat zurück, stemmte die Hände in die Hüften und wischte mir eine Haarsträhne aus dem Gesicht.

Nun, das war auf jeden Fall ein Fortschritt im Vergleich zu meiner Garderobe zu Hause, die aus drei Jeans, zwei Shorts und fünf T-Shirts bestand, die ich von Rockkonzerten gesammelt hatte. Das Zimmer war definitiv eine Verbesserung gegenüber dem schäbigen Raum, den ich in New York ein Schlafzimmer nannte. Ich wäre dumm, wenn ich den ganzen Luxus, der mit meiner fragwürdigen Entführung einherging, nicht sehen würde. Was wollte er wirklich von mir? Und warum behandelte er mich wie eine Eroberung, wie ein Tier, dessen Kopf er an die Wand seines Arbeitszimmers hängen wollte?

Vergiss es. Ich hatte nicht vor, mich mit hübschen Kleidern und teuren Schuhen zu schmücken, wie ein Schwein, das kurz vor der Schlachtung gemästet wurde.

Ich schloss die Schranktüren und betrachtete mein Spiegelbild, wobei ich mein Haar ein wenig aufschüttelte, um es zu bändigen.

»Das muss reichen«, sagte ich zu mir selbst und verließ den Raum.

Genau wie im Schlafzimmer waren die Böden im Flur aus dem gleichen Marmor, die Wände in einem ähnlichen Grau gehalten. Wenn die Oberlichter den Korridor nicht erhellen würden, wäre es dunkel gewesen. Das natürliche Sonnenlicht verlieh dem Fußboden einen subtilen Schimmer, einen Hauch von Eleganz. Unter anderen Umständen hätte ich mehr Wertschätzung für die unverhohlene Zurschaustellung von Geld durch einen reichen Bastard aufbringen können, der durch New York streifte, um Mädchen zu entführen und sie nach Italien zu fliegen.

Leichtfüßig schlenderte ich den stillen Flur hinunter. Die Tür an dessen Ende war mein Ziel, so wie es mir aufgetragen worden war. Ich fragte mich, wie er davon so überzeugt sein konnte, dass ich nicht die Chance ergreifen und wegrennen würde. Wie er so überzeugt sein konnte, dass ich keinen Fluchtversuch unternehmen würde.

Mein Schädel brannte, in dem Bedürfnis, einen Ausweg zu finden, aber Saint hatte die ultimative Waffe eingesetzt, um sicherzustellen, dass ich noch nicht weglaufen würde. Das Versprechen auf Antworten. Vielleicht wäre ich etwas zögerlicher gewesen, auf die Tür zuzugehen, aber mein Drang, endlich Licht in das Chaos zu bringen, ließ mich einen Fuß vor den anderen setzen. Saint hatte mir Klarheit versprochen und ich würde alles tun, damit er Wort hielt. Selbst wenn ich ihn mit seinen eigenen Waffen schlagen müsste. Die Jahre, in denen ich für mich selbst gesorgt und auf der Straße überlebt hatte, indem ich getan hatte, was getan werden musste, verschafften mir nun einen Vorteil. Wenn Saint dachte, er hätte sich ein Mädchen geschnappt, das unter dem geringsten Druck zusammenbrach, dann war es ein großer Fehler gewesen, mich mitgenommen zu haben.

Als ich an der Tür klopfen wollte, merkte ich, dass meine Hand zitterte. Der Widerstand in mir weigerte sich, die starke Angst anzuerkennen, die mir meine Kehle zuschnürte. Angst machte einen schwach. Angst ließ einen die Kontrolle verlieren, und das war es, was Saint wollte. Ich sollte die Kontrolle verlieren, damit er sie übernehmen konnte.

Aus lauter Trotz klopfte ich nicht an, sondern griff nach

dem Knauf und öffnete die Tür. Warum sollte ich wie eine Bedienstete draußen auf dem Flur stehen und auf die Erlaubnis warten, eintreten zu dürfen?

Die Tür schwang auf. Saint lehnte an seinem Schreibtisch, die Arme vor der Brust verschränkt, als hätte er die ganze Zeit auf mich gewartet. »Mir war klar, du würdest nicht die Manieren besitzen, vorher anzuklopfen.«

Absichtlich ließ ich sie offen und trat ein. »Wenn du mich so gut kennst, dann weißt du, dass ich nicht der Typ Frau bin, der sich entführen lässt und einem kranken Bastard unterwirft, der Vergnügen daran hat, Sexsklavinnen zu ficken.«

Er schnaubte. »Glaubst du, dass du deshalb hier bist? Um meine *Sexsklavin* zu sein?«

»Ich habe genug Entführungsgeschichten gehört, um anzunehmen, dass es so sein könnte, ja.«

»Eine Sexsklavin. Ich muss sagen, der Gedanke ist ziemlich«, er sog einen Atemzug durch seine Zähne ein, »prickelnd.« Sein Blick glitt an meinem Körper hinunter, studierte mich, entkleidete mich buchstäblich. Erschreckte mich. Alles an diesem Mann schrie nach Macht und Grausamkeit. Verführung pur, die durch seine stattliche Präsenz noch verstärkt wurde.

Seine Hände sanken auf die Kante des massiven Mahagonischreibtischs, einer seiner langen Finger tippte gegen das Holz.

Tak.

Tak.

Tak.

Es war fast der exakte Rhythmus meines Herzschlags, ein unheilvolles Vorspiel dessen, was kommen würde.

Ich verlagerte mein Gewicht von einem Bein auf das andere. »Was bedeutet das Wort *Segreto*?«

»Das ist italienisch für Geheimnis.«

»Bin ich das, ein Geheimnis?«

Mit einem teuflischen Grinsen erwiderte er: »Du hast ja keine Ahnung.«

Die Art und Weise, wie er reagierte, nervte mich, aber ich

versuchte mein Bestes, es mir nicht anmerken zu lassen. »Du sagtest, du hättest Antworten.«

»Ich habe auch gesagt, dass du duschen solltest.«

Mit einer bebenden Hand strich ich mir ein paar verirrte Locken über die Schulter. »Ich schätze, Antworten haben Vorrang vor Hygiene.«

Ein Lächeln erschien in seinem Gesicht, die Muskeln seines markanten Kiefers zuckten bei der Bewegung. »Du bist nicht sehr gut darin, Befehle zu befolgen, oder?«

»Ich bin auch nicht gut darin, gekidnappt zu werden.«

Seine Lederschuhe knarrten, als er sich vom Schreibtisch abstieß und mir mit einer Geste zu verstehen gab, dass ich in dem schwarzen Sessel vor ihm Platz nehmen sollte. »Setz dich, Mila.«

»Ich ziehe es vor, zu stehen.«

Saint legte den Kopf leicht schief, als er seinen Schreibtisch umrundete. »Mit dieser Einstellung wirst du dir noch eine Menge Ärger einhandeln.«

»Noch mehr Ärger, als ich ohnehin schon habe?«

Saphire erstrahlten in verführerischer Dunkelheit. »Viel mehr.«

Zwei Worte. Einfache Worte. Und doch hatten sie die Kraft eines Wirbelsturms.

»Setz. Dich.« Seine Kiefermuskeln spannten sich an und seine Augen loderten. Das ließ keinen Raum für Fragen und löste in mir das dringende Bedürfnis aus, zu gehorchen.

Mit geschürzten Lippen und nicht mehr ganz so selbstbewusster Haltung, ließ ich mich nieder und weigerte mich, den Blickkontakt zu unterbrechen.

»Braves Mädchen.« In seiner Bemerkung lag ein Hauch von Belustigung.

»Nenn mich nicht so.«

Ohne wegzuschauen, warf er einen braunen Umschlag vor mir auf seinen Schreibtisch. »Deine Familie. Da steht alles drin, was du wissen musst.«

Es war, als würde ich Glas schlucken. »Meine Familie?«

»Ja.« Er nahm Platz. »Öffne ihn.«

Den Umschlag anzustarren und zu wissen, dass er alle Antworten enthalten könnte, die ich je gesucht hatte – das jagte mir eine Heidenangst ein. Zweiundzwanzig Jahre lang war dies der letzte Gedanke gewesen, bevor ich eingeschlafen war, und der erste, nachdem ich aufgewacht war. Wer war meine wahre Familie? Wo war sie? Und warum hatte sie mich nicht gewollt? Der Gedanke, dass alle Antworten nur eine Armlänge entfernt waren, war einschüchternd und ich war nicht sicher, ob ich dazu bereit war. Ich rutschte in dem Sessel hin und her, bevor ich Saint über den Schreibtisch hinweg ansah. »Warum sagst du es mir nicht?«

Seine Brauen neigten sich fragend. »Was sagen?«

»Sag mir, was ich wissen muss.«

»Es ist alles in diesem Umschlag enthalten. Das versichere ich dir.«

»Ich möchte, dass du mir sagst, worüber ich deiner Meinung nach Bescheid wissen muss.«

Ein subtiles Grinsen zerrte an seinem Mundwinkel. »Hast du Angst, Mila?«

»Wovor?«

»Vor dem, was da drin ist.«

Ich gab einen verächtlichen Laut von mir, schaute weg und strich mir eine Haarsträhne hinters Ohr. »Kannst du es mir verübeln?«

»Nicht im Geringsten. Aber da ist es. Alles, was du schon immer über deine Familie wissen wolltest, ist hier direkt vor deiner Nase.«

»Wird mir der Inhalt verraten, was du von mir willst? Warum du mich geholt und hier hergebracht hast?«

Eine angespannte Stille legte sich über den Raum, die einem Gummiband glich, das jeden Moment reißen könnte.

Saint wendete seinen Blick nicht ab, als er sich mit zusammengekniffenen Augen zurücklehnte und mit einem Finger über die Stoppeln seines Fünftagebarts strich – eine simple Geste, die meine ganze Aufmerksamkeit auf seinen markanten Kiefer sowie seine ärgerlich perfekten Lippen lenkte. Ich konnte die Adern unter der gebräunten Haut seiner Hand sehen, und das ließ mich an Stärke und Macht denken, an die flüssige Dominanz, die durch sein Blut pulsierte. Erinnerungen daran, wie es sich angefühlt hatte, als sich seine Finger um mein Handgelenk, an meine Kehle gelegt hatten, stürmten auf mich ein und ließen mich für eine Sekunde, in der ich ihn mir als etwas anderes als meinen Entführer vorstellte, atemlos zurück. Es war verrückt und ich hasste es, wie mein Körper auf ihn reagierte.

Sein Gesichtsausdruck war zurückhaltend und ich hatte keine Möglichkeit, davon abzuleiten, was er dachte. Aber ich wollte es. Ich wollte wissen, welche Art von Gedanken er vor mir verbarg, wenn er mich so intensiv betrachtete. Was er empfand, wenn er mich anstarrte.

»Ich sag dir was.« Er stand auf und ich hielt die Luft an, als er sich vor mich schob und sich erneut an den Schreibtisch lehnte, die Finger an der Kante, die Beine an den Knöcheln überkreuzt. Die Art, wie er mich ansah, wie er sich bewegte, sprach. Die Art, wie er atmete, es schien, als wäre er dafür geboren worden, um zu verführen. Die Dunkelheit, die ihn umgab, besaß eine gewisse Anziehungskraft – eine giftige Mischung aus Sex und Hass. Gefährlich. Verrucht. Tödlich. Sie strahlte in Wellen von ihm ab und erreichte jeden Knochen in meinem lasterhaften Körper.

Mein Puls beschleunigte sich, der Duft seines teuren Parfüms zog an mir vorbei und die Dornen unerbetener Lust bohrten sich in mein Inneres. Ich musste das Glas in meiner Kehle herunterschlucken und gegen das Eis in meiner Lunge ankämpfen.

Saint nahm den Umschlag und hielt ihn zwischen seinen Fingern. »Du hast die Wahl. Entweder schaust du jetzt sofort in diesen Umschlag oder ich sage dir, was du meiner Meinung nach wissen musst.« Er zog ein vergoldetes *Zippo*-Feuerzeug aus der Tasche seines Jacketts. »Wenn du ihn nicht öffnen möchtest, verbrenne ich ihn auf der Stelle mit allem, was sich darin befindet.« Mit dem Daumen betätigte er das Feuersteinrad und die Flamme loderte unter dem braunen Papier auf. »Du entscheidest, Mila.«

»Warum?« Meine Stimme brach. »Warum solltest du ihn verbrennen?«

Seine Miene war undurchschaubar, völlig emotionslos. Aber seine Augen waren wie ein Sturm aus blauen Wolken – entschlossen und bedrohlich. »Im Leben dreht sich alles um Entscheidungen. Die Frage ist, ob du stark genug bist, mit den Konsequenzen der Entscheidungen, die du getroffen hast, umzugehen.«

Sie war da. Ich hatte sie vernommen. Die Herausforderung. Die Mutprobe. Ein leises, verlockendes Flüstern, das mich dazu anspornte, den Fehdehandschuh aufzunehmen. Ich wollte es. Ich wollte ihm zeigen, dass ich mutig genug war, ihm beweisen, dass er mir keine Angst einjagte, auch wenn mir Schweißperlen den Nacken hinabrannen. Aber konnte ich ihm vertrauen? Konnte ich darauf vertrauen, dass er mir alles sagen würde, was ich wissen musste? Natürlich nicht. Der Mann hatte mich entführt, verdammt noch mal. Er hatte mich gegen meinen Willen mitgenommen, nachdem er Brad kaltblütig umgebracht hatte. Es hatte kein Verhandeln, keine Diskussion gegeben. Er war einfach in mein Leben gestürmt und richtete ein unentschuldbares Chaos an, als hätte er keine andere Wahl. Diesem Mann konnte man nicht trauen – vor allem nicht, wenn er mich mit diesen trügerischen blauen Augen ansah. Wie der Ozean lockten sie dich an, nur um dich unter Wasser zu halten, bis du in deren Schönheit ertrunken warst. Dieser Mann war der Teufel in einem *Armani*-Anzug und italienischen Lederschuhen.

Ich konnte ihm nicht trauen. Niemals.

Aber einer dummen Motte gleich konnte ich mich nicht

davon abhalten, auf die Flamme zuzufliegen, obwohl ich wusste, dass sie mich verbrennen würde.

Mich innerlich wappnend, hob ich selbstbewusst mein Kinn, ehe ich auf die Füße kam, wobei sich unsere Augen auf gleicher Höhe befanden, fokussiert aufeinander gerichtet waren. »Verbrenn ihn.«

Ein siegreiches Grinsen zerrte an seinen Mundwinkeln, während seine Zungenspitze in der Mitte seiner Unterlippe hervorblitzte. Ohne ein Wort zu sagen oder seine Aufmerksamkeit von mir abzuwenden, zündete er den Umschlag an. Die Flammen wurden an der Seite immer größer und heller, bis Saint ihn schließlich in den stählernen Mülleimer neben seinem Schreibtisch fallen ließ.

Ich brach den Blickkontakt nicht ab, sah jedoch aus dem Augenwinkel das Feuer, das alle Antworten einäscherte, nach denen ich je gesucht hatte. Der Geruch von brennendem Papier, von dem ich lediglich annehmen konnte, dass es sich um Seiten mit Geheimnissen gehandelt hatte, erfüllte den Raum. Und während der ganzen Zeit, in der Saint seine Augen auf mich gerichtet hielt, hatte ich das Gefühl, dass mein Körper ebenfalls in Flammen aufgehen würde.

Plötzlich griff er nach meiner Taille und zog mich an sich. Ein Atemstoß entwich mir, als er einen kräftigen Schenkel zwischen meine Beine zwängte, seine Berührung hart und unnachgiebig, während sich seine Finger in das Fleisch oberhalb meines Hüftknochens gruben. Meine Lippen öffneten sich, als ein Anflug von verdorbener Lust durch meinen Körper schoss.

»Was wäre, wenn ich dir sagen würde, dass du gerade den größten Fehler deines Lebens gemacht hast?«

Sein Mund war nur wenige Zentimeter von meinem entfernt und ich nahm einen tiefen Atemzug, als ob es möglich wäre, ihn durch die Luft zwischen uns zu schmecken. »Ich würde erwidern, dass mich das nicht überrascht.«

»Warum hast du es dann getan?«

Ich blickte zu dem Mülleimer hinunter, zu der glühenden Asche dessen, was von meinen Antworten übrig geblieben war. »Weil ich fürchte, dass das, was auch immer in diesem Umschlag gewesen ist, ein noch größerer Teufel war als du.«

Alles, was ich tun konnte, während er mein Kinn zwischen seine Finger nahm und mich zwang, ihn anzusehen, war, die Luft anzuhalten. Sein Blick fiel auf meinen Mund, als er seinen Daumen auf meine Lippen legte und ihn mit festem Druck langsam herunterzog. Er biss sich auf seine eigene, als wollte er unbedingt meine schmecken. Die Atmosphäre war von sexuellem Hunger und ursprünglichem Verlangen aufgeladen, die Angst und Panik wurden mit giftiger Verführung erstickt. Ich hatte keine Ahnung, was geschah oder warum mein Körper so auf seine Berührung reagierte, wie er es tat. Aber in diesem Moment war ich ihm hilflos ausgeliefert.

Sein Schenkel bewegte sich zwischen meinen Beinen und jeder Muskel in meinem Inneren spannte sich an, sodass ich die Augen schließen musste. Meine Lippen gaben ein leichtes Schmatzgeräusch von sich, als sein Daumen endlich von ihnen abließ. »Vertrau mir, *Segreto*. Es gibt keinen größeren Teufel als mich.«

Wenn es sein Ziel war, Angst hervorzurufen, dann funktionierte es nicht. Nicht, solang sein harter Körper an meinen gepresst war, sich sein Schenkel zwischen meinen Beinen befand und sein Mund so nah vor meinem schwebte. Sollte sein Ziel jedoch darin bestehen, mich zu verführen, damit ich seinen Befehlen gehorchte, dann war er auf dem verdammt richtigen Weg und kurz davor, es zu erreichen.

Ich ließ meinen Arm zwischen uns gleiten und schob ihn langsam Zentimeter für Zentimeter nach oben, wobei ich sein Sixpack durch den Stoff seines Hemdes hindurch spürte. Blaue Strudel verwandelten sich in dunkle Spiralen aus Schiefer, während unsere Augen weiterhin aufeinander fixiert waren. Als ich seine Brust erreichte, nahm ich mir ein paar Sekunden Zeit, um jede Kontur der harten Muskeln mit meinen Fingerspitzen zu erkunden, bevor ich mich von ihm wegdrückte, die Abwesenheit seines Schenkels sorgte dafür, dass sich mein Innerstes zusammenzog.

Mit aufeinandergepressten Lippen trat ich noch einen Schritt zurück, ich brauchte etwas Abstand zu ihm, um die Flammen, die in mir loderten, zu ersticken. »Jetzt musst du mir sagen, was ich deiner Meinung nach wissen sollte.«

Sein träges Grinsen verwandelte sich in ein schelmisches Lächeln. »Bist du sicher, dass du bereit dazu bist?«

»Spielt das eine Rolle?«

Mein Blick fiel auf seinen Schritt, der Stoff war gestrafft und spannte sich um seinen sichtbaren Ständer. Ich schluckte schwer, während sich meine Schenkel erneut verkrampften. Der Ausdruck in seinem Gesicht war der purer Belustigung. Er wusste genau, wohin ich schaute, und meine Wangen verrieten wahrscheinlich, wie sehr ich tatsächlich um meine Fassung rang.

Saint richtete seine Anzugjacke, räusperte sich und nahm hinter seinem Schreibtisch Platz.

»Setz dich.«

»Ich glaube, ich möchte lieber stehen.« Ich hatte immer noch Mühe, normal zu atmen.

»Setz. Dich. Hin.«

»Mein Gott«, murmelte ich und ließ mich widerwillig in dem Sessel nieder.

Er lehnte sich zurück, sah entspannt und doch beschissen allmächtig aus – wie ein König, der, ohne mit der Wimper zu zucken, eine ganze Stadt in Schutt und Asche legen könnte. »Hast du schon einmal von *Torres Shipping* gehört?«

»Nein. Hätte ich das denn?«

»Das sollte man meinen, da es das Unternehmen deiner Familie ist.«

Mein Herz flatterte wie ein verwirrter Vogel, der in Panik gefangen war.

Saint nahm mein Schweigen als Zeichen, um fortzufahren. »Deine Familie ist eine der reichsten Italiens, Mila.«

»Was? Das kann nicht sein.«

Da seine Miene unverändert blieb, wusste ich, dass es kein Scherz gewesen war.

Ich schüttelte den Kopf. »Wenn sie so reich sind, warum ... warum haben sie mich dann weggegeben?« Ich hatte immer gedacht, der Grund dafür, warum meine Familie mich nicht behalten hatte, wäre offensichtlich gewesen. Kein Geld. Keine Möglichkeit, für mich zu sorgen.

»Bist du bereit für eine kleine Geschichtsstunde?« Saint grinste und ein Schauer lief mir über den Rücken, eine Warnung klopfte an meinen Hinterkopf. Das war der Moment, in dem ich wusste, dass das folgende Gespräch mein ganzes Leben verändern würde. Es war in seinen Augen zu erkennen, in der Art, wie er mich ansah – wie ein Teufel, der einem Heiligen mitteilen wollte, dass ihn die Hölle erwartete.

Die dunklen Wände seines Arbeitszimmers begannen, sich auf mich zuzubewegen, und ich wollte unbedingt die Fensterläden hinter ihm öffnen, um etwas frische Luft zu bekommen.

Saint legte eine Hand auf sein übergeschlagenes Bein. »Vor sechsundachtzig Jahren wurde ein Abkommen zwischen deiner und der Familie Russo geschlossen.«

»Wer ist das?«

»Halt den Mund und hör zu«, mahnte er, wobei der tiefe Tenor seiner Stimme deutlich machte, dass es keinen Raum für Diskussionen gab. »Dieses Geschäft sollte den Zusammenschluss zweier der mächtigsten Familien Italiens sichern.«

Ich lehnte mich zurück. »Was war der Deal?«

Sein Finger begann wieder, zu tippen, und in seinen Augen blitzte Verärgerung auf, ein stechender Blick, der mich in meinem Sessel gefangen hielt. »Die erstgeborene Tochter der Familie Torres würde den erstgeborenen Sohn der Russos heiraten.«

»Was?«, platzte ich heraus. »Das kann doch nicht dein Ernst

sein.«

»Oh, ich meine es todernst.«

Meine Lippen teilten sich wie von selbst, während ich ihn ungläubig anstarrte. »Ist das irgendein Blödsinn, den du mir da gerade auftischen willst?«

Lange Finger verschränkten sich ineinander, als er seine Hände zusammenführte. »Sehe ich wie ein Mann aus, der dumme Scherze reißt?«

Ich konnte mir keinen Reim darauf machen, was er mir eigentlich zu sagen versuchte, und schüttelte den Kopf. »Das kann doch nicht wahr sein.«

Er hob eine Hand, um mich zum Schweigen zu bringen. »Lass mich ausreden. Giovanni Russo und Roberto Torres waren enge Freunde. Roberto stand am Rande des Ruins und war gerade dabei, alles zu verlieren, was er besaß, *Torres Shipping* inbegriffen. Giovanni gab ihm das Geld, das er brauchte, um seine Firma zu retten, ohne eine Rückzahlung zu erwarten. Alles, worum er bat, war, dass sich die beiden Familien in Form einer arrangierten Ehe vereinen würden.«

»Mein Gott.« Ich seufzte. »Abgesehen davon, dass das vollkommen lächerlich ist, warum so spezifisch ein Russo-Sohn und eine Torres-Tochter? Warum nicht andersherum?«

»Weil die Russos seit Jahrhunderten keine erstgeborene Tochter mehr gehabt hatten. Sie waren bekannt für ihr weit zurückreichendes Vermächtnis an erstgeborenen Söhnen – Söhne, die noch mächtiger wurden als ihre Vorfahren.«

Mit beiden Händen fuhr ich mir durch meine Haare und dachte daran, mich zu kneifen, um aus dieser Hölle eines Sechzehnten-Jahrhundert-Albtraums aufzuwachen. »Okay, nehmen wir an, ich glaube dir. Das war vor sechsundachtzig Jahren. Was hat das jetzt mit mir zu tun?«

Saint stützte die Ellenbogen auf die Armlehnen und umschloss seine Faust mit der anderen Hand vor sich. »Wie das Schicksal es wollte, hatte die Familie Torres nach der Abmachung nie wieder eine Tochter als Erstgeborenes.« Er leckte sich über die Lippen. »Und in der Abmachung hieß es ausdrücklich, dass es ein erstgeborenes Kind sein musste.«

Mit wachsamen Augen starrte ich ihn an. »Der nächste Teil wird mir nicht gefallen, oder?«

»Du, Mila, warst das erste erstgeborene Torres-Mädchen seit Jahrzehnten.«

Es fühlte sich an, als würde Sand meine Kehle beim Schlucken zerkratzen. Meine Hände zitterten und ich glaubte nicht, dass ich jemals in meinem ganzen Leben so viel Angst gehabt hatte. Mein Körper wechselte innerhalb von Sekunden von heiß zu kalt und wieder zu heiß.

Saint zuckte mit den Schultern. »Als die Jahre vergingen, ohne eine Torres-Tochter, um das Geschäft abschließen zu können, kam es leider zu Konflikten zwischen den beiden Familien.«

»Welche Konflikte?«

»Das ist nicht wichtig. Was wichtig ist, ist, dass deine Eltern sich geweigert haben, den Teil der Abmachung einzuhalten, der für ihre Familie galt. Am Tag nach deiner Geburt gaben sie öffentlich bekannt, dass ihre Tochter, Milana Katarina Torres, weniger als zwei Stunden nach der Entbindung gestorben sei.«

Ich holte tief Luft. »Nein«, flüsterte ich.

»Sie haben dich in die Vereinigten Staaten verfrachtet. Sie steckten dich in ein Pflegesystem und taten so, als wärst du gestorben, nur weil sie sich weigerten, ihre Tochter mit dem aktuellen erstgeborenen Russo-Sohn zu verheiraten.«

Ich sprang von meinem Sessel auf und mein Kopf drehte sich in einem der schlimmsten Schwindelanfälle, den ich je gehabt hatte. »Willst du damit sagen, dass sie mich aufgegeben haben, weil sie nicht wollten, dass ich einen Russo-Erstgeborenen eheliche?«

Saint antwortete nur mit einem simplen Nicken und ich begann, auf- und abzuschreiten, während meine Gedanken mit tausend Kilometer pro Sekunde rasten.

»Wer ... ich meine«, meine Stimme zitterte, »es muss einen

Grund geben, warum sie mich lieber verstoßen haben, als dabei zuzusehen, wie ich einen Russo heirate.«

Weiteres Tippen mit seinem Finger, ein langsames, rhythmisches Klopfen. »Sie waren zu egoistisch und bereit, alles zu tun, um den Russos zu zeigen, dass sie nicht die Absicht hatten, sich an die Abmachung zu halten – einschließlich der Preisgabe ihres eigenen Fleisches und Blutes.«

Ungeweinte Tränen sorgten dafür, dass sich meine Kehle geschwollen und eng anfühlte, mein Inneres krampfte sich zusammen, als ob Stacheldraht meinen Bauch zu zerschneiden drohte. »Das kann nicht sein. Das kann es nicht sein.« Unglaube umwölkte meinen Verstand mit einem Nebel aus Zweifeln. »Das kann nicht der Grund sein, warum meine Eltern mich weggegeben haben.«

Er zuckte erneut mit den Schultern, als wäre das, was er mir gerade gesagt hatte, so einfach, wie eins und eins zusammenzuzählen. »Es ist die Wahrheit.«

»Sie haben mich weggeschickt, ohne zu wissen, wo ich landen würde, nur weil sie nicht wollten, dass ich eine jahrzehntealte Schuld erfülle? Das ist Wahnsinn.«

Ich setzte mich wieder in den Sessel und strich mir grob die Haare aus dem Gesicht. Einige Tränen waren bereits entkommen, die ich mit dem Handrücken fortwischte. »Haben sie dich geschickt, um mich zu finden? Meine Eltern. Hast du mich deshalb geholt?«

Eine Stille, so schwer wie ein Gewitter, brach über uns herein und jedes Bisschen an Luft wurde plötzlich aus dem Raum gesaugt.

»Nein, Mila. Sie haben mich nicht geschickt.«

Meine Augen verengten sich wie von selbst, als ein Verdacht in meinem Bauch schwindelerregende Wellen schlug. »Warum dann? Warum hast du mich mitgenommen? Warum jetzt?«

Wie immer blieb sein Gesichtsausdruck unleserlich, als ob er nichts fühlte, während er mich über den wahren Grund aufklärte, warum ich eine beschissene Pflegefamilie nach der anderen hatte überstehen müssen – warum ich um mein eigenes Überleben hatte kämpfen müssen, seit ich verdammt noch mal laufen konnte.

Saint richtete sich auf, stützte die Ellenbogen auf den Schreibtisch vor sich, seine Gesichtszüge waren hart wie Stein. »Über zwanzig Jahre dachte die Familie Russo, das Torres-Mädchen wäre bei der Geburt gestorben, bis ein anonymer Brief, der an den erstgeborenen Russo-Sohn gerichtet war, angab, dass Milana Katarina Torres tatsächlich am Leben sei, irgendwo in den Vereinigten Staaten versteckt.«

Die Erkenntnis dämmerte mir wie ein Blitz, der durch ein Gewitter zuckte. »*Segreto*. Deshalb nennst du mich *Segreto*.«

»Deine Eltern haben sehr gute Arbeit geleistet, um dich zu verbergen. Indem sie dich in das System gesteckt haben, anstatt ihr Geld dafür auszugeben, eine reiche amerikanische Familie für dich zu finden, haben sie sichergestellt, dass es absolut nichts gibt, wodurch Mila Black zu ihnen zurückverfolgt werden könnte. Sie haben alle jahrelang zum Narren gehalten.«

Mein Brustkorb zog sich zusammen, jeder Atemzug war anstrengend, während ich meinen Kopf in die Hände stützte. »Das bestgehütete Geheimnis der Welt«, murmelte ich vor mich hin und wiederholte die Worte, die er im Auto zu mir gesagt hatte. »Wer ist er?« Ich blickte auf. »Wer ist der Russo-Sohn, den ich heiraten sollte?«

Saint legte den Kopf schief, die Dunkelheit, die ihn umgab, war nun ein vulkanisches Obsidian. »Ich.«

Mein Herz kam schreiend zum Stehen und ich vergaß, wie man atmete, mein Körper war wie betäubt, mein Geist eine schwarze Leere. Das Blut in meinen Adern gefror, Eis schoss meine Wirbelsäule hinab und bohrte sich in meine Gedärme.

Saint erhob sich und er sah noch mächtiger, noch rücksichtsloser aus als vor zwei Sekunden. Er schloss die Knöpfe seiner Anzugjacke. »Mein Name ist Marcello Saint Russo. Und du, liebe Mila, bist meine zukünftige Frau.«

KAPITEL 10

Saint

Dieser Moment war noch besser, als ich erwartet hatte. Seit über vierundzwanzig Stunden war sie nun bei mir und es hatte so viele Augenblicke gegeben, in denen ich darauf gebrannt hatte, diese Bombe über ihr abzuwerfen. Vor allem, als ich meine Finger unter ihrem Kleid gehabt und gespürt hatte, wie perfekt sich ihre Brust in meine Handfläche schmiegte, als ich das berührt hatte, was bald mir gehören würde. Je länger sie in meiner Nähe war, desto mehr wollte ich sie. Und je stärker sie sich gegen mich wehrte, gegen mich auflehnte, desto öfter stellte ich mir vor, wie es sich anfühlen würde, wenn sie endlich auf ihren Knien wäre und mich anflehte, ihr das zu geben, was sie sich die ganze Zeit über selbst verweigert hatte.

Ihre hübschen waldgrünen Augen weiteten sich, der Schock stand ihr in das totenbleiche Gesicht geschrieben. Ich würde lügen, wenn ich behaupten würde, dass mir das keinen wohligen Schauer über den Rücken jagte, der mir bis in die Spitze meines Schwanzes fuhr, welcher ohnehin bereits wie ein Arschloch pochte. Allein der Anblick ihrer Furcht, ihrer Unsicherheit, reichte aus, um mich in einen Rausch aus Ketten, Peitschen und Lustschreien zu versetzen.

Ihre wilden Locken bewegten sich, als sie den Kopf schüttelte. »Ich werde dich nicht heiraten.«

Amüsiert zog ich eine Braue hoch. »Du hast keine Wahl.«

»Du kannst mich nicht zwingen«, stieß sie hervor, ihr Blick war wie ein vergifteter Pfeil, der direkt auf mein schwarzes Herz gerichtet war.

»Was glaubst du, warum du hier bist, Mila? Was glaubst du, warum ich mir all diese Mühe gemacht habe, dich zu finden?«

»Warum hast du das getan?« Diese schönen grünen Augen verengten sich. »Was willst du wirklich, Saint?«

Ich verschränkte die Arme vor der Brust und spürte dabei, wie der Stoff meines Kragens in meinem Nacken kratzte. »Wie kommst du darauf, dass ich etwas anderes will als die Braut, die mir zusteht?«

Sie stand auf, ihr Gebaren war ebenso herausfordernd wie das kühne Funkeln in ihren Iriden. »Ich kenne Männer wie dich. Sie tun nichts, was sie nicht tun wollen, und du kannst dich nicht hier hinstellen und mir erzählen, dass ein Mann wie du tatsächlich mit einer Frau wie mir verheiratet sein will.«

Ich runzelte die Stirn. »Einer Frau wie dir?«

»Sieh mich an.« Sie wedelte mit den Händen vor ihrem Gesicht herum. »Ich bin nicht dein Typ, und das weißt du.«

Interessiert lehnte ich mich zurück. »Und was genau ist deiner Meinung nach mein Typ?«

Es war unschwer zu erkennen, dass sie für einen Moment der Mut verlassen hatte, denn ihre blassen Wangen färbten sich plötzlich rosa. »Weil. Du nun mal du bist und ich bin ...« Sie blickte an ihrem Körper hinunter. »Ich bin ich.«

Ich entschied, nicht zu antworten. Es war unterhaltsam, dabei zuzusehen, wie sie sich wand, wie ihr kleiner Verstand auf Hochtouren lief und verzweifelt versuchte, das Puzzle zusammenzusetzen.

Mila schaute mich wieder an. »Da steckt doch noch mehr dahinter, oder?«

»Ist das nicht immer so?« Ich ging zum Beistelltisch, goss

Bourbon in zwei Kristallgläser und hielt ihr eins davon hin. Zuerst schüttelte sie den Kopf, aber ich warf ihr einen vielsagenden Blick zu, woraufhin sie mir das Glas zögerlich aus der Hand nahm. Wenn Augen tatsächlich die Fenster zur Seele eines Menschen waren, dann war ihre verdammt verängstigt.

»Dein leiblicher Vater ist vor etwas mehr als einem Jahr gestorben.«

Für eine flüchtige Sekunde überzog Schmerz jede Kontur ihres makellosen Gesichts. Natürlich würde sie keine Trauer empfinden. Sie kannte den Mann nicht. Aber sein Tod bedeutete auch, dass ein Teil ihrer Lebensgeschichte mit ihm gestorben war – ein Teil, den sie niemals entdecken würde, ganz gleich, was von nun an geschehen würde.

Ich nahm einen Schluck von dem weichen, satten Bourbon und behielt ihn einige Sekunden lang auf meiner Zunge, um ihn entsprechend zu würdigen. »Ein paar Monate bevor dein Vater starb, war er gezwungen, einige seiner Firmenanteile zu verkaufen.«

»Warum?«

»Das ist nicht von Belang. Wichtig ist nur, dass ich derjenige war, der diese Aktien gekauft hat. Neununddreißig Prozent, um genau zu sein.«

»Ich verstehe nicht, warum du mir das erzählst und was das mit unserer Hochzeit zu tun hat.«

Ich stellte mein Glas auf dem Tisch ab und verschränkte die Arme, denn ich wusste, dass wir uns nun dem Punkt näherten, an dem dieses Gespräch in eine Richtung abbiegen könnte. »Dein Bruder ...«

»Warte«, unterbrach sie mich. »Ich habe einen Bruder?«

»Einen jüngeren Bruder.«

Sie schaute an mir vorbei und starrte ins Leere, während sie das offenbar alles verarbeitete. »Wer ... wie heißt er? Wie alt ist er?«

Ich runzelte die Stirn und zögerte, ihr zu viele Informationen zu geben. Dies war keine verdammte Stammbaum-

Lektion. Hier ging es darum, zu bekommen, was ich wollte. Dennoch machte es Sinn, dass sie mehr über einen Bruder erfahren wollte, den sie nicht kannte. »Sein Name ist Raphael. Er ist zwanzig Jahre alt. In ein paar Wochen wird er einundzwanzig.«

Mila schwieg, während sie mit gesenktem Kopf ausdruckslos zu Boden starrte.

Ich spannte meine Arme an. »Es ist viel zu verkraften, ich weiß.« Für ein paar Sekunden trat der herzlose Bastard in mir einen Schritt zurück, um ihr etwas Zeit zu geben, alles sacken zu lassen. Ich konnte mir lediglich vorstellen, wie verwirrend das alles für sie sein musste, doch nicht einmal ein Fünkchen Mitleid konnte mich davon abhalten, mein ultimatives Ziel zu verfolgen.

Zu meiner Überraschung hob sie den Kopf und blickte mich direkt an, ohne jede Spur von Traurigkeit, ohne jegliche Emotion. »Was noch?«

Ich grinste. »Du bist eine von der harten Sorte, nicht wahr?«

»Was. Noch?«

Ich atmete tief ein und war mit jeder Sekunde faszinierter von dieser Frau. »Dein Bruder wird seine Anteile in Höhe von sechsundvierzig Prozent erhalten, die ihm laut Testament deines Vaters hinterlassen wurden, sobald er einundzwanzig wird.«

Sie zuckte mit den Schultern. »Macht Sinn. Ich verstehe immer noch nicht, was zum Teufel das alles mit unserer Hochzeit zu tun haben soll.«

»Es scheint, als gäbe es eine Art Schlupfloch im letzten Willen deines Vaters.«

»Welches Schlupfloch?«

Ich nahm einen weiteren Schluck vom Bourbon und ließ ihn auf meiner Zunge ruhen, um den weichen Geschmack zu genießen, bevor ich ihn herunterschluckte. »Es gibt einen weiteren Erben, der zehn Prozent der Firmenanteile bekommt.«

Milas Augen verengten sich vor Neugier. »Wer ist dieser Begünstigte?«

Es war mir unmöglich, nicht wie ein gerissener Bastard zu grinsen. Der nächste Teil würde der eigentliche Knackpunkt sein – nicht nur für sie, sondern auch für viele andere Menschen, die dachten, dass dieses Testament so einfach umzusetzen wäre, wie es niedergeschrieben worden war. Ich warf ihr einen nachdenklichen Blick zu. »Das erstgeborene Kind deines Vaters.«

Es brauchte ein paar Sekunden vollkommener Stille, bis sie die wahre Bedeutung dieser Aussage erfasste. Und ich sah den genauen Moment, in dem der Groschen fiel, als sich ihre grünen Augen weiteten, sich ihr Ausdruck von Verwirrung zu klarem Begreifen wandelte.

»Ich«, flüsterte Mila.

Ich antwortete nicht. Das war auch nicht nötig. Ich hielt Abstand und studierte sie schweigend, während sie langsam eins und eins zusammenzählte.

»O mein Gott, das ist es ... nicht wahr?« Wilde Locken fielen ihr über die Schultern, als sie ihren Kopf neigte, und ich konnte beobachten, wie ihr die Erkenntnis dämmerte. »Du willst meine zehn Prozent?«

Spöttisch klatschte ich ihr Beifall. »Du bist auch eine von der schlauen Sorte.« Ich kippte den letzten Schluck meines Drinks hinunter. »Das hat aber nicht sehr lang gedauert.«

»Ich werde dich nicht heiraten, Saint.« Die Art und Weise, wie sie mich mit einem trotzigen Funkeln in den Augen ansah, wie sie ihre prallen Lippen schürzte, amüsierte mich. Sie brachte mich dazu, mich zu fragen, wie weit ich wohl gehen müsste, um sie zu brechen. Um sie dazu zu bringen, ihren Kampf aufzugeben und sich zu unterwerfen. Für mich war die Jagd viel verlockender als das Töten und irgendetwas sagte mir, dass Mila für eine interessante sowie verführerische Jagd bestens geeignet war.

Während wir einander anstarrten, weigerten wir uns beide,

den Blick abzuwenden, und die Luft zwischen uns war von einer Spannung geschwängert, die jeden Moment reißen konnte. Es war erregend – für mich.

Mila ließ mich für kein Sekunde aus den Augen, Stärke strahlte mir aus ihren smaragdgrünen Iriden entgegen. »Verstehst du? Ich werde dich. Nicht heiraten«, sagte sie, ohne zu blinzeln.

Ich schnaubte, amüsierte mich jedoch köstlich über die Naivität dieser dunkelhaarigen Prinzessin. »Du wirst«, erwiderte ich schlicht. »Du wirst mich heiraten.«

»Eher wird die verdammte Hölle einfrieren.«

»Pass verdammt noch mal auf, was du sagst.«

»Fick dich!«

Ich stürzte nach vorn und in einer flüssigen Bewegung hatte ich meine Hand um ihre Kehle gelegt, meine Finger gruben sich in ihren Kiefer und hielten sie in Position. »Sei nicht so respektlos zu mir. Niemals. Bis jetzt war ich nachsichtig, aber damit ist nun Schluss«, knurrte ich und funkelte sie an, während ich sie langsam zurückdrängte. »Du wirst mich heiraten und ich werde bekommen, was ich haben will.«

Ihre Nasenflügel blähten sich, als sie mit verengten Augen einen tödlichen Blick auf mich abfeuerte. »Das werde ich nicht.«

»Ich fürchte, du hast keine Wahl.«

Wie die Kämpferin, die sie war, seit ich sie mitgenommen hatte, hob sie ihr Kinn an, ihr Gesichtsausdruck feurig und furchtlos. »Eins habe ich auf der Straße gelernt: Man hat immer eine Wahl.«

Die Zähne zusammenbeißend, verstärkte ich meinen Griff. »Dieses Mal nicht, Mila. Nicht bei mir.«

»Fick dich ins Knie.«

Mit einem harten Stoß schleuderte ich sie rückwärts gegen die Wand. »Na schön. Du willst eine Wahl? Hier ist eine für dich.« Ich zwang sie, zu mir aufzusehen, während ich mein Gesicht nur wenige Zentimeter von ihrem entfernt hielt. »Heirate mich und sei meine Frau, bis ich habe, was ich will. Danach lasse ich dich gehen und du kannst so tun, als wäre nie etwas passiert.« Mit dem Daumen strich ich über ihr Kinn, ihr ganzer Körper erschauderte. »Solltest du dich jedoch weigern, mich zu heiraten, werde ich dich für den Rest deines gottverdammten Lebens hier gefangen halten und dich an reiche, fette, beschissene Bastarde verkaufen, bis du alt und gebrochen bist, bis dich kein Mann mehr anfassen will. Das Einzige, wozu du dann noch gut sein wirst, ist, um Pissflecke von meinem Badezimmerboden zu wischen. Wie findest du diese Wahl?« Indem ich die Zähne aufeinanderpresste und mein Gesicht so nah an ihrem hielt, stellte ich sicher, dass keine Zweifel aufkamen, wie verdammt ernst ich es meinte.

Ich drehte ihren Kopf zur Seite, um die pulsierende Ader in ihrem Hals betrachten zu können. »Wie entscheidest du dich, *Milana*? Wirst du unter meinem Dach als meine Frau leben oder wirst du hier gefangen sein ... als meine Sklavin?«

Ihre Unterlippe bebte, aber sie strahlte immer noch Widerstand aus, jede Kontur ihres Gesichts war vor Trotz verhärtet. Es machte mich verdammt noch mal an, sie so extrem entschlossen zu sehen, mich zu bekämpfen. Mich zu hassen.

Mit dem Daumen strich ich über ihre Unterlippe und genoss es, wie sie in meinem Griff erzitterte. »Entscheide dich.«

Sie starrte mich weiterhin von der Seite an. »Ich kann dir die Anteile einfach überschreiben und du kannst mich gehen lassen. Wir brauchen nicht zu heiraten.«

»Ich fürchte, so einfach ist das nicht.«

»Warum nicht?«

So langsam verlor ich die Geduld mit dieser Frau. »Entscheide dich, Mila.«

»Nein! Bitte ...«

»Entscheide dich!«, spuckte ich die Worte förmlich aus und zerrte an ihrem Kinn, das ich immer noch in der Hand hielt. Sie schloss die Lider, ihre Kehle bebte, als sie schluckte. »Ehefrau oder Hure? Die Entscheidung ist simpel.«

Ich konnte beobachten, wie Tränen in ihren Augenwinkeln aufstiegen, doch ihre Kiefer waren aufeinandergepresst, ihr Blick hart und voller Hass. Es gab keine Grenze, die ich nicht überschreiten würde, um zu bekommen, was ich wollte. Und ich stellte sicher, dass dies klar und deutlich rüberkam, während ich sie anfunkelte.

»Okay«, stammelte sie kaum hörbar.

Um ihr Kinn in meine Richtung zu zwingen, drückte ich es. »Ich kann dich nicht hören.«

»Ich sagte, okay.«

»Okay was?«

Mila kniff die Augen zusammen. »Ich werde dich heiraten.« In ihrer Stimme schwang eine Mischung aus Verachtung und Angst mit, was sich wie Heroin in meinem Blut anfühlte, einen starken Rausch auslöste, der mich nach mehr verlangen ließ. Mehr von ihrer Gegenwehr. Mehr von ihrer Stärke. Ich wollte alles, bis nichts mehr übrig war.

»Gut. Nun, da wir uns darauf geeinigt haben«, begann ich grinsend, während die Euphorie des Sieges durch meine Venen pulsierte, »müssen wir dir ein paar Lektionen erteilen, wenn du die Rolle einer perfekten Russo-Ehefrau spielen willst.«

»Was ...«

Der Stoff ihres Hemdkleids zerriss zwischen meinen Fingern, bevor sie die Chance hatte, ihren Satz zu beenden. Ein entsetztes Keuchen entfuhr ihrer Kehle. »Was machst du ...«

»Du hast dich mir widersetzt, indem du nicht geduscht hast, bevor du hier reingekommen bist, und Antworten von mir verlangt, als ob du das verdammte Recht dazu hättest.« Mit jedem Wort wurde meine Wut stärker und ich packte ihre Arme, um sie daran zu hindern, sich zu bedecken.

»Lass mich los!« Sie kämpfte gegen meinen Griff an, wand sich und zappelte herum, während sie sich gegen mich zur Wehr setzte. »Hör auf!«

Mit einer Drehung ihres Ellenbogens verlor ich meinen Halt um ihr Handgelenk und sie hob ihren Arm nach oben, schlug hart und schnell nach mir, wobei ihre Faust auf mein Gesicht zielte. Doch sie war nicht schnell genug und ich konterte, griff erneut nach ihrem Handgelenk, drehte es diesmal hinter ihren Rücken, während ich sie herumwirbelte und an mich zog. Ihr Strampeln wurde panischer, stärker, ihre Schreie prallten gegen die Decke, als ich einen Arm um sie schlang und sie zu meinem Schreibtisch zog, um sie mit der Brust voran auf das Mahagoniholz zu drücken.

Ich fesselte sie, indem ich ihre Handgelenke festhielt, während ich mich über sie lehnte und meinen Körper fest an ihren presste.

»Lass mich los!« Sie krümmte sich und rang mit mir, versuchte, sich zu befreien. Aber das machte meinen Schwanz nur noch härter, als er ohnehin schon war, und er pochte vor Verlangen, ihr Unterwerfung einzutrichtern.

»Spürst du das, Mila?« Ich bewegte mich, drückte meinen Schwanz gegen ihren Arsch. »Das ist alles, was du bekommst, wenn du gegen mich kämpfst. Deine Gegenwehr führt mich nur in Versuchung.« Ich nahm ihre beiden Handgelenke in eine Hand, beugte mich herunter und brachte meine Lippen an ihr Ohr. »Jetzt denk noch einmal gründlich darüber nach. Ist es wirklich das, was du tun willst? Einen Mann wie mich in Versuchung zu führen?«

»Entweder das oder ich mache es dir leicht. Und Letzteres gefällt mir nicht sonderlich.« Sie zerrte an ihren Handgelenken, aber ich legte meine Finger nur fester um sie.

»Bist du dir da sicher?« Ich beugte mich wieder vor, tiefer diesmal, und drückte ihren Körper gegen den Schreibtisch, sodass nur noch ihre Zehen den Boden berührten. »Du magst eine starke Frau sein, entschlossen, mich zu bekämpfen. Aber ich versichere dir«, ich strich ihr das Haar aus dem Nacken und senkte meine Lippen auf die makellose Haut, »du hast nicht das Zeug dazu, mich zu überleben, nicht zu zerbrechen, während du von einem Mann gefickt wirst, der sich nach deinem Schmerz sehnt. Deiner Angst. Und wie ich schon sagte«, ich fuhr mit einer Hand an ihrer Seite entlang und über die Kurve ihrer Hüfte, tauchte zwischen ihre Beine, »lehne mein Heiratsangebot ab und ich werde deinen kleinen Körper zu dem einer Hure machen. Und glaub mir, es gibt da draußen ein paar kranke Wichser, die noch viel schlimmer sind als ich.«

Als hätte man einen Schalter umgelegt, erstarrte sie augenblicklich, ihr Leib war wie Eis an meinem. »Ich habe zugestimmt, dich zu heiraten. Was willst du noch von mir?«

»Ich will, dass du tust, was man dir verdammt noch mal sagt. Widersetze dich mir und du wirst die Konsequenzen tragen müssen. Es gibt keinen Raum für Fehler, wenn du meine Frau bist, Mila. Keinen.«

»Ich will nicht deine Frau sein.«

Wie Gift trieften ihre Worte vor Abscheu und ich konnte ihren Hass beinah riechen. Ihre Wut. Ihre Furcht. Es sickerte durch ihre Poren, und das machte sie so viel verführerischer.

Ich riss sie hoch, ihre wilden dunklen Locken streiften mein Gesicht, als ich sie herumdrehte, ihre Hände auf den Tisch pinnte und sie zwischen meine Arme zwängte. Die Art und Weise, wie sie mich anstarrte, mit ihren feurigen waldgrünen Iriden, die mir hasserfüllte Klingen direkt in die Stirn schossen, brachte mich dazu, ihr die Kleider vom Leib reißen zu wollen, ihr all die verschiedenen Möglichkeiten zeigen zu wollen, wie sie diesen Hass zu ihrem Vergnügen nutzen konnte ... und zu meinem.

Ein teuflisches Grinsen umspielte meinen Mund. »Weißt du, als ich auf dem Weg nach New York war, um dich zu finden, habe ich mir überlegt, was zum Teufel ich mit einer Frau anfangen soll. Eine arrangierte Ehe war keine Idee, von der ich besonders angetan war.«

»Das beruht auf Gegenseitigkeit.«

Ich schmunzelte. »Aber ich muss zugeben, Mila, der Gedanke, dich als meine Frau zu haben, dich zu besitzen, gefällt mir allmählich.« Sie antwortete nicht. Scheiße, sie bewegte sich nicht einmal. Es war lang her, dass mich eine Frau so amüsiert, so fasziniert hatte. Ich hätte leicht die ganze Nacht mit ihr spielen können, ihr dabei zusehen können, wie sie sich mit allem, was sie hatte, gegen mich wehrte, bis sie ihre ureigensten Bedürfnisse nicht mehr unterdrücken konnte.

Ohne Vorwarnung schlang ich einen Arm um ihre Taille und zog sie an mich. Ein Schrei entrang sich ihrer Kehle, als ich uns umdrehte und sie mit dem Rücken gegen die Wand presste, bevor ich ihre Handgelenke über ihrem Kopf fixierte.

Ihr Brustkorb hob und senkte sich mit jedem schnellen Atemzug, Schweißperlen liefen zwischen ihren Brüsten hinab.

»Wer hätte gedacht, dass das arme kleine Waisenmädchen das Zeug dazu hat, einen Mann wie mich zu faszinieren?«

Mila hob ihr Kinn. »Nicht gerade einer meiner besten Momente.«

Ihr gezielter Sarkasmus brachte mich zum Lächeln und ich erlaubte mir das Vergnügen, mit einem Finger über ihren Oberkörper zu fahren und den zerrissenen Stoff ihres Hemdkleids zur Seite zu schieben, sodass ihre nackte Brust zum Vorschein kam. Ein leises Wimmern kam ihr über die Lippen und ich sah ihr in die Augen, als ich begann, träge einen Kreis um die weiche Rundung ihres Fleischs zu ziehen. Als wir uns anschauten, fühlte es sich wie ein stilles Katz-und-Maus-Spiel an – die Katze, die sehnsüchtig darauf wartete, dass die Maus herauskam, um ein Spiel zu spielen, an dem sie angeblich nicht teilnehmen wollte. Doch in den Augen der kleinen Maus lag ein böses Glitzern, was mich zu der Frage brachte, ob sie insgeheim mit den gleichen verdorbenen Begierden kämpfte wie ich.

Rund und fest, bettelte die dunkel gefärbte Haut um ihren harten Nippel darum, geleckt zu werden, und meine Zunge war begierig darauf, es zu tun. Ich war ein mächtiger Mann, das Wort *unmöglich* existierte in meiner Welt nicht. Aber während ich Mila festhielt, die mit ihrem halb nackten Körper so machtlos gegen mich war, war es für mich unmöglich, dem zu widerstehen, was mir durch Geburtsrecht und bald auch per Gesetz gehörte.

Die Wölbung ihrer Brust hatte die perfekte Form und als ich mich hinunterbeugte, achtete ich darauf, dass ich ihr Gesicht im Blick behielt. Ich wollte sie beobachten, während ich mit ihr spielte, ihren Körper folterte, indem ich ihn dazu brachte, etwas zu brauchen, was sie nicht wollte.

»Sag mir, Mila, wenn ich dich behalte, wirst du mich dann weiter bekämpfen?«

»Mit jedem Atemzug«, schwor sie mit schmerzverzerrter Miene, aber da war noch etwas anderes. Ein Schimmer von dumpfer Lust, der ihre Wangen mit einer leichten Röte überzog, während sie mir dabei zusah, wie ich ihre Brustwarze zum Mund führte.

Ich wartete nicht auf eine Erlaubnis. Ich brauchte sie nicht. Nicht von ihr. Nicht von der Frau, die als mein Eigentum geboren worden war. Deren Schicksal durch unsere Blutlinien besiegelt war.

Begierig darauf, sie zu schmecken, hieß ich ihren Nippel in der Hitze meines Munds willkommen. Das Wimmern, das über ihre Lippen kam, ließ mich heftig daran saugen, dieses zarte Geräusch löste ein Verlangen in mir aus, das mich in einen verdammten Rausch versetzte, der damit enden würde, dass ich sie hier und jetzt nehmen würde, ohne auch nur ein Nicken als Zustimmung von ihr abzuwarten. Meine Zungenspitze umkreiste die harte Knospe und klopfte gegen ihr Fleisch, während ich mit meiner Hand energisch zudrückte. Wenn ich jetzt nicht aufhörte, würde ich nicht aufhören, bis es zu spät war.

Ein Stöhnen grollte in meiner Kehle, als ich ihre Brustwarze geräuschvoll entließ und meine Zunge bereits nach einer weiteren Berührung verlangte.

Das war der Moment, in dem ihr eine einzelne Träne entwich, die langsam über ihre Wange rann. Man sollte meinen, ich wäre bewegt, durch ihre zur Schau gestellten Angst, ihren Kummer, ihren Schmerz. Doch nein. Es löste in mir nur den Wunsch aus, sie noch mehr brechen zu wollen.

Mit der Zeit. Bald.

Ich lehnte meinen Kopf zur Seite. »Zieh dich aus und geh verdammt noch mal duschen.« Ich packte sie an den Schultern und stieß sie zur Seite, aber ihr Fuß blieb an der Teppichkante hängen und sie stolperte, ging auf allen vieren zu Boden. Wäre ich ein Mann, der von Emotionen und Romantik angetrieben wurde und nicht von Rache und Gerechtigkeit, hätte ich ihr aufgeholfen. Doch so starrte ich auf sie hinab, während ihr weitere Tränen über das Gesicht liefen, und ich empfand kein Mitleid, keine Reue. Das war es, was mit einem Mann geschah, der jahrelang ein solch düsteres Bedürfnis nach Gerechtigkeit hegte.

»Denk daran, was ich dir gesagt habe, Mila.« Ich schlenderte auf sie zu. »Tränen machen mich an.«

»Hör auf.« Eine Träne kullerte ihr in den Mund. »Bitte hör auf.«

»Steh auf, zieh deine verdammten Klamotten aus. Und geh.« Meine Lust hatte sich in ein brennendes Bedürfnis verwandelt, das leicht in etwas Dunkleres abdriften konnte, etwas Grausames und Unerbittliches.

Ihre Arme knickten fast unter ihrem Gewicht ein, als sie versuchte, sich vom Boden hochzustemmen. »Warum tust du mir das an?«

Ich packte ihren Ellenbogen und riss sie mit einem Ruck in die Höhe, sodass sie mit ihrem Oberkörper gegen meine Brust schwang. »Weil ich es kann.«

Schluchzer wechselten ihr Wimmern ab, jede Falte auf ihrer Stirn und jedes Beben ihrer Lippen erfüllte ihr hübsches Gesicht mit Angst. War das alles, was es brauchte, um sie einzuschüchtern? Um sie zu brechen? Hoffentlich nicht.

»Marcello ...«

»Saint«, korrigierte ich sie. »Du nennst mich Saint.«

»Saint.« Sie konnte kaum noch Luft holen. »Du bekommst bereits, was du willst. Ich habe zugestimmt, dich zu heiraten. Erniedrige mich nicht noch mehr.«

Ich lachte leise in verdrehter Belustigung. »Du denkst, dich nackt über den Flur laufen zu lassen und dir beim Duschen zuzusehen, sei demütigend?« Ich umfasste ihre Wangen mit beiden Händen, meine Finger legten sich dabei über ihren Kiefer und ihre Ohren. »Ist es nicht.« Ich machte einen Schritt auf sie zu, meine Lederschuhe berührten ihre blanken Zehen. »Es ist zu *meinem* Vergnügen, *Segreto.*«

Das Weiß ihrer Augen war vom Weinen gerötet, die Tränen forderten bereits Tribut von ihrem Körper. Von der trotzigen Frau, die mein Flugzeug bestiegen hatte, oder der sturen Person, der es unmöglich gewesen war, einen Befehl zu befolgen, war keine Spur mehr übrig. Langsam würde ich sie in Ton verwandeln und sie nach meinem Willen biegen und formen.

Mila schloss ihre Augen. »Bitte«, flehte sie weiter.

»Schhh«, raunte ich und wischte ihr die restlichen Tränen weg. »Jetzt zieh dich aus und gib verdammt noch mal dein Bestes, um deinem zukünftigen Ehemann zu gefallen.«

KAPITEL 11

Mila

Es war weg. Jahre hatte ich damit verbracht, Mauern hochzuziehen und ein Fundament zu errichten, das niemand zerstören konnte. Sich nicht auf andere zu verlassen, von niemandem außer mir selbst abhängig zu sein, war immer die Motivation gewesen, die mich gestärkt hatte. Ganz gleich, welche Art von Scheiße das Leben auch beschlossen hatte, auf mich abzufeuern, ich hatte mich geweigert, mich umwerfen zu lassen. Ich hatte gekämpft. Über jede Träne und jedes Lachen hinweg – durch jeden Herzschmerz und all die einsamen Nächte hindurch hatte ich die Zähne gefletscht und für mein eigenes Überleben gekämpft.

Jahre.

Und alles, was es gebraucht hatte, waren ein paar Stunden mit diesem Mann und diese Mauern stürzten ein, erschütterten das Fundament und rissen es in zwei Teile. Jahrelang hatte ich mich den Problemen direkt gestellt und jetzt kauerte ich mich nach einer einzigen Begegnung mit dem Teufel zusammen.

Der Funke Mut, den ich bis zu diesem Zeitpunkt gehabt hatte, war verschwunden und an seiner Stelle stand nun ein verängstigtes Mädchen, das wusste, dass ihr Leben nicht länger das ihre war. All die Nächte, in denen ich davon geträumt hatte, eines Tages meine richtige Familie zu finden, ihre herzzerreißende Geschichte zu hören, dass ihnen keine andere Wahl geblieben war, als ihr Baby wegzugeben, hatten sich zusammen mit meinem Mut aufgelöst. Jahrelang hatte ich mir eingeredet, dass die Gründe, die sie dazu bewogen hatten, mich aufzugeben, ausreichen würden, um die Einsamkeit und den Herzschmerz wiedergutzumachen, die mir dieser Verlust bereitet hatte. Aber das war nicht der Fall. Sie hatten mich wegen irgendeiner beschissenen geschäftlichen Transaktion aufgegeben. Und doch befand ich mich jetzt hier, in den Klauen des einen Mannes, vor dem sie mich zu verstecken versucht hatten. Marcello Saint Russo.

Er hielt mein Gesicht zwischen seinen Händen, diese bösartigen Iriden trügerisch friedlich. Wie das Auge eines Wirbelsturms. Kein Wind. Kein Regen. Kein Gewitter. Aber umgeben von Chaos und von Verwüstung verfolgt. Zerstörung war das Einzige, was er hinterließ, und nichts, was er berührte, blieb verschont. Das war Saint. Ein tödlicher Hurrikan und ich hatte nicht die geringste Chance, ihn zu überleben.

»Nun«, er ließ seine Finger über meine Schultern gleiten, sein Blick folgte der Bewegung, während er mir das kaputte Oberteil von den Armen streifte, »werde ich dir damit helfen. Aber die Hose musst du dir selbst ausziehen.« Der zerrissene Stoff fiel mir um die Füße und das leise *Ping* der Knöpfe, als sie auf dem Boden aufkamen, klang wie ein Schuss, der direkt neben mir losgegangen war.

Ein Schauer lief mir über den Rücken, meine Haut war kalt und feucht, als er mit den Fingerspitzen über mein nacktes Fleisch strich. Jeder Instinkt verlangte, dass ich bettelte, dass ich ihn anflehte, aufzuhören. Mich gehen zu lassen. Mich wieder in mein Leben voller Armut und der beschissenen Fantasie, eines Tages meine Familie zu finden, zurückkehren zu lassen. Ich hatte sie immer finden wollen – aber nicht auf diese Weise. Nur zu gern würde ich mein ganzes Leben ohne das

Wissen verbringen, wer meine Eltern waren, wenn ich dafür diesen Mann nie wiedersehen müsste.

Mit einem eisigen Blick, der mich erschaudern ließ, hob er eine Braue. »Willst du dich mir erneut widersetzen? Mich dazu bringen, etwas viel Schlimmeres zu tun, als dich zu zwingen, nackt durch mein Haus zu laufen?«

Mein Gott, nein.

Tief durchatmend, schloss ich meine Augen. *Du schaffst das, Mila. Du hast schon früher gewalttätige Männer überlebt. Du kannst auch ihn überleben. Verliere dich nicht. Verliere dich nicht in der Furcht.*

Ich wischte mir die Tränen weg, zwang einen weiteren tiefen Atemzug in meine Lunge und stählte jeden Knochen in meinem Körper. Nur weil er es geschafft hatte, mir Angst einzujagen, hieß das nicht, dass ich mich dieser beugen musste. Für mich gab es keinen Grund, mich zu verstecken oder wegzuducken. Es gab keinen Grund, mich vor dem zu fürchten, was ich tun musste, um zu überleben. Wenn er mich brechen wollte, würde ich dafür sorgen, dass er es schwer haben würde.

Glühende Demütigung machte es mir fast unmöglich, zu handeln, zu tun, was mir gesagt worden war. Aber ich biss mir auf die Zunge, schmeckte mein eigenes Blut, als ich meine Finger unter den Hosenbund schob.

»Schneller.« Sein Tonfall war hart, fordernd. Grausam.

Ich beugte mich vor, zog die Leggings bis zu den Knöcheln herunter und schob sie mir Bein für Bein von den Füßen. Als ich mich aufrichtete, beging ich den Fehler, ihn anzusehen, zu bemerken, wie er mich mit nichts als Hunger in seinen Augen anstarrte. Ich hatte keine Ahnung gehabt, dass blaue Iriden so dunkel werden konnten, so unbestreitbar gefährlich. Einen Moment lang hörte ich zu atmen auf, zu intensiv war seine Musterung. Zu hitzig. Sein ganzes Auftreten war das eines Jägers, eines Mannes, der sich auf die Schlachtung vorbereitete ... und ich war das Lamm, das er ausbluten lassen wollte.

Er schenkte mir die Andeutung eines Lächelns. »Das Höschen ebenfalls.«

Meine Unterlippe zitterte und ich richtete meinen Blick zur Decke hinauf, versuchte verzweifelt, meine Tränen hinunterzuschlucken. *Ich werde nicht zerbrechen. Ich werde nicht zerbrechen.*

Saint kam auf mich zu. »Lass deinen Mann niemals warten. Das gilt als respektlos.«

»Eine Frau zu zwingen, etwas zu tun, was sie nicht will, ebenfalls.« Wenn ich klüger wäre, hätte ich meinen Mund gehalten. Aber das war ich nicht. Ich war ein dummes, blödes, törichtes Mädchen, das im Begriff war, von einer Bestie verschlungen zu werden, die glaubte, einen verdrehten Anspruch auf mich zu haben, aufgrund des Blutes, das durch meine Adern floss.

Sein Starren war zu durchdringend und ich konnte ihm nicht länger standhalten, weshalb ich meinen Fokus zur Seite lenkte. Mein Herz raste mit tausend Schlägen pro Minute und ich wartete darauf, dass er sich rächte, mich zurechtwies und bestrafte. Aber er tat es nicht. Stattdessen blieb er ungerührt vor mir stehen, ohne ein Wort zu sagen, wobei seine überwältigende Präsenz durch die Nähe seines Körpers noch verstärkt wurde. Ein Schweißfilm bildete sich auf meiner Brust und die Haut meines Halses erhitzte sich, als sein prüfender Blick mich verbrannte, mein Fleisch versengte. Je länger er schweigend verharrte, umso mehr hasste ich es. Umso mehr wünschte ich mir, dass er mich verfluchen und mir Drohungen entgegenschreien würde.

Ich wagte es, ihn erneut anzusehen, und registrierte, wie er mit seinen Augen meinen Körper abscannte, als wäre ich ein Kunstwerk, das er nicht ganz verstand oder ihm nicht gefiel. War das so?

Ein flüchtiger Gedanke von Selbstzweifel schoss mir durch den Kopf, begleitet von dem unwillkommenen Gefühl, nicht gut genug zu sein. Nicht hübsch genug zu sein für einen Mann wie Marcello Saint Russo. Der Mann strahlte Exzellenz und

Perfektion aus – und er gab sich wahrscheinlich mit nichts Geringerem zufrieden, wenn es um die Frauen ging, mit denen er das Bett teilte. Nur das Beste war gut genug für ihn. Und ich? Ich war weit davon entfernt, weit davon entfernt, perfekt zu sein, ein winziger Fleck auf der Landkarte seiner perfekten kleinen Welt. Aber das spielte keine Rolle. Meine Selbstzweifel spielten keine Rolle, denn für ihn spielte eine Frau wie ich keine Rolle. Ich war nur eine unbedeutende Nummer auf seiner To-do-Liste, die ihn einen Schritt näher an den Ort brachte, wo auch immer er verdammt noch mal sein wollte.

Das unverkennbare Geräusch einer Klinge war zu hören und ich spürte, wie kalter Stahl über die Haut meines Oberschenkels leckte. Ich schloss die Augen und reckte den Hals, während ich mein Gesicht der Decke entgegen hob und mein Herz verzweifelt versuchte, sich in meine Kehle zu krallen.

Mit einer Drehung seines Handgelenks rutschte mein Höschen von meinen Beinen und gesellte sich zu den restlichen Kleidern zu meinen Füßen, während ich aufkeuchte.

Eine Träne lief mir über das Gesicht, während mein Blick immer noch auf die Kassettendecke gerichtet war. Sie bestand aus versenkten Paneelen, die mit Stuck verziert waren, und wirkte wie ein Kunstwerk. Ich versuchte, mich auf das waffelartige Muster zu konzentrieren und nicht auf seine Hände auf meiner nackten Haut.

Gemächlich ließ er einen Finger von meiner Hüfte aus über die Vorderseite meines Oberschenkels gleiten. Ein Schauer lief mir über den Rücken, seine Berührung reizte und peinigte mich zugleich.

Warmer Atem strich über meinen Nacken. »Oh, Mila. Was ist das?« Grausame Finger zerrten an den Haaren zwischen meinen Beinen, bis es wehtat. Ich schrie auf, meine Knie wurden schwach, ich stolperte über meine eigenen Füße und griff nach oben, um nach seinen Schultern zu fassen, damit ich nicht fiel, während sich unsere Blicke trafen. Für eine Sekunde, einen einzigen Moment, bahnte sich etwas anderes als Angst ihren Weg in mein Inneres – eine Hitze, die sich in meinem Bauch ausbreitete und bis hoch in meine Wangen aufstieg.

Saint kam näher, unsere Lippen waren nur noch einen Atemzug voneinander entfernt. Ich konnte mich nicht bewegen, dieser Sturm in seinen Augen hielt mich gefangen. Er war wütend, aufreibend, und welche Dunkelheit auch immer in ihm lauerte, sie wollte unbedingt heraus und mich in ihrem Meer aus Schwärze ersticken.

»Das, Mila«, er zupfte an den Haaren zwischen meinen Beinen, »das muss weg.«

Eis umhüllte die vorübergehende Wärme, die so schnell wieder verschwand, wie sie aufgetaucht war. »Warum?« Ich schluckte.

»Wir werden heiraten.« Seine Antwort war eine Mischung aus Sarkasmus und spöttischer Überraschung, so als hätte ich gerade die dümmste Frage der Welt gestellt.

Ich biss mir auf die Lippe und zweifelte daran, ob ich mutig genug war, die Worte zu äußern, die mir nun wie glühende Kohlen auf der Zunge brannten. »Du ... wir ...«, stotterte ich, »du brauchst lediglich meine Unterschrift auf einer Heiratsurkunde. Mehr nicht. Es ist nicht nötig, dass ...«

Saint packte mich im Nacken und drückte seine Finger in meine Wirbelsäule. »Ich muss einfach«, spie er mir mit zusammengebissenen Zähnen entgegen. »Und ich habe es verdammt noch mal auch vor. Jetzt. Geh.«

Mit einem Ruck ließ er mich los. Meine Beine fühlten sich schwach an und ich war nicht sicher, wie lang sie mich aufrecht halten konnten. Angst in einem solchen Grad zu spüren, dass das eigene Körpergewicht wie eine Last auf den Beinen wirkte, war unerträglich.

»Dreh dich um und geh den Flur hinunter. Ich werde mich nicht wiederholen.« Die scharfe Kante seiner Warnung schnitt durch meine Haut, nagte an meinen Knochen.

Eine Träne rollte von meiner Wange und ich sah dabei zu, wie sie auf mein Höschen tropfte und vom zerrissenen Stoff aufgesaugt wurde. Ich hielt den Atem an, als ich ihm den Rücken zuwandte, und schlang schaudernd die Arme um meine Schultern. Schritt für Schritt zwang ich mich, vorwärtszugehen, wobei meine Blöße wie ein Kreuz auf meinem Rücken lastete. Ich war schon öfter in Gegenwart von Männern nackt gewesen, aber ich hatte mich noch nie in meiner eigenen Haut so unwohl gefühlt. Alles, was ich wollte, war, mich mit dem Erstbesten zu bedecken, was ich in die Finger bekam. Bei jeder Bewegung spürte ich, wie sich sein Blick in mein Fleisch brannte, wie er jede Kurve, jeden Zentimeter meines Körpers unter die Lupe nahm und wahrscheinlich hundert Makel fand, die einem Mann wie ihm missfielen. Ich war kein Laufstegmodel, eine Tatsache, der ich mir gerade schmerzlich bewusst war.

Der Marmor unter meinen Fußsohlen war glatt, doch es fühlte sich an, als würde ich über Dornen laufen, auf dem Weg zu meiner Schlachtung. Jede Träne, jeder Atemzug schmerzte. Jeder Knochen in meinem Körper tat weh, und das alles wegen der Angst, die dieser Mann so gekonnt hervorrief.

Während meine Füße den Boden des Flurs berührten, hörte ich seine schweren Schritte hinter mir. Sie klangen fordernd und beherrschend, machten es mir unmöglich, sie zu ignorieren. Ich ging so nah wie möglich an der Wand entlang, für den Fall, dass ich eine Stütze brauchte, und streckte meinen Arm vorsorglich danach aus. Jedem Schritt folgte eine Träne, ein leises Wimmern, das sich durch meine Seele fraß und mich nach und nach zerbrach. Allein die Erniedrigung fügte mir mehr Schmerzen zu, als ich jemals zuvor hatte ertragen müssen. Nackt, hilflos und der Gnade eines Mannes ausgeliefert zu sein, war noch grausamer, als tagelang in einem Schrank eingesperrt zu sein, weil dein Pflegevater deinen Anblick nicht ertragen konnte.

»Schneller, Mila.« Seine Stimme war so scharf und bedrohlich wie die Klinge eines Messers. »Sieh nach oben und straff deine Schultern. Eine Russo-Frau schaut der Welt ins Gesicht und läuft nie mit gesenktem Blick herum.«

Schwindel ergriff mich, der Flur um mich herum schwankte wie ein sinkendes Schiff und ich stolperte über meine eigenen Füße. Ein Schrei entrang sich meiner Kehle, als ich mit den Händen voran gegen die Wand taumelte. »Bitte ...«

Seine Finger legten sich von hinten an meine Taille und ich konnte meinen geschwächten Körper nicht davon abhalten, mich an ihn zu lehnen. »Eine Russo-Frau bettelt auch nicht, es sei denn, sie bittet ihren Mann, sie zu benutzen«, raunte er mir ins Ohr. Dann zog er mich von der Wand, um mich aufzurichten. »Jetzt reiß dich zusammen und beweg dich.«

Ich brauchte eine lange Minute, um mich zu sammeln. *Eine Russo-Frau.* Vor zwei Tagen war ich noch ein Waisenkind gewesen, das sich auf den Straßen von New York durchzuschlagen versucht hatte. Und nun war ich die Tochter einer der reichsten Familien Italiens und im Begriff, eine *Russo-Frau* zu werden.

Aber er hatte recht. Ich musste mich zusammenreißen, mich in den Griff bekommen. Meine Gedanken drehten sich im Kreis und die Angst, nicht zu wissen, was aus mir werden würde, schwächte mich. Am Ende würde es nicht Saint sein, der mich zerstörte, sondern die Furcht, die er so leicht provozieren konnte.

Meine Knie fühlten sich wackelig an, doch ich starrte auf die Schlafzimmertür, die nur ein paar Meter entfernt war. Je eher ich dort ankam und tat, was er von mir verlangte, desto eher war er mit mir fertig, danach sollte er mich verflucht noch mal allein lassen, damit ich in Ruhe weinen, schreien, mich übergeben und fluchen konnte. Allein.

Die kurze Distanz zwischen mir und der Schlafzimmertür schien sich nie schließen zu wollen. Aber in der Sekunde, als ich über die Schwelle trat, atmete ich erleichtert auf und griff nach dem Laken, das das Bett bedeckte. Saint war jedoch direkt neben mir, als meine Finger das Seidentuch berührten.

»Teste mich nicht. Du wirst es bereuen.«

Er fasste mich nicht an. Das brauchte er auch nicht. Das Gewicht seiner Warnung schwang deutlich in seiner Stimme mit und ich hatte keine andere Wahl, als zu gehorchen. Es war erschreckend, welche Macht er über mich besaß. Ich hätte es nicht für möglich gehalten, dass ein Mann mich dermaßen einschüchtern konnte.

»Die Dusche ist dort drüben.« Er zeigte auf eine der geschlossenen Türen und ich zögerte, bevor ich sie öffnete, zwang mich aber, mein Kinn oben zu halten.

Der Boden des Badezimmers war mit schwarz-weiß karierten Fliesen bedeckt, die Wände waren in einem dezenten Weißton gehalten. Aber was mir den Atem raubte, war das riesige Fenster hinter der opulenten freistehenden Badewanne, das von außen mit dichten Weinreben bedeckt war, sodass man nicht hindurchsehen konnte. Es war verblüffend, wie die dunkelgrüne Pflanze an der Scheibe emporrankte und sie vollständig bedeckte, als wollte sie sie abschirmen. Sie beschützen.

Ich konnte Saint hinter mir spüren, während ich jeden Winkel des luxuriösen Badezimmers in Augenschein nahm. Er drängte mich nicht, schimpfte nicht mit mir, als ob er wüsste, dass ich einen Moment brauchte, um alles zu bewundern. Weiße Handtücher ruhten auf goldenen Stangen, die Wasserhähne waren farblich darauf abgestimmt. Goldene Lampenschirme verdeckten die Leuchten und verliehen dem modernen Raum so einen Hauch von Vintage, die perfekte Balance zwischen alt und neu. Noch nie hatte ich ein so großes, so exquisites Bad gesehen. Bei meinem Glück musste ich nur erst entführt und gezwungen werden, einen sadistischen, machthungrigen Verrückten zu heiraten, um zum ersten Mal ein solches Zimmer betreten zu können.

Ich bemerkte die offene Dusche zu meiner Linken und mein Herz rutschte mir bis in die Knie. Es gab keine Türen, keine Vorhänge. Nur eine Dusche mit zwei Glaswänden und nichts als offenem Raum.

In einem letzten Versuch, ihn dazu zu bringen, ein wenig von meiner Würde zu bewahren, drehte ich mich zu ihm um.

»Ich werde mich frisch machen. Du musst nicht bleiben und zusehen.«

Ohne ein Wort zu sagen, nickte er nur in Richtung Dusche und ich wusste, dass er darauf aus war, mich so stark wie möglich zu demütigen. Das war nur ein weiterer Beweis dafür, wie beschissen verdreht Saint wirklich war. Er genoss jede Sekunde davon, jeden Moment. Für ihn war es nichts weiter als ein Spiel. Alles, was er brauchte, war, dass ich ihn heiratete, und diese kleine Scharade, bei der er mich dazu zwang, nackt vor ihm zu laufen und zu duschen, während er mich dabei beobachtete, diente nur seinem eigenen Vergnügen. Es war nichts weiter als sein Unterhaltungsprogramm für den Abend, und das machte mich wütend, entfachte eine neue Entschlossenheit in mir.

Ich straffte meine Schultern, nahm all meinen Mut zusammen und schlenderte zur Dusche. Es war zermürbend, ihm den Rücken zuzudrehen und zu wissen, dass er mich musterte und sein schmutziger Blick auf meinem nackten Körper klebte. Ich spürte förmlich, wie dieser über meine Haut glitt, wie die durchtriebene Schlange, die Saint war.

Als ich das Ventil aufdrehte, strömte warmes Wasser aus der Dusche und ich trat ein. Die Bodenfliesen fühlten sich rau unter meinen Füßen an und das fließende Nass sanft auf meiner Haut. Nach allem, was ich durchgemacht hatte, konnten mir nicht einmal seine schlangenartigen Augen das gute Gefühl einer Dusche verderben.

Ich senkte die Lider und tauchte unter das Wasser, wobei mein Gesicht sowie meine Haare nass wurden, Tropfen glitten über meine Lippen und benetzten meine Zunge. Nachdem ich mir das Wasser aus den Augen gewischt hatte, schnappte ich mir den Schwamm und schäumte ihn mit nach Vanille duftender Seife ein. Wenn er eine Show wollte, dann würde ich ihm eine bieten.

Das Wasser lief mir in Strömen den Rücken hinunter, als ich mich zu ihm umdrehte. Es war keine Überraschung, ihn in der

Mitte des Badezimmers stehen zu sehen, die Hände in den Hosentaschen, seine Aufmerksamkeit auf mich gerichtet, als wäre ich eine Mahlzeit, die der hungrigen Bestie serviert werden sollte.

Ich ignorierte den Adrenalinschub und das Kribbeln auf meiner Haut, als sich unsere Blicke trafen, und behielt meinen steinernen Ausdruck bei. Der süße Geruch von Vanille umgab mich, während ich mit dem Schwamm über meine Brust strich, von einer Seite zur anderen, über meine Schultern und meinen Hals hinunter. Duftende weiße Bläschen zerplatzten auf meiner Haut und der dicke Seifenschaum fühlte sich wie Seide an. Wasser tropfte mir ins Gesicht, mein nasses Haar klebte an meinem Rücken, während ich mich weiter wusch. Wenn es doch nur möglich wäre, sein dreckiges Starren von meinem Körper abzuwaschen.

Saint bewegte sich nicht und ich brach den Blickkontakt nicht ab. Die Atmosphäre wurde immer dichter, greifbarer, das einzige Geräusch war das Prasseln des Wassers auf dem Boden der Dusche. Der Schwamm hinterließ einen satten Schaum auf meinem Bauch, eine Spur von Blasen zog sich meinen Oberschenkel hinunter. Sein Fokus wich kein einziges Mal von mir ab, er blieb auf mir haften, als interessierte ihn nicht mein Körper, sondern allein der Ausdruck in meinem Gesicht, in meinen Augen. Das ergab einen Sinn. Wenn ich zerbrach, wenn ich den Kampf verlor, wäre dies der erste Ort, an dem er es sehen würde. Die Augen waren die Fenster zur Seele, ein Spiegelbild des Friedens oder des Chaos in meinem Inneren. Das war es, was er beobachten wollte. Das war sein Vergnügen, nicht die Tatsache, dass er einer nackten Frau beim Duschen zusah.

Langsam, aber zielstrebig ließ ich den Schwamm nach unten gleiten, bis er zwischen meinen Beinen angekommen war, dann strich ich damit kreisend über die Innenseiten meiner Oberschenkel. Nicht einmal jetzt brach er den Blickkontakt ab, aber ich konnte beobachten, wie sich die Farbe seiner

Iriden in einen Grauton verwandelte, als sie sich verdunkelten. Ich wischte mir etwas Wasser aus dem Gesicht und über mein Haar nach hinten. Warmer Dampf umhüllte mich, verbreitete sich im ganzen Bad, bis zu der Stelle, an der Saint stand. Er biss sich auf die Unterlippe, sein Kiefer verkrampfte sich und die Spannung im Raum drohte, wie ein Gummiband zu zerreißen. Ich war mir nicht sicher, wie lang ich seiner Musterung standhalten konnte, ohne wegzusehen. Es war zu intensiv und beunruhigend, wie jede Sekunde zu einer Ewigkeit wurde, Zeit keinen Sinn mehr ergab.

Schließlich schaute Saint zur Seite, zog eine Hand aus seiner Hosentasche und rieb sich das Kinn. Er schnaubte und streckte die Zungenspitze heraus, um seine geschürzten Lippen zu befeuchten. Als er mir einen Seitenblick zuwarf, zeigte seine Miene keine Spur von Vergnügen. »Mach es dir nicht zu bequem. Wir werden nicht lang bleiben.« Seine Stimme war leise, jedoch laut genug, um das Rauschen der Dusche zu übertönen. Und als ich sah, wie er aus dem Bad ging, verharrte ich und hatte Angst, mich zu bewegen. Ich war mir nicht sicher, was das bedeutete. Hatte ich diese Runde gerade gewonnen? Oder hatte ich meine Lage nur noch verschlimmert?

KAPITEL 12

Saint

Ich hatte keine Zeit für so etwas. Ich hatte gedacht, ich hätte sie, gedacht, dass ich ein wenig mit ihr spielen könnte, etwas Spaß haben, während ich alle Schachfiguren in Position brachte, von denen Mila die Königin war. Diejenige, deren Platz an meiner Seite war. Diejenige, die alle Züge machen und jene, die versuchten, mich in die Enge zu treiben, zwingen konnte, ihre Strategie zu ändern, wenn sie noch gewinnen wollten. Letztendlich würde Mila, zusammen mit ein paar anderen Bauern, meine Feinde genau dort hinbringen, wo ich sie haben wollte – wo ich zuschlagen und sie alle schachmatt setzen konnte.

Ihren nackten Hintern den Flur entlang zu verfolgen, zu sehen, wie sie sich bemüht hatte, ihre Gefühle unter Kontrolle zu halten, während sie gegen die Demütigung angekämpft hatte, war verdammt verlockend gewesen. Ich liebte es, ihr dabei zuzusehen, wie sie sich wand. Es erregte mich und ließ mich an all die Dinge denken, die ich mit ihr anstellen könnte – mit meiner zukünftigen Frau.

Es gehörte allerdings nicht zum Plan, sich mit dem Torres-Mädchen zu vergnügen. Doch es war zu verlockend, um darauf zu verzichten. Sie beim Duschen zu beobachten, wie ihre natürlich gebräunte Haut von Wasser und Schaum geschimmert, geglitzert hatte, hatte meinen Schwanz pochen lassen. *Das* war definitiv kein Teil des Plans – dass das Torres-Mädchen mir einen verdammten Ständer verpasste.

Elena wartete in meinem Arbeitszimmer auf mich, als ich hereinkam. »Tante Elena.«

»Du hast es ihr gesagt?«

»Das habe ich.«

»Alles?« Sie setzte sich auf die Couch und stellte ihr Rotweinglas neben die Tarotkarten.

Ich runzelte die Stirn. »Ist das dein Ernst?«

»Natürlich.« Sie hob sie auf. »Hast du ihr alles gesagt, Marcello?«

»Ich habe ihr gesagt, was sie wissen musste.« Ich schenkte mir ein Glas Bourbon ein, bevor ich ihr gegenüber Platz nahm, und ihr missbilligender Blick richtete sich auf mich.

Ich seufzte. »Mach dir keine Sorgen, Tante Elena.«

Ihre langen blonden Strähnen hingen ihr über die linke Schulter. Sie war nicht von Natur aus blond, ihr Ansatz offenbarte die Wahrheit. Kastanienbraun, die gleiche Haarfarbe wie die meine Mutter. Die Ähnlichkeit zwischen ihnen war unheimlich und an den meisten Tagen war es schwer, Elena anzusehen und nicht an meine Mutter zu denken.

»Ich werde mir immer Sorgen machen, Marcello. Dieser Plan ist gefährlich. Wenn die falschen Leute herausfinden, dass wir ein Torres-Mädchen haben, bevor ...«

»Das werden sie nicht«, unterbrach ich sie mitten im Satz.

Elena schlug die Beine übereinander, der Saum ihres roten Kleides reichte ihr gerade bis zu den Knien. »Was mich beunruhigt, ist, dass wir keine Ahnung haben, wer den Brief geschickt hat, der uns über die Existenz des Torres-Mädchens informierte. Wenn wir nicht herausfinden, wer es war, können wir auch nicht feststellen, warum er es getan hat.«

»Vielleicht hatten sie kein anderes Motiv, als uns einen Gefallen erweisen zu wollen.«

Elena schnaubte. »Komm schon, Marcello. Wir wissen beide, dass du das nicht glaubst.«

»Ja.« Ich seufzte. »Ich weiß.« Genau wie sie zerbrach auch ich mir über diesen anonymen Brief den Kopf. Ohne Absender und Datum gab es keine Möglichkeit, herauszufinden, wer den Brief abgeschickt hatte, der diesen ganzen Plan ins Rollen gebracht hatte. Auf den Überwachungsvideos war ein Junge zu sehen gewesen, der den Umschlag durch das Haupttor geschoben hatte. Nachdem wir ihn gefunden hatten, hatte er uns nur sagen können, dass ihm der Brief von einem anderen Jungen übergeben worden war, mit der Anweisung, ihn hier bei uns abzuliefern. Da er ihn nicht gekannt hatte, waren die Möglichkeiten, den Brief weiter zurückzuverfolgen, erschöpft gewesen.

Elena nahm die Tarotkarten in die Hand und begann, sie zu mischen. »Das Mädchen ist stark. Sie wird sich nicht so leicht manipulieren lassen.«

»Sie hat bereits zugestimmt, es durchzuziehen.«

Die Augen meiner Tante weiteten sich fragend.

»Ich habe die Macht der Überredung genutzt«, antwortete ich mit einem verschmitzten Grinsen.

Sie zog eine Braue hoch. »Du meinst, du hast sie bedroht?«

»Was das Gleiche ist.«

»Nein, das ist es nicht, Marcello. Ich habe dir zu Beginn gesagt, dass du keinen finsteren Weg einschlagen und erwarten kannst, dass die Belohnung erlösend sein wird.«

»Das ist mir klar.« Ich strich mit den Fingern über mein Kinn. »Ich habe es unter Kontrolle. Vertrau mir.«

Elenas kirschrote Lippen verzogen sich zu einem Lächeln. »Du weißt, dass ich nur dem vertraue, was mir die Karten offenbaren.«

Ich rollte mit den Augen. »Du und diese verdammten Karten.«

»So sehr du dich auch bemühst, du kannst nicht leugnen, dass sie in letzter Zeit sehr genau waren. Muss ich dir ins

Gedächtnis rufen, welche du am Tag vor der Ankunft des Briefs gezogen hast?«

Ich lächelte. »Gerechtigkeit. Und seither sind die Dinge so ziemlich zu meinen Gunsten ausgefallen, um diese Gerechtigkeit zu bekommen.«

Elenas Gesichtsausdruck blieb überaus ernst. »Aber du wolltest nicht, dass ich die anderen beiden Karten aufdecke, erinnerst du dich?«

»Weil ich mit der ersten zufrieden war.« Ich platzierte mein Glas auf dem Beistelltisch. »Warum es ruinieren?«

Ihre Augen verengten sich. »Wir haben die Deutung nicht zu Ende geführt, Marcello. Und das macht mich nervös.«

Ich faltete die Hände in meinem Schoß. »Hast du keinen Blick darauf geworfen?«

Als hätte ich sie beleidigt, blickte Elena finster in meine Richtung. »Diese Karten waren eine Nachricht für dich, nicht für mich. Ich hatte kein Recht dazu.«

Elena und ihre Karten hatten mich nie unterhalten. Ich weigerte mich, zu glauben, dass etwas so Einfaches wie Bilder auf einem Stück Pappe den Weg vorhersagen könnten, den man gehen würde, und was einem auf diesem Pfad widerfahren würde. Wir bestimmten unser eigenes Schicksal, unseren eigenen Weg – das war es, woran ich glauben wollte. Elena wusste, wie ich darüber dachte, und ich hatte sie bisher nur zwei Mal mit einer Deutung gewähren lassen. Zum ersten Mal in der Nacht, in der meine Mutter gestorben war. Der Turm war als meine Gegenwart enthüllt worden und ich konnte mich noch an Elenas Gesicht erinnern, als sie ihn erblickt hatte. Ihre Augen waren gequält, die Wangen ein blasses, kränkliches Grau gewesen. In dieser Nacht hatte ich eine Heidenangst gehabt. Ich war erst zwölf Jahre alt gewesen, aber an ihrem Ausdruck hatte ich erkannt, sie würde etwas Schreckliches erwarten. Vierundzwanzig Stunden später hatte ich gewusst, was dies gewesen war. Danach hatte ich mich geweigert, sie mit diesen verfluchten Karten in meine Nähe kommen zu lassen, und es vorgezogen, mich mit gegenwärtigen und zukünftigen Bällen zu befassen, die mir in den Weg geworfen werden würden. Aber meine hinterhältige Tante hatte es geschafft, dass ich in der Nacht, bevor der anonyme Brief eingetroffen war, der mich über Milas Existenz informieren sollte, ein zweites Mal mitgespielt hatte. Ich war an diesem Abend sturzbesoffen gewesen, nachdem ich eine große Menge Alkohol getrunken hatte. Aber als sie die Gerechtigkeitskarte aufgedeckt hatte, hatte ich es abgelehnt, fortzufahren, da nichts das Gefühl des bevorstehenden Siegs überschatten sollte, das diese dumme kleine Karte in mir ausgelöst hatte.

Ich rutschte in meinem Sessel hin und her, während ich Elena dabei zusah, wie sie die Karten immer noch mischte, das streichende Geräusch des Papiers raubte mir den letzten Nerv. »Ich möchte jetzt keine Deutung, Elena.«

»Marcello, bitte. Wir müssen es wissen, damit wir uns vorbereiten können.«

Ich gab einen verächtlichen Laut von mir, hob mein Glas und leerte es zur Hälfte mit einem großen Schluck. »Wir sind vorbereitet. Was glaubst du, warum ich Mila in einem verdammten Zimmer eingesperrt habe?«

Elena glitt bis an den Rand des Sofas vor, ihre braunen Augen flehten vor Sorge. »Unterschätz deinen Vater nicht, Marcello. Wir wissen beide, wozu er fähig ist.«

»Dann tu es. Les deine eigenen Karten.«

»Nein.« Sie schüttelte den Kopf. »Es ist dein Weg, auf dem wir beide uns befinden. Es müssen deine sein.«

Mit einem Finger tippte ich auf die hölzerne Armlehne meines Sessels und überlegte, ob ich ihr ein letztes Mal entgegenkommen sollte, indem ich sie das Einzige tun ließ, was sie ein wenig zu beruhigen schien. Immerhin hatte sie viel geopfert, indem sie mich bei meiner Vendetta unterstützte – die am Ende auch sie betraf.

»Gut«, stimmte ich widerwillig zu. »Aber wenn ich diesen beschissenen Turm sehe, dann verbrenne ich die Karten.«

Elena lächelte und ich konnte schon sehen, wie sich ihre Nerven etwas entspannten. Mir hingegen gefiel das überhaupt nicht. Es war beunruhigend, wie das Bild dieses blöden Turms in meinem Kopf herumschwebte.

Nachdem sie die Karten auf den Tisch gelegt hatte, schob sie den Stapel mit einem ihrer purpurrot lackierten Nägel zu mir. Mit einem Nicken forderte sie mich auf, fortzufahren, aber als ich danach greifen wollte, legte sie ihre Hand darauf. »Denk an alles, was jetzt gerade vor sich geht. Denk an Mila, an deinen Vater, an dich.«

Es war keine Anweisung. Es war eine Warnung, eine Aufforderung an mich, das Ganze nicht auf die leichte Schulter zu nehmen.

Verärgert und nicht in der Stimmung für so etwas, griff ich wieder nach den Karten, als Elena mich erneut aufhielt. »Schließe die Augen, Marcello. Konzentriere dich. Lass dich von deiner Energie leiten.«

Ich schürzte die Lippen und runzelte die Stirn. Als ob es nicht schon genug gewesen wäre, mich hierzu zu überreden, musste sie noch einen Schritt weitergehen.

»Gut. Aber das ist das letzte Mal, Elena. Ich meine es ernst.« Ich schnaufte, senkte die Lider und brauchte ein paar Sekunden, um meine Gedanken zu ordnen. Meine Finger berührten das Kartendeck und während ich versuchte, an meinen Vater, meine Mutter, mein Leben zu denken, war das einzige klare Bild, das sich mir aufdrängte, jenes von Milas Gesicht. Ihre Lippen, ihre grünen Augen. Ihre Tränen. Ich sah jede Kontur ihrer Miene, lange Locken, die ihre Wangen berührten. Doch bevor ich sie aus meinem Kopf verbannen konnte, hatte ich die Karten bereits in drei Stapel aufgeteilt.

»Gut.« Elena hob jeweils die oberste ab. »Vergangenheit, Gegenwart, Zukunft«, murmelte sie, ihre Stimme war sanft und ruhig.

Sie verharrte eine Sekunde lang, bevor sie die erste Karte umdrehte. »Fünf der Kelche«, fuhr sie leise fort und ich blickte auf das Stück Papier hinab, das einen Mann in einem schwarzen Mantel zeigte.

»Was bedeutet das?«

»Still.«

Finster sah ich sie an, doch sie ignorierte mich weiterhin, während sie die zweite Karte umdrehte.

»Der König der Münzen.«

»König. Das klingt gut.«

»Still!«

»Mein Gott.«

Elena griff nach der letzten Karte, aber diesmal schloss sie die Augen, als sie sie neben den anderen ablegte, und atmete tief durch.

Sie schaute hinab. »Die Welt.«

»Was soll das alles bedeuten?«

Elenas Blick fand meinen und sie zeigte auf die erste Karte. »Fünf der Kelche. Deine Vergangenheit ist voller Trauer. Kummer. Schmerz.«

Ich verlagerte mein Gewicht. »Nun ja, ich glaube nicht, dass das tatsächlich eine Offenbarung ist, oder?«

»Es ist auch das, was dich auf den Weg gebracht hat, auf dem du dich heute befindest.«

»Noch mal, Elena. Das ist keine Offenbarung.«

Sie deutete mit dem Finger auf die zweite Karte. »Der König der Münzen. Du bist dabei, einen großen Erfolg zu erzielen, wirst etwas bekommen, was du schon lang haben wolltest.«

»*Das* ist eine Offenbarung.« Ich grinste. »Ich mag diese Karte.«

»Es geht nicht nur um weltliche Dinge oder eine lang verfolgte Vendetta.« Ihre Miene wurde weicher, ihre Stimme ebenfalls. »Sie kann auch in der Liebe eine Bedeutung haben. Es ist deine Gegenwartskarte, Marcello. Wahrscheinlich ist es etwas, was du bereits gefunden hast, etwas, was du in diesem Moment besitzt.« Ihre Lippen verzogen sich. »Oder vielleicht jemand, für den du zum König und Liebhaber werden wirst.«

Ich warf ihr einen bösen Blick zu. »Ich weiß, worauf du anspielst, Tante Elena. Aber ich kann dir versichern, dass diese Karte nichts anderes symbolisiert als meinen Erfolg darüber, endlich das zu bekommen, worauf ich die ganze Zeit hingearbeitet habe. Rache.« Ich nahm einen weiteren Schluck Bourbon. »Liebe wird für mich niemals infrage kommen.«

»Sag niemals nie, Marcello.«

»Ich sagte nie.« Ich stand auf. »Ich bin müde. Ich gehe ins Bett.«

»Es gibt noch eine weitere Karte, Marcello.«

»Das ist mir egal. Sieh zu, dass Mila etwas zu essen bekommt.«

»Die Welt.« Sie erhob ihre Stimme und ich blieb stehen. »Deine Zukunftskarte ist Die Welt.«

Interessiert drehte ich mich zu ihr um. »Und das bedeutet?«

Sie tippte mit einem Finger auf das Bild. »Neue Anfänge.«

»Das klingt vielversprechend.« Inzwischen war ich nicht mehr in der Lage, den Sarkasmus in meiner Stimme zu verbergen. Meine Verärgerung hatte einen Punkt erreicht, an dem sie mir wahrscheinlich ins Gesicht geschrieben stand.

Elena hielt ihren Finger auf der Karte. »Heirat.«

»Was?«

»Die Ehe ist wie die Geburt eine der reinsten und doch einfachsten Formen des Neubeginns.«

Ich fuhr mir mit einer Hand durchs Haar. »Auch das ist kein Schock, da wir beide wissen, dass ich Mila heiraten werde. Jetzt habe ich genug von diesem Scheiß. Ich gehe nun ins Bett.«

»Deine aktuelle Reise wird bald zu Ende sein«, rief sie mir nach. »Der Kreis wird sich schließen und ein neuer Anfang ist nicht nur möglich, sondern unvermeidlich.«

Ich hielt meine Arme hoch. »Klingt gut für mich.«

»Woran hast du gedacht, Marcello? Als du die Karten geteilt hast, wessen Gesicht hast du da gesehen?«

Ich schnaubte und presste meine Lippen zu einer dünnen Linie zusammen. »Das meines Vaters«, log ich.

Elena lächelte, als wüsste sie etwas, was ich noch nicht herausgefunden hatte, und nahm die drei Karten eine nach der anderen auf. »Du kannst vielleicht die anderen um dich herum belügen, Marcello. Aber bei mir funktioniert das nicht.«

»Gute Nacht, Elena.«

»Denk daran, die Fünf der Kelche mögen vielleicht deine Vergangenheit sein, aber das bedeutet nicht, dass dein Schmerz nicht auch deine Zukunft bestimmen wird.«

Ich stapfte zur Tür hinaus und murmelte: »Das hat er bereits.«

KAPITEL 13

Mila

Ich saß auf dem Boden der Dusche, das Wasser lief immer noch in Kaskaden über mich, während ich meine Knie an meine Brust presste. Keine Ahnung, wie lang es her war, dass Saint gegangen war, aber die Erleichterung, die mich danach durchflutet hatte, war unbeschreiblich gewesen, sodass mein Körper sich ihr einfach ergeben hatte und es mir nicht mehr möglich gewesen war, zu stehen.

Wasser rann den Abfluss hinunter und ich sah zu, wie es um mich herumwirbelte, bis es verschwand. Wenn ich doch nur mitgehen, zu Tropfen werden und der Realität entkommen könnte, welche auch immer das hier war. Ich konnte es nicht als Albtraum bezeichnen. Ein Albtraum war etwas, aus dem man aufwachen konnte. Das hier war etwas, aus dem ich nicht aufwachen konnte – ein Ort, an dem schreckliche Dinge geschahen, aber man wusste, dass es irgendwann ein Ende haben würde.

Nein.

Das war die Realität. Meine Realität. Eine Fortsetzung der Geschichte meines Lebens. *Ein Tag im Leben von Mila, der Waise.* Das Leben eines Mädchens ohne Heimat, das zu einer Frau ohne Identität heranwuchs ... bis ein Heiliger kam und sie mitnahm. Nur war er kein beschissener Heiliger, sondern eine Bestie, die sie aus der einzigen Welt, die sie je gekannt hatte, herausriss und in seine zwang.

Ich hob mein Gesicht und ließ das Wasser auf mich herabregnen. Warum sollte es mich kümmern, ob ich in seiner Welt war oder nicht? Es war ja nicht so, als hätte ich in New York ein Leben gehabt, sah man einmal davon ab, dass ich mit einer Drogensüchtigen zusammenlebte und als Aushilfe in zwei verschiedenen Restaurants arbeitete, wobei ich so oft wie möglich Sechzehn-Stunden-Schichten schob.

Ich hatte nichts. Gott, nicht mal der Nachname, den ich trug, gehörte mir.

Black. Mila Black.

Ich hatte es nie infrage gestellt, mich nie gewundert, warum sie Black gewählt hatten. Aber jetzt, nachdem ich meinen richtigen Namen kannte, Milana, konnte es kein Zufall sein, dass ich den Namen Mila bekommen hatte. Aber davon abgesehen war ich ein Niemand. Egal, ob ich hier bei ihm oder allein in New York war, ich würde immer noch verloren sein. Ich würde immer noch ein Leben führen, das ich nicht wollte.

Wie lautete das Sprichwort? *Mach das Heu, solang die Sonne scheint.*

Genauso gut könnte ich mich wieder aufraffen, meine Tränen trocknen und aus dem Haufen an verdammten Zitronen, die mir das Leben zugeworfen hatte, Limonade machen.

Das warme Wasser hatte begonnen, meine Haut leicht rot zu färben, und ich beschloss, aufzustehen, damit ich mich dem stellen konnte, was auch immer das Leben von nun an für mich bereithielt.

Im Schrank gab es lediglich Röcke, Kleider und Mäntel. Keine Hosen. Keine Jeans oder T-Shirts. Nur ein Designerlabel nach dem anderen.

Ein Klopfen an der Tür ließ mich aufschrecken und ich griff nach dem Handtuch, das ich um mich gewickelt hatte.

Elena spähte hinein, das warme Lächeln in ihrem Gesicht

trug nicht dazu bei, mich zu beruhigen. »Ich wollte nur sehen, wie es dir geht.«

Ich drückte das Handtuch fester an mich. »Ich würde gern sagen, dass es mir gut geht, aber das würde den Anschein erwecken, als würde ich die Situation verleugnen, meinst du nicht?«

Sie schloss die Tür, nachdem sie eingetreten war. Ihre langen, wohlgeformten Beine wurden durch die schwarzen Stilettos, die sie trug, noch betont. Diese Frau war der Inbegriff von Kultiviertheit und Reichtum. Sie strahlte geradezu Eleganz aus, als wäre sie ihr von Geburt an in die Wiege gelegt worden.

»Ich habe dir etwas zu essen mitgebracht.« Sie stellte einen Teller, der mit einer silbernen Haube abgedeckt war, auf einem Schränkchen ab und rieb ihre Hände aneinander, während sie sich im Zimmer umsah. »Hast du dich eingelebt?«

»Ist das eine Fangfrage?«

Elena nahm auf der Couch Platz, die neben dem geschlossenen Fenster stand. »Es ist nicht alles schlecht, Mila.«

»Ist das dein Ernst?«

»In New York hast du dich gerade so durchgeschlagen, hast in einer schäbigen Wohnung gelebt ...«

»Ich würde lieber in einer schäbigen Wohnung in New York leben, als auf einem Luxusanwesen im verdammten Italien gefangen gehalten zu werden.«

»Sieh das als eine Chance.« Lächelnd schlug sie die Beine übereinander und faltete die Hände in ihrem Schoß. »Marcello ist ein sehr mächtiger Mann.«

»Das ist mir aufgefallen.« Ich drehte ihr den Rücken zu und tat so, als würde ich den Schrank durchsuchen, aber in Wirklichkeit nahm ich kaum Notiz von der Garderobe.

Das Klackern ihrer Absätze ertönte, als sie neben mich trat und in eins der Fächer griff. »Hier.« Sie zog ein beiges Unterkleid heraus, dessen weiche Seide im gedämpften Licht wie Gold glänzte.

Ich runzelte die Stirn. »Das ziehe ich nicht an.«

»Ich fürchte, es ist entweder das oder du musst nackt schlafen.«

Schnaubend pustete ich mir eine Locke aus dem Gesicht. »Du hast nicht zufällig irgendwo eine Flanellhose versteckt? Ein Paar Shorts?«

»O Gott, nein.« Ihr Gesicht verzog sich. »Ich kann dir versichern, dass sich in diesem Schrank keine Flanellhosen befinden. Tatsächlich gibt es im ganzen Haus keine.«

Elena drückte mir das Nachthemd in die Hand und griff wieder hinein. Diesmal zog sie ein Spitzenkleid heraus, kurze Ärmel, runder Halsausschnitt – und das Schlimmste ... es war rosa. Ein Kleid in Hellrosa, doch sie lächelte mich an, als hätte sie mir gerade etwas gezeigt, was ich schon immer einmal hatte tragen wollen. Nicht.

»Das werde ich auch nicht anziehen.«

Elena schloss die Schranktür und hängte es an den Kleiderhaken. »Das ist das Outfit, welches du morgen tragen wirst. Ich komme ganz früh wieder und helfe dir mit deinen Haaren und dem Make-up.« Sie schlenderte zur Tür, während ich ihr hinterherschaute.

»Ähm, wie bitte? Was passiert denn morgen?«

»Ruh dich etwas aus, Mila. Wir haben ein paar anstrengende Tage vor uns.«

Das Zuschlagen der Tür beendete das Gespräch, das Verriegeln des Schlosses war eine deutliche Erinnerung daran, was ich war. Eine Inhaftierte. Eine Gefangene. Eine Frau ohne Ausweg.

Meine Entscheidung, das hübsche beige Nachthemd zu tragen, beruhte darauf, dass ich in diesem Haus auf keinen Fall nackt schlafen würde. Nicht, dass ein dünnes Stück Satin einen Mann wie Saint davon abhalten könnte, sich zu nehmen, was er wollte. Aber so fühlte ich mich weniger ... verletzlich.

In dieser Nacht schlief ich überhaupt nicht. Meine Gedanken waren völlig durcheinander, Panik und Unsicherheit mischten sich mit Angstschüben. Es gab Momente, in denen die Furcht so stark war, dass es mir vorkam, als wäre ich kurz davor, mich auf den teuren Teppich zu übergeben und einen Kotzfleck zu hinterlassen, an den Saint sich erinnern könnte, nachdem er mich ermordet hatte. Aber Elenas Worte waren bei mir hängen geblieben. *Sieh das als eine Chance.* Eine Chance wofür? Um zu beobachten, wie die Reichen und Mächtigen jeden Tag ihres Lebens verbrachten, voller Luxus, von dem Waisenkinder nur träumen konnten? Wie die Wohlhabenden mit dem Zücken einer Karte alles bekommen konnten, was sie wollten, oder wie sie rund um die Uhr, sieben Tage die Woche, Leute hatten, die ihnen zur Verfügung standen? Wenn es das war, was sie gemeint hatte, dann war das definitiv keine Chance, sondern eher eine Möglichkeit, ein Waisenkind wie mich zu entmutigen und ihm das Herz zu brechen.

Ein Waisenkind. Ich hatte diese Bezeichnung immer gehasst. Das klang, als wären wir Außerirdische, die auf die Erde geschickt worden waren, um als abschreckendes Beispiel zu dienen, wenn Eltern versuchten, undankbaren Kindern beizubringen, ihr gesegnetes Leben mehr zu schätzen.

Ich rollte mich auf den Rücken und starrte an die Decke, wobei mir all diese verzweifelten, unschuldigen kleinen Gesichter durch den Kopf gingen. Zwischen meinen beiden Jobs hatte ich immer Zeit gefunden, einen Abstecher ins Waisenhaus zu machen. Nicht, um sie zu baden oder zu füttern – dafür hatte es genug erbärmlich aussehende alte Frauen mit grauen Pferdeschwänzen gegeben. Ich war hingegangen, um mit ihnen herumzualbern, um neben ihnen auf dem Boden zu sitzen und Karten zu spielen, Snap, Schlangen und Leitern, alles, was sie gewollt hatten. Und vor allem hatte ich dort gesessen und mit ihnen gelacht, dieses tapfere Lächeln auf meinem Gesicht behalten, weil es mir wichtig gewesen war, sie wissen zu lassen, dass ich da gewesen war, weil ich es gewollt hatte. Nicht, weil ich es gemusst hatte.

Warte mal. War es das ... war es das, was Elena mir hatte sagen wollen?

Marcello ist ein mächtiger Mann.

Ich stützte mich auf meine Ellenbogen, schürzte die Lippen und starrte auf, nun ja ... nichts. Der Gedanke blieb nur ein paar Minuten länger in meinem Kopf, bevor sich der Schrecken der Verunsicherung einschlich.

Ich ließ mich wieder zurückfallen. O Gott. Ich konnte meinen Verstand nicht davon abhalten, mich an dunkle Orte zu führen, wo alle möglichen Ergebnisse nicht zu meinen Gunsten ausfielen. Überhaupt nicht.

Während ich hellwach dalag, schlug mir bei jedem kleinen Geräusch das Herz bis zum Hals. Ich wartete weiter auf ihn. Permanent fragte ich mich, ob er in der Nacht zu mir kommen würde. Aber das tat er nicht. Ein paar Stunden lang hatte ich meine Ruhe, ehe Elena mit strahlenden Augen zurückkehrte. »Guten Morgen.«

»Ist er das?« Ich lachte spöttisch und setzte mich an die Bettkante.

Elena warf einen Blick auf das Nachthemd, das ich trug. »Ich sehe, du hast es angezogen.«

»Im Haus eines Mörders und Entführers schlafe ich sicherlich nicht nackt.« Ich strich mir die Locken aus dem Gesicht zurück. »Nicht, dass ihn das aufhalten würde«, murmelte ich.

Ich blieb auf dem Bett sitzen, während Elena in ihren beigen High Heels und dem dazu passenden knielangen Kleid durch den Raum stolzierte. Ihr perfektes blondes Haar war ordentlich geglättet, die Spitzen streiften ihre Schultern. Unwillkürlich fragte ich mich, wie alt sie war, da sie keinen Tag älter als achtunddreißig aussah, obwohl Saint sie Tante Elena nannte. Entweder war sie sehr jung gewesen, als er geboren worden war, vielleicht – keine Ahnung – zehn. Oder Elenas luxuriöses Leben hatte ihr optisch einige Jahre geschenkt.

Elena legte ein Paar hautfarbener High Heels auf das Bett neben das blassrosa Kleid, das sie am Abend zuvor ausgesucht hatte, und bemerkte dann die unberührte Mahlzeit. »Du hast nichts gegessen?«

»Ja. Zu sehen, wie ein Mann neben einem erschossen wird, und dann entführt zu werde, nur um zu erfahren, dass man einen Mörder gegen seinen Willen heiraten wird, verdirbt einem irgendwie den Appetit.« Ich schenkte ihr ein falsches Lächeln, das sie mit einer hochgezogenen Augenbraue erwiderte.

Sie hielt mir das Kleid hin. »Zieh dich an. Marcello erwartet, dass du mit ihm frühstückst.«

»Warum nennst du ihn Marcello, während alle anderen ihn Saint nennen müssen?«, fragte ich und nahm es entgegen.

»Er bevorzugt Saint. Aber ich kenne ihn, seit er ein Baby war, also ist es wohl ein Familienvorteil, dass ich ihn bei seinem Vornamen nennen darf.«

Ich nickte, dann runzelte ich die Stirn. »Würde es dir etwas ausmachen?«

Fragend schaute sie mich an.

»Ich möchte mich anziehen. Dreh dich bitte um.«

»O mein Gott, du bist zu süß.« Das Klackern ihrer hohen Absätze verschwand, als sie vom Marmorboden auf den Teppich trat und etwas aus dem obersten Schrankfach nahm, was sie auf das Bett warf.

Überrascht starrte ich sie an. »Ist das ein ...«

»Tanga«, antwortete sie trocken. »Ja. Unter einem solchen Kleid kann man nichts anderes tragen. Wir wollen doch keine peinlichen Höschenabdrücke haben.«

Ich zog mir das Kleid über den Kopf. »Natürlich, Höschenabdrücke sind im Moment meine größte Sorge.«

»Weißt du, Mila«, sie hielt inne und stemmte die Hände in die Hüften, »das geschieht gerade. Das geschieht gerade tatsächlich. Eine rotznäsige Haltung einzunehmen und sich die ganze Zeit wie ein Opfer aufzuführen, wird nichts ändern oder verbessern. Im Gegenteil, du wirst Marcello nur verärgern, was wiederum die ganze Situation zehnmal schlimmer machen könnte.«

»Wie kann das noch schlimmer werden?«

Elena trat einen Schritt näher. »Viel. Schlimmer.«

Es war keine Drohung. Es war eine Warnung. Und die Sanftheit, die in ihren Augen schimmerte, bewies, dass es eine freundliche war – eine freundliche Warnung für mich, nicht zu weit zu gehen. Dass ich mich nicht an den Rand einer Klippe drängen sollte, von der ich nicht mehr zurückkehren würde.

Elena legte ihre Hände auf meine Schultern. »Gib ihm einfach, was er will«, ihre Stimme wurde weicher, »und ich kann dir versichern, dass alles gut werden wird.«

»Wird er mir wehtun?« Ich schluckte und presste meine Lippen aufeinander.

Ihr Blick löste sich von meinem, als sie mit ihren Händen über die Ärmel meines Kleides strich. »Männer wie Marcello haben eine Art ...« Sie hielt inne, als ob sie nach besseren Worten suchte. »Sie bringen uns dazu, wider unser besseres Wissen zu handeln. Aber letzten Endes ist alles nur eine Wahl.«

»Er lässt mir keine Wahl.« Tränen begannen, in meinen Augen zu brennen.

»Oh, aber das hat er. Er hat dich vor die Wahl gestellt und du hast dich entschieden, ihn zu heiraten.«

»Was er mir gestellt hat, war ein Ultimatum«, knurrte ich.

Elena zwinkerte mir zu. »Ein Ultimatum ist nur ein schickeres Wort für die Wahl zwischen zwei Übeln, meine Liebe.« Mit ihren Fingern um meine Handgelenke lehnte sie sich zurück und musterte mich von oben bis unten. »Hmm.«

»Was?« Ich runzelte die Stirn.

»Zuerst dachte ich an *Elie Saab*, vielleicht *Vera Wang*. Aber jetzt denke ich, dass eines der Designs von *Oscar de la Renta* perfekt passen würde.«

»Wovon redest du?«

Ihr Blick traf meinen. »Dein Hochzeitskleid natürlich.«

Erschrocken riss ich meine Handgelenke aus ihrem Griff und trat einen Schritt zurück. »Ein Hochzeitskleid?«

»Ja. Das tragen Bräute normalerweise bei einer Eheschließung.«

»Wir werden keine Zeremonie haben. Wir unterschreiben nur ein Stück Papier und das war's.«

»Mila«, sie neigte den Kopf zur Seite, als würde sie eine verwirrte kleine Maus betrachten, »wie ich schon sagte, ist Marcello ein mächtiger Mann. Es muss einen Beweis für eine echte Vermählung geben, damit die Öffentlichkeit es glaubt.«

Meine Augen weiteten sich. »Die Öffentlichkeit?«

»Marcello ist einer der begehrtesten Junggesellen Italiens. Wenn es sich herumspricht, dass er eine Ehefrau hat, wird sich die Presse darauf stürzen. Wir brauchen etwas, was wir ihnen präsentieren können, wenn du an die Öffentlichkeit gelangst.«

Ich fühlte mich krank, körperlich krank, während mir Galle die Kehle hochkroch. Benommen sowie verwirrt setzte ich mich auf das Bett und starrte auf den Teppich. »Öffentlich?«

Elena nahm neben mir Platz, wobei ihr zierlicher Körper kaum einen Abdruck in der Matratze hinterließ. »Ich weiß, es ist viel zu verkraften. Aber die Dinge müssen auf eine bestimmte Weise erledigt werden.«

Eine verirrte Träne lief mir über die Wange und ich wischte sie so schnell weg, wie sie gekommen war. »Warum ich? Warum jetzt?«

Tröstend legte sie eine Hand auf meine Schulter. »Eine Lektion, die ich schon sehr früh in meinem Leben gelernt habe, ist, niemals *warum ich* zu fragen. Frag stattdessen lieber, *warum nicht ich*. Auf diese Weise bemitleidest du dich selbst weniger.« Sie stand auf und nahm eine Bürste vom Schminktisch. »Und jetzt trockne deine Tränen und gehe erhobenen Hauptes aus dem Zimmer. Wie ich schon sagte«, sie grinste, ihre korallenfarbenen Lippen bogen sich an den Rändern nach oben, »das ist eine Chance, Mila. Du musst sie nur ergreifen.«

Mein Atem stockte, als ich einatmete, eine weitere Träne stach in meinem Augenwinkel und ich wischte sie weg, weil ich es hasste, schon wieder zu weinen. Wie das junge Mädchen, das ich bei meinem letzten Besuch im Waisenhaus getröstet hatte.

Das kleine rothaarige Mädchen hatte in der Ecke gesessen und geweint, weil es ihr nicht möglich gewesen war, zu malen, da die Kinder vor ihr die ganze Farbe verbraucht hatten. Und obwohl sie geschluchzt hatte, hatte ich die Wut in jeder Träne glitzern sehen können, ihre Lippen geschürzt und die Augen zusammengekniffen. Ich erinnerte mich daran, dass sie mir gesagt hatte, sie sei wütend auf sich selbst, weil sie weine, und dass sie ihre Tränen nicht an andere verschwenden wolle. Es sei der einzige Teil von ihr, den sie für sich behalten könne, ihre Tränen. Niemand sonst habe sie verdient.

Und während ich mit gesenktem Kopf auf dem Bett saß und die Laken zwischen meinen Fingern umklammerte, tat ich so, als wäre ich dieses Mädchen. Ich stellte mir vor, ich wäre diejenige, die sich weigerte, ihre Tränen jemand anderem zu schenken. Egal. Was. Geschah. Genau wie dieses kleine rothaarige Mädchen.

Das rothaarige Mädchen.

Die Chance.

Das ist sie.

Ich hob meinen Blick, um Elenas zu begegnen. »Ich muss ihn sehen.«

KAPITEL 14

Saint

»Hat man sich um ihn gekümmert?«

James ließ sein Handy über den Tisch zu mir gleiten und ich betrachtete das Bild eines toten Mannes, der kopfüber von der Decke hing.

Ich schob ihm sein Telefon wieder zu. »Scheint, als wäre es schmerzhaft für ihn zu Ende gegangen.«

»Äußerst schmerzhaft.«

»Gut. Keine Zeugen?«

»Nein, natürlich nicht.«

Ich hätte wissen müssen, dass es dumm war, diese Frage überhaupt zu stellen. James war meine rechte Hand, seit ich das Haus meines Vaters verlassen hatte. Es gab nichts, was er nicht für mich tun würde, keine Grenze, die er nicht überschreiten würde, wenn ich ihn darum bat. Ich vertraute ihm mit meinem Leben, vertraute auf seine Loyalität. Wir waren schon in jungen Jahren Freunde geworden, während seine Mutter als Dienstmädchen in der Villa meines Vaters gearbeitet hatte. Aber mein Vater war ein grausamer Mann, verlangte auf unmenschliche Weise Respekt und behandelte andere wie Scheiße.

An dem Tag, an dem ich beschlossen hatte, zu gehen, hatte

James sich seine Mutter geschnappt und war mit mir gekommen. Beide hatten seitdem für mich gearbeitet, aber seine Mutter war vor sechs Monaten verstorben. Wir sprachen nie darüber, aber ich kannte die Art von Trauer, die er in sich trug. Das Mitgefühl, das ich ihm entgegenbrachte, war in einem simplen Schulterklopfen und den gelegentlichen Drinks verborgen, die wir schweigend miteinander einnahmen, wenn wir um Mitternacht nicht zur Ruhe kamen.

Ich rieb mir den Nacken. Dieser neue Weg, für den ich mich entschieden hatte, brachte eine gewisse Nervosität mit sich. Er war nicht Teil des Plans, aber aus irgendeinem Grund hatte ich nicht aufhören können, darüber nachzudenken, und fand, dass dies etwas war, was ich einfach tun musste. Es gab einige Fehler, die korrigiert werden mussten, und ich fühlte mich dafür verantwortlich, dass dies geschah.

Das Eis in seinem Wodka klirrte, als er sein Glas schwenkte. »Ich muss sagen, Saint, das ist sehr untypisch für dich, dass du deine Pläne in letzter Minute änderst.«

»Ich weiß.« Ich dehnte meinen Hals von einer Seite zur anderen. »Und ich gebe zu, dass ich dieses Gefühl der Unruhe nicht mag. Aber es muss getan werden.«

»Warum jetzt? Du wusstest von ihrer Vergangenheit, lang bevor wir sie hier hergebracht haben. Warum tust du das jetzt?«

Die Antwort auf diese Frage war einfach. *Ich hatte keine Ahnung*. Aber das war nicht die Art von Erwiderung, die ich irgendjemandem geben wollte, weshalb ich sicherstellte, dass nichts als Entschlossenheit in meinem Gesichtsausdruck zu lesen war. »Was für ein Ehemann wäre ich, wenn ich mich nicht darum kümmern würde?«

James wusste, dass er es nicht weiter hinterfragen sollte. Er wusste, wann er mich drängen konnte und wann er den Mund halten sollte.

Ich schob ihm einen weiteren Ordner über den Tisch. »Dein nächster Auftrag. Erledige ihn lieber früher als später.«

Er nickte. »Danach kümmern wir uns um den Letzten?«

»Ja.« Ich lehnte mich auf meinem Stuhl zurück. »Aber den Letzten bringst du hierher.«

»Nach Italien?« James wirkte verwirrt.

»Ihn möchte ich bei seinem letzten Atemzug beobachten.«

James stand auf und stellte sein leeres Glas auf den Tisch, bevor er die Akte in die Hand nahm. »Dann sollten wir uns zuerst um diesen Bastard kümmern.« Er ging hinaus und mir war klar, es würde nicht lang dauern, bis ich die zweite Bildnachricht erhielt, mit dem Beweis, dass mein aktueller Auftrag ausgeführt worden war. James wusste, dass ich es hasste, zu warten, und auch er war nicht gerade der geduldige Typ. Außerdem liebte er es fast genauso sehr wie ich, denen Gerechtigkeit widerfahren zu lassen, die es verdienten.

»Marcello?«

Als ich Elena in der Tür stehen sah, steckte ich mein Handy in die Tasche. »Tante Elena.«

»Wir sind bereit, mit dir zu frühstücken.«

»Wir?«

Elena trat zur Seite und Mila erschien. Nur war sie es nicht. Es war nicht die Mila, die ich zum ersten Mal in New York gesehen hatte. Die Frau mit den zerrissenen Jeans und den schmutzigen Turnschuhen. Sie schaute ganz anders aus und war doch noch dieselbe. Ihre wilden dunklen Locken waren mit einer schicken Hochsteckfrisur gebändigt worden und entblößten so die zarte Haut ihres Halses – schlank und einladend. Einen Moment lang bewunderte ich schamlos die Frau, die in einem blassrosa Kleid vor mir stand, das jede ihrer Kurven perfekt umschmeichelte, wobei der Pastellton einen auffälligen Kontrast zu ihrer makellosen olivfarbenen Haut bildete. Mit meinem Blick saugte ich sie förmlich in mich auf, ihre Beine waren wohlgeformt und wurden durch die hohen Absätze noch betont. Der Gedanke, wie sie diese straffen Waden um meine Taille schlang, zwang mich, auf meinem Platz sitzen zu bleiben, da mein Schwanz gegen den Reißverschluss meiner Hose drückte. Es war unerwartet, wie sehr ich sie begehrte, seit sie meinen Privatjet bestiegen hatte. Aber sie hatte etwas an sich, etwas, was in mir den Wunsch weckte, ihr zeigen zu wollen, wie schön sie von meiner Dunkelheit korrumpiert werden könnte.

Mila verlagerte ihr Gewicht von einem Bein auf das andere, meine anhaltende Musterung verursachte ihr ein gewisses Unbehagen.

»Du siehst umwerfend aus, Milana.«

»Mila«, erwiderte sie. »Mein Name ist Mila.«

»Natürlich.« Ich schmunzelte. Ihren richtigen Namen zu benutzen, war Absicht gewesen, weil ich wusste, dass ich dadurch etwas von dieser feurigen Haltung gezeigt bekommen würde, die mich so faszinierte. Vielleicht sogar gefangen nahm.

Ich wandte mich an Elena. »Ich nehme an, das ist dein Werk?«

Elena lächelte von Ohr zu Ohr. »Ich habe nur den Diamanten geschliffen, Marcello.«

»Ich bin genau hier«, mischte sich Mila ein. »Ich kann dich hören.«

Das entlockte mir ein erheitertes Schnauben und ich konnte mich endlich von meinem Platz erheben. »Dann lasst uns frühstücken gehen.«

»Saint?« Mila machte einen Schritt auf mich zu. »Kann ich mit dir reden? Unter vier Augen?«

Noch bevor ich Elena bitten konnte, hinauszugehen, schloss sich die Tür und wir waren allein.

Ich steckte meine Hände in die Hosentaschen, die Füße waren schulterbreit auseinander, während ich sie beobachtete und herauszufinden versuchte, was in ihrem hübschen kleinen Köpfchen vor sich ging. »Was kann ich für dich tun, Milana?«

»Zum letzten Mal, mein Name ist Mila.«

»Worüber möchtest du sprechen?«

Ihre dunklen Augenbrauen zogen sich zusammen und mit ihren nach unten gebogenen Mundwinkeln stellte sie sicher, dass ich in ihrem Gesicht ablesen konnte, wie sehr sie mich hasste. Aber da war etwas in der Art, wie sie mich ansah, ein Anflug von Sinnlichkeit gemischt mit Verachtung. Ich fragte mich, ob sie so verwirrt war, wie sie ausschaute.

Sie verschränkte die Arme. »Du willst etwas von mir, also denke ich, dass es nur fair ist, wenn ich auch etwas von dieser Vereinbarung habe.«

»Ich glaube kaum, dass du in der Lage bist, mit mir zu verhandeln.«

»Und ich glaube kaum, dass du in der Lage bist, mich abzuweisen.«

Ich schnaubte, während ich mir nicht sicher war, ob ich über die Weise, wie sie mit mir sprach, amüsiert oder verärgert war. »Wie kommst du darauf?«

Eine einzelne Locke, die ihrer Hochsteckfrisur entwichen war, hing ihr über die Wange und Mila strich sie hinter ihr Ohr. »Du hast dir viel Mühe gegeben, mich zu finden und hierherzubringen. Und dass du Brad, ohne mit der Wimper zu zucken, getötet hast, zeigt mir, dass es einen Grund gibt, warum ich noch atme. Wenn es einen anderen Weg als die Heirat mit mir gegeben hätte, um an die Aktien zu kommen, wäre ich nicht hier.«

Ich leckte mir über die Lippen. »Du sagst das so, als ob das für mich eine Neuigkeit sein müsste.«

»Du brauchst mich. Ich weiß nicht, was du vorhast, sobald du meine Anteile in Händen hältst, aber alles, was ich weiß, ist, dass du mich brauchst.« Mit gestrafften Schultern und erhobenem Kinn trat sie mit einem einzigen trotzigen Schritt auf mich zu. »Ohne mich bist du aufgeschmissen.«

Meine Nasenflügel blähten sich und ich begann, mich eher in Richtung wütend und verärgert als amüsiert zu lehnen. »Ich sollte dich warnen. Es ist nicht klug, mit mir zu verhandeln.«

»Das ist mir egal. Wenn du willst, dass ich die Rolle der liebevollen Ehefrau spiele und auf einer Scheinhochzeit auftauche, die du und deine verrückte, überfreundliche Tante – die ich übrigens viel mehr mag als dich – gerade planen, dann muss ich auch etwas davon haben.«

Meine Wut verflog ein wenig. Erstaunlich, wie ihre Stimme im selben Satz von sauer zu entschlossen zu spitzfindig wechselte.

»Gut.« Ich verschränkte die Arme. »Ich werde mitspielen. Und was willst du? Ein siebenstellig gefülltes Bankkonto? Ein Haus auf Bali? Einen endlosen Vorrat an Lakers-T-Shirts und zerrissenen Jeans?«

»Witzig.« Sie runzelte die Stirn. »Ich will dein Geld nicht für mich.«

»Aber du *willst* mein Geld?«

Mila biss sich auf die Innenseite ihrer Wange, das erste Anzeichen von Unsicherheit, das sie zeigte, seit sie hier hereingekommen war. »Ich möchte, dass du mir hilfst, ein Waisenhaus in New York zu eröffnen, eins, in dem die Kinder nicht in jede beliebige Pflegefamilie gesteckt werden, nur um dem nächsten Kind, das vor der Tür steht, ein Bett geben zu können.«

Meine Augen weiteten sich. »Ein Waisenhaus?«

»Ja. Mir ist klar, dass es für jemanden wie dich wahrscheinlich keinen Sinn ergibt, Menschen helfen zu wollen, anstatt sie zu töten und zu entführen ...«

»Sei vorsichtig, Mila«, mahnte ich. Sie hatte mich schon mehrmals während dieses Gesprächs nicht respektiert. »Weißt du, hätte ich gestern nicht meine Hand an deiner Pussy gehabt, würde ich annehmen, du hättest Eier zwischen deinen süßen Beinen.«

Ihre Wangen explodierten in einem tiefen Rosaton, die Röte breitete sich den ganzen Weg über ihren Hals und ihre Brust aus. Es war verdammt schön, wie mein schmutziges Mundwerk ihre Haut zum Glühen brachte.

»Mein Gott«, murmelte sie. Die Locke, die sie vorhin zurückgestrichen hatte, löste sich wieder und fiel ihr gegen die Wange, woraufhin Mila sie mit einem Schnaufen aus dem

Gesicht blies. Ich wusste nicht, was es war, aber sie war noch hübscher geworden, seit sie hier hereingekommen war. In diesem Moment.

Ohne mich anzuschauen, fuhr sie fort. »Ich werde meine Rolle spielen.« Sie schluckte, ihr schlanker Hals bewegte sich dabei. »Ich werde alles tun, was du von mir verlangst. Dich heiraten und vorgeben, deine Frau zu sein.« Sie biss sich auf die Lippe und blickte mich unter langen Wimpern hervor an, wobei Unsicherheit den Glanz der smaragdgrünen Iriden trübte. »Wenn du mir mit dem Waisenhaus hilfst.«

Mit einem Finger kratzte ich mich an der Seite meines Gesichts. »Hast du eine Ahnung, wie viel Papierkram es zu erledigen gibt, wenn man so eine Einrichtung eröffnen und dann auch noch betreiben will? Das ist kein verdammter Lebensmittelladen, Mila.«

»Das weiß ich.«

»Also was?« Ich zuckte mit den Schultern. »Ich gebe dir das Geld, das du brauchst, um das Waisenhaus zu gründen, und was dann? Du suchst dir einfach ein ausreichend großes Gebäude, verteilst ein paar Flyer und nimmst Kinder auf?«

»Rede nicht mit mir, als sei ich dumm.« Ihre Nasenflügel blähten sich, während sie ihre Lippen zu einer geraden Linie zusammenpresste. »Mir ist klar, dass ein Waisenhaus zu gründen, nichts ist, was man mit ein paar angehängten Nullen auf einem Scheck über Nacht auf die Beine stellen kann. Es gibt Vorschriften und rechtliche Angelegenheiten, Dinge, von denen ich keine Ahnung habe.« Sie strich mit einer Hand über ihren Arm, ein verräterisches Zeichen dafür, dass sie nervös wurde. »Deshalb ...« Mila schluckte. »Deshalb brauche ich mehr als nur dein Geld. Ich will nur den Kindern helfen, tun, was ich kann ...«

»Um zu verhindern, dass das, was dir passiert ist, anderen geschieht.« Das war keine Frage. Ich wusste genau, warum sie unter all den Reichtümern, dem Wohlstand, den ich ihr bieten konnte, um sicherzustellen, dass es ihr nie wieder an etwas fehlen würde, meine Unterstützung suchte, um anderen zu helfen.

Ihre Augen blitzten vor Überraschung auf. »Du weißt es.«

»Du wirst meine Frau werden, Mila. Glaubst du wirklich, ich würde jemanden heiraten, über den ich absolut nichts weiß?«

»Vermutlich nicht.« In der spöttischen Art, wie sie diese beiden Worte aussprach, lag eine deutliche Feindseligkeit. Offensichtlich gefiel es ihr nicht, dass ich alles über sie in Erfahrung gebracht hatte, selbst ihre dunkelsten Geheimnisse, die sie mit niemandem teilte. Sie rieb sich mit einem Finger über die Schläfe und ich konnte sehen, dass Mila die Nerven verlor. »Hilfst du mir oder nicht?«

Mit zusammengekniffenen Augen studierte ich sie, musterte sie und ließ ihren Vorschlag auf mich wirken. In all den Jahren, in denen ich mit den unterschiedlichsten Personen auf der ganzen Welt Geschäfte gemacht hatte, hatte ich gelernt, Menschen zu lesen. Wie man ihre Körpersprache interpretierte, wie man die subtilen Anzeichen dafür erkannte, ob man ihnen trauen konnte oder nicht. Ob sie alle ihre Karten auf den Tisch gelegt hatten oder ihre wahren Beweggründe verbargen. Man konnte es einen Trick nennen, einen sechsten Sinn, wenn es um den Umgang mit anderen Menschen ging. Und in diesem Moment war ich aufgrund meines Instinkts davon überzeugt, dass hinter ihrer Geschichte noch viel mehr steckte. Ein anderer Grund, vielleicht sogar ein stärkerer, der sie dazu brachte, diesen Deal mit mir einzugehen. Jetzt wollte ich wissen, was dieser Grund war – ich *musste* es wissen. Es war die gleiche Art von Neugier, die in den Fingerspitzen eines Kinds brannte, das auf einen großen Knopf mit der Aufschrift *Nicht drücken* starrte. Es war praktisch unmöglich, nicht herausfinden zu wollen, was passieren würde, sobald man diesen beschissenen Knopf gedrückt hätte. Mila schaffte es, meine Neugier zu wecken, und ich würde nicht aufhören, bis jene befriedigt war.

Dies könnte am Ende auch die Gelegenheit sein, auf die ich

geduldig gewartet hatte, um ihren Vorschlag so zu verdrehen, dass er zu meinen Gunsten ausfiel.

Mit den Fingern rieb ich mir über die Stoppeln an meinem Kinn. »Gut. Ich werde dir helfen und dir alles geben, was du brauchst, um dieses Waisenhausprojekt zum Laufen zu bringen.« Ihre Schultern sackten nach unten und sie atmete erleichtert auf. »Aber«, fuhr ich fort und ihr misstrauischer Blick traf meinen, »du musst zustimmen, für mindestens sechs Monate meine Frau zu sein, auch nachdem du mir deine Anteile überschrieben hast.«

»Was?«, platzte sie heraus. »Das ist nicht der Deal.«

Ich grinste. »Jetzt ist er es.«

»Das kannst du nicht tun.« Die Röte in ihren Wangen war verschwunden, ihre Augen vor Schreck geweitet. »Saint, das kannst du nicht tun.«

»Im Gegenteil«, ich rieb meine Hände aneinander, wie ein Teufel, der im Begriff war, sich eine Seele zu schnappen, »ich kann tun, was immer ich will. Und wenn dir diese Kinder und dein Traum von einem Waisenhaus wirklich am Herzen liegen, wirst du sechs Monate deines Lebens opfern. Ich meine«, ich schenkte ihr ein diabolisches Lächeln, »was sind schon ein paar Monate deines Lebens, wenn das bedeutet, in Zukunft ein Lächeln in so viele kleine Gesichter zaubern zu können?«

Die Macht der Manipulation. Manche sahen darin eine Form von Hexerei. Ich sah es als einen einfachen Weg, um immer das zu bekommen, was ich wollte. Und im Moment schien es so, als ob Mila etwas war, was ich wollte.

»Was darf es sein, Mila?«

Die Art, wie sie mich anstarrte, wie ihre kalten grünen Augen mir praktisch die Haut vom Gesicht schälten, war verdammt amüsant. Ich mochte es, wie sie mich verabscheute, wie ihr Hass auf mich aus jeder ihrer Poren sickerte. Er verzehrte sie; ich verzehrte sie. Und das machte meinen Schwanz überaus hart.

Ich stand auf, während Mila mich weiterhin anstarrte und

vermutlich ihre Optionen abwog – von denen sie nicht viele hatte.

Es dauerte ein paar Sekunden, in denen wir uns gegenseitig mit unseren Blicken fixierten, bevor sie zustimmend nickte – widerstrebend, wie noch hinzuzufügen wäre. »Du bist der Teufel, weißt du das?«, stieß sie hervor.

»Mach dir nichts vor.« Ich trat näher und strich über ihre Wange. »Der Teufel ist kein Vergleich zu mir.«

KAPITEL 15

Mila

Ich wünschte, ich könnte sagen, dass ich mich mit meiner Sturheit durchgesetzt hatte, indem ich mich geweigert hatte, sein Frühstück zu verzehren. Aber leider war ich ein Mensch und ich war verdammt hungrig. Also aß ich. Ich aß jeden kleinen Krümel auf meinem Teller auf. Ihn ignorierte ich jedoch. Völlig. Als ob der Bastard gar nicht da wäre.

Ob es ein Fehler gewesen war, mit ihm zu verhandeln, würde sich noch herausstellen. Deshalb entschied ich mich, die nagende Warnung zu ignorieren, die an meinem Rückgrat schabte und mir sagte, dass jede Art von Deal mit Saint so wäre, als würde man seine Seele dem Teufel auf einem Silbertablett übergeben. Aber wenn ich schon im Begriff war, ihm meine Anteile an einem Unternehmen zu überschreiben, von dem ich nicht einmal gewusst hatte, dass es existierte, dann musste ich verdammt noch mal auch etwas dafür bekommen.

Eine Gelegenheit, so hatte es Elena genannt. Man könnte argumentieren, dass sie mir lediglich die Vorzüge eines Lebens im Luxus hatte zeigen wollen, ohne jeden Cent zusammenkratzen zu müssen, um zu überleben. Doch ich wusste es besser. Sie hatte diesen kleinen Samen absichtlich in meinen Kopf gepflanzt und gehofft, er würde wachsen. Ich hoffte allerdings, er würde nicht zu einem riesigen Ärgernis heranwachsen.

Die Fensterläden des Esszimmers waren geschlossen, genau wie die in meinem Schlafzimmer. Offensichtlich versuchte Saint, etwas zu verbergen. Und dieses Etwas war ich. Da hatte ich schon das Glück, in Italien zu landen, und dann konnte ich nichts davon entdecken. Wenigstens hing mir gegenüber an der Wand ein riesiges Gemälde des Kolosseums, und das war wahrscheinlich das Einzige, was ich von einem der berühmten Wahrzeichen Italiens zu sehen bekommen würde.

Während ich auf frischem Obst herumkaute, starrte ich weiter auf das Bild. Die verschiedenen Blauschattierungen des Himmels über dem ovalen Gebäude entsprachen fast den Farbtönen von Saints Augen. Es waren keine Wolken zu sehen, ein klarer Sommertag offenbar, aber der Horizont im Hintergrund hatte etwas Dunkles an sich. Als würde sich ein Sturm zusammenbrauen, wechselten die Ausläufer von einem hellen Blau zu einem zarten Grau. Die braunen Farben von dem, was vom Kolosseum übrig geblieben war, waren allesamt dunkle Töne, als ob derjenige, dessen Werk das Gemälde war, nicht versucht hatte, es so prächtig erscheinen zu lassen, wie die Welt es darstellt – sondern vielmehr seine Ruinen, die zerbrochenen Teile, das Chaos, das es zerstört hatte. Die Hässlichkeit von dem, was sich einst in dessen Mauern abgespielt hatte. Ich hätte nicht gedacht, dass es möglich war, Architektur einsam wirken lassen zu können. Doch auf diesem Gemälde schien sie untröstlich zu sein. Verlassen und doch schön in ihrer Unvollkommenheit.

Saint legte seine Serviette auf den Tisch und erhob sich. »Tante Elena wird dir beim Packen helfen.«

»Packen?« Verwirrt starrte ich ihn an.

»Wir reisen heute ab.«

»Wohin gehen wir?«

»Das wirst du noch früh genug herausfinden.« Er warf einen Blick auf Elena. »Sorg dafür, dass sie bei unserem kurzen Auftritt einen Hut trägt, der groß genug ist, um den überwiegenden Teil ihres Gesichts zu verdecken. Das Letzte, was wir brauchen, ist, dass diese Aasgeier sie identifizieren können.«

»Entschuldigung.« Ich hob meine Hand, aber er ignorierte mich und stapfte aus dem Esszimmer, woraufhin ich Elena ansah. »Was für Aasgeier?«

Elena stand auf. »Er meint die Paparazzi.«

»Was? Welche Paparazzi?«

»Die Familie Russo ist hier in Italien überaus mächtig. Und Marcello ist nicht nur ein Russo, er ist auch ein sehr attraktiver und reicher Mann. Da ist es nur natürlich, dass die lokalen Boulevardzeitungen ihn lieben.«

Beinah hätte ich laut aufgelacht. »Wissen sie, dass er ein kaltblütiger Mörder und Entführer ist?«

Der freundliche Gesichtsausdruck, den Elena immer zur Schau zu tragen schien, verschwand blitzartig und wurde durch Zorn ersetzt, ihr Blick war fest und hart. »Ich war nett zu dir, Mila. Aber ich werde dir nicht erlauben, so über meinen Neffen zu sprechen. Verstanden?«

»Er hat mich entführt. Du kannst doch nicht erwarten, dass ich mit Respekt von ihm spreche.« Ich stand ebenfalls von meinem Stuhl auf, ohne sie aus den Augen zu lassen. »Ich bin nicht hier, weil ich es will. Ich bin hier, weil er mich gegen meinen Willen hergebracht hat.«

Elena stützte sich mit den Händen auf dem Tisch ab und beugte sich vor, während ihre schokoladenbraunen Iriden Entschlossenheit ausstrahlten. »Hör auf, das Ganze als Strafe anzusehen. Sieh es als eine ...«

»Chance?«, unterbrach ich sie. »Siehst du es denn als eine Chance?«

»Als eine Möglichkeit, endlich das Leben zu leben, das man dir genommen hat. Das ist deine Chance, die zu sein, zu der du geboren wurdest.« Sie richtete sich auf und fuhr sich mit den Fingern sanft durch die losen blonden Strähnen ihres Haars, als ob sie versuchte, sich zu beruhigen. »Jetzt komm. Wir müssen uns vorbereiten.«

»Wofür?«

»Um mit deinem zukünftigen Ehemann gesehen zu werden.«

Irritiert hob ich eine Braue. »Ich bin mir nicht einmal sicher, ob ich weiß, was das bedeutet.« Verdammt, in meinem Kopf drehte sich alles.

»Marcello trifft alle Sicherheitsvorkehrungen, um sicherzustellen, dass du unerkannt bleibst, bis alles unter Dach und Fach ist. Doch da wir jetzt in Italien sind, besteht immer die Risiko, dass ungebetene Reporter in der Nähe lauern. Du musst dich immer korrekt verhalten.«

»O mein Gott.« Ich berührte meine erhitzten Wangen und schloss die Augen. »Das wird eine beschissene Show werden.«

»Tante Elena.« Saints schneidende Stimme peitschte durch das Zimmer und ich drehte mich zu ihm um, wobei seine große Gestalt den leeren Raum ausfüllte. »Bitte sieh zu, dass Milas Sachen gepackt und bereit sind.«

Ich schnaubte. »Nichts von alldem hier ist *mein* Zeug.«

Elena warf mir einen warnenden Blick zu, der mir leise signalisierte, aufzupassen, was ich sagte. Meine Güte, sie gab mir das Gefühl, ein bockiges Kind zu sein, das dringend Disziplin eingetrichtert bekommen musste.

Ihre Absätze klackerten auf dem Boden, als sie ging, und ich weigerte mich, weiter in Saints Richtung zu schauen. Während ich mit verschränkten Armen dastand, mein Bestes tat, um das subtile Kribbeln zu ignorieren, das seine Anwesenheit auf meiner Haut auslöste, hörte ich ihn näher kommen. Mit jedem langsamen Schritt beschleunigte sich mein Herzschlag und mein Atem wurde schwerer. Ich kämpfte gegen den Drang an, mich zu ihm umzudrehen, damit ich seinen Gesichtsausdruck sehen konnte. Doch dann spürte ich, wie er hinter mir verharrte, so dicht, dass der Saum seiner Anzugjacke meine nackten Arme berührte. Ich erschauderte, weil seine

Gegenwart mich wie einen Mantel der Macht umhüllte. Der Herrschaft. Als würde er seinen Anspruch auf mich erheben, indem er einfach so nah bei mir stand.

»Dreh dich um.« Seine Stimme war leise, aber es mangelte ihr nicht an Autorität. Im Gegenteil, sie war stärker, fordernder, also gehorchte ich. Zwar wandte ich mich um, lehnte es jedoch ab, zu ihm aufzuschauen. Stattdessen starrte ich auf die graue Krawatte, die er trug, und die feinen vertikalen Linien, die nur aus dieser Nähe erkennbar waren.

»Zeig es mir.«

»Dir was zeigen?« Meine Stimme war zu sanft. Ich klang schwach. Fügsam.

Eine zarte Berührung seiner Hand an meinem Kinn zwang mich, meinen Blick zu heben. »Zeig mir, wie du der Welt beweisen willst, dass du hoffnungslos«, sein Daumen fuhr über meine Unterlippe, »und unwiderruflich in deinen Ehemann verliebt bist.« Saint senkte sein Gesicht zu meinem, sein warmer Atem tanzte über meine Wangen. »Zeig mir, wie du allen beweisen willst, dass du dich sexuell zu mir hingezogen fühlst.«

Ich hielt den Atem an, sein Tonfall lockte mich. Wenn Verführung ein Klang wäre, dann wäre es dieser. Die Art und Weise, wie seine Worte über seine Lippen kamen, war betörend und gefährlich zugleich, wie sie ein Flackern von etwas Bedrohlichem in mir entfachten. Etwas, was sich mächtig genug anfühlte, um mich zu kontrollieren. Mich dazu zu bringen, etwas zu tun, was ich bereuen würde.

»Zeig's mir«, drängte er und brachte seinen Mund nur wenige Zentimeter vor meinen. So nah, dass ich einen Moment lang nicht sicher war, ob er mich küsste oder nicht. Ich spürte ihn, aber er war nicht ganz da. Nur ein Hauch davon. Ein einziger Atemzug, der zwischen meinen und seinen Lippen schwebte. »Lass deine Augen dein Verlangen nach mir offenbaren.«

Meine Muskeln spannten sich an, Hitze breitete sich

langsam in meiner Brust aus. Ich hatte keine Kontrolle darüber, keine Chance, sie zu bekämpfen, als sie meine Wirbelsäule hinunterwanderte, um sich dann zwischen meinen Schenkeln zu entladen. Ich hasste den Mann, der so dicht vor mir stand, und doch reagierte mein Körper auf eine Weise, die meinen Gefühlen für ihn vollkommen widersprach. Es war beunruhigend. Wie war es möglich, dass man jemanden so sehr verabscheute und sich trotzdem lebendiger fühlte als je zuvor, während er so nah war?

Er leckte sich über die Lippen, die Bewegung zog meine Aufmerksamkeit auf sich und ich spürte, wie ich in den Moment hineingesogen wurde. In die Lüge.

Eine stürmische Hand strich über meinen Arm, seine einfache Berührung tränkte meine Haut mit dem Gift seiner Verführung. Ich konnte spüren, wie es mich nach und nach korrumpierte, wie das Toxin meine Kontrolle erstickte. Selbst wenn ich die Kraft dazu hätte, wüsste ich nicht, wie ich mich dagegen wehren sollte. Wie ich seine nicht zu leugnende Anziehungskraft auf mich davon abhalten sollte, mich in die Höhle des Teufels zu locken, während sich seine diabolischen Absichten wie eiserne Ketten um mich legten.

Saints Daumen verweilte auf meiner Unterlippe. »Wenn du es nicht glaubst, Mila, werden sie es auch nicht glauben. Du musst die Welt glauben lassen, dass dein Herz mir gehört.« Seine Hand glitt von meinem Arm hinab und kam auf meiner Hüfte zum Ruhen. Seine Lippen wanderten über meine Wange, doch anstatt mich zu wehren oder ihn wegzustoßen, schloss ich die Augen und gab mich ihm hin. Noch nie hatte ich eine dermaßen starke Versuchung gespürt – ein Bedürfnis, jeden rationalen Gedanken zu vergessen und im samtweichen Wasser der Lust zu schwimmen, ohne Angst zu haben, zu ertrinken.

Seine Nase unter mein Kinn schiebend, drängte er mich, ihn anzusehen, als er plötzlich seinen Arm um meine Taille schlang und mich an sich zog.

Ein Hauch heißen Atems entkam meinen geöffneten Lippen, mein Körper presste sich hart an seinen, fügte sich an seine Statur, als wäre ich die perfekte Ergänzung zu ihm. Ein Puzzleteil, das herausgetrennt und weggerissen worden war, um eines Tages wieder eingefügt zu werden, damit das längst vergessene Bild noch einmal erschaffen werden konnte.

Dunkle Brauen zogen sich zusammen, sein Fokus war ganz auf meine Augen gerichtet. »Tu so, als ob wir ein Liebespaar wären, als ob ich der einzige Mann wäre, der jede Kurve deines Körpers kennt. Innen und außen.« Er griff nach unten und umfasste meinen Hintern, zog mich so fest an sich, dass sich die Absätze meiner Schuhe vom Boden hoben. »Du musst so tun, als wäre das Einzige, was für dich zählt, meinen Schwanz in deiner Pussy zu haben.« Diese perfekten Lippen öffneten sich, Lust und Wildheit verschmolzen im Blau seiner Augen – eine tödliche Mischung für eine Frau wie mich. Eine Frau, die keine Wahl hatte, unfähig war, sich von ihm und den bedrohlichen Fängen seines sexuellen Könnens fernzuhalten.

Saint legte eine Hand in meinen Nacken und ich reckte meinen Kopf der Decke entgegen. Kühne, hungrige Lippen pressten sich auf meine Kehle, während sich meine Schenkel unter der Hitze verkrampften, die sich zwischen meinen Beinen sammelte – ein unwillkommenes Gefühl. Eine unangemessene Reaktion auf das, was auch immer zur Hölle hier vor sich ging.

»Kannst du das tun, Milana?«

Meine Lider flatterten eigenmächtig zu, sein Atem kitzelte meine feuchte Haut. »Mila«, flüsterte ich schwer atmend. »Mein Name ... ist Mila.«

Ich spürte, wie sich seine Lippen an meinem Fleisch zu einem Lächeln verzogen, sein Griff um meinen Hintern lockerte sich leicht, sodass ich meine Fersen wieder abstellen konnte.

Mit einem Schauer und der anhaltenden Wärme in meinem

Inneren erstarrte ich, als er seinen Mund an mein Ohr brachte. »Tu so, als würdest du mich anbeten.«

Jedes Wort, jeder Atemzug, jedes Quäntchen von ihm war durchdrungen von Sex und Urinstinkten, die mein eigenes Verlangen anregten und reizten. Ich wusste, was für ein Mann er war, wozu er fähig war. Und so sehr ich ihn auch ablehnte, so sehr ich ihn verabscheute, mein Körper widersetzte sich meinem Willen, ihn zu bekämpfen.

Er sog die Luft durch seine Zähne ein, als er mich losließ und einen Schritt zurücktrat. »Lass alle glauben, dass ich dein Gott bin. Kannst du das tun?«

So wie meine Haut brannte, wie sich mein Inneres verknotete und um Erlösung bettelte, wusste ich, dass mein Gesicht Bände sprach. Ich versuchte, jeden noch so kleinen Krümel an Verachtung, die ich ihm gegenüber empfand, heraufzubeschwören, versuchte, sie aus meinem Blick strahlen zu lassen. Aber es funktionierte nicht. Ich konnte es daran erkennen, wie er mich mit einem machtvollen Grinsen ansah, das von errungenen Siegen erzählte. Als ob er wüsste, dass ich meine Schenkel zusammenpresste, verzweifelt bemüht, dieses pochende Bedürfnis sterben und nie wieder zurückkehren zu lassen. Nicht mit ihm. Niemals mit ihm.

Saint streckte seine Hand aus, doch ich zuckte zurück, bevor er eine Locke berühren konnte, die auf magische Weise den fünfzig Haarnadeln entkommen war, mit denen Elena mich frisiert hatte.

Er hielt inne. »Weiche nie vor meiner Berührung zurück.«

»Es ist niemand hier. Wir müssen uns nicht verstellen«, erwiderte ich spöttisch. »Und ich bin nicht vor deiner Berührung zurückgewichen. Ich habe sie abgelehnt.«

Seine Zunge fuhr an seiner Unterlippe entlang und wie ein ausgehungerter Löwe beobachtete er mich, als könnte er mich bereits schmecken. Als könnte er spüren, wie meine Knochen zusammen mit dem letzten Fitzelchen an Selbstbeherrschung, das ich noch hatte, zerbrachen. Der Bastard spielte mit mir, benutzte mich, als wäre ich sein neues Spielzeug.

»Elena sagte, du seist einer der begehrtesten Junggesellen Italiens. Ich wette, bei dir stehen die Frauen Schlange, wie Vieh, das bereitwillig für dich geschlachtet werden soll. Oder sollte ich besser sagen, *von* dir?«

Seine saphirblauen Augen funkelten amüsiert. »Bist du eifersüchtig?«

»Nicht im Geringsten.« Ich straffte meine Schultern und versuchte, größer zu wirken. »Stell mich nicht bloß, Saint.«

»Was meinst du?«

»Wenn wir verheiratet sind, stell mich nicht bloß, indem du mit anderen Frauen herumhurst.«

Sein Grinsen wurde gefährlich, böse. »Ich bin ein Mann, dessen Bedürfnisse sehr«, er schürzte die Lippen, »spezifisch sind. Und du hast deutlich gemacht, dass du meine Berührung ablehnst, also habe ich nicht wirklich viele Möglichkeiten«, er kam näher, »nicht wahr?« Er neigte den Kopf von einer Seite zur anderen, während er mich mit seinem Blick festhielt. »Außerdem weiß ich, wie man sich diskret verhält.«

Die Knoten des Verlangens, die noch immer in meinem Bauch verweilten, begannen zu brennen und die Eifersucht, die ich mir nicht eingestehen wollte, sorgte dafür, dass sich die Muskeln in meinen Schultern anspannten. »Wie deine Tante bereits sagte«, ich funkelte ihn wütend an, »irgendjemand schaut immer zu.«

»Na, dafür gibt es ja eine einfache Lösung.« Er hob eine Hand und dieses Mal wich ich nicht zurück, sondern ließ zu, dass er mit deren Rücken über mein Gesicht strich. »Wenn du nicht willst, dass ich andere Frauen ficke, Mila«, er beugte sich weiter vor und seine Lippen streiften mein Ohrläppchen gerade so, »dann musst du ihren Platz einnehmen.«

Ein wohliger Schauer lief mir von der Stelle, an der sein Atem auf meine Haut traf, hinunter zu meinen verkrampften Schenkeln. Es hätte mich eigentlich anekeln müssen, wie er darauf anspielte, seine Hure zu sein. Es hätte mir die Galle in die Kehle treiben müssen, allein der Gedanke daran ließ mich erschaudern. Aber das tat es nicht. Stattdessen drängte es eine unwillkommene Glut in jede Ecke meines Körpers, die sich um jeden einzelnen Knochen legte.

»Denk darüber nach.« Saint strich mit seinen Fingern über meinen Arm und hinterließ erhitztes Fleisch auf seinem Weg. »Wir könnten unser Geschäft auf diese Weise viel interessanter gestalten.« Jede Silbe, die er aussprach, war von verruchten Absichten durchdrungen, seine Stimme voller Verführung – Manipulation.

Ich schluckte, mein Herz hämmerte gegen meine Rippen. »Du bist ekelhaft«, presste ich höhnisch zwischen zusammengebissenen Zähnen hervor.

»Ich glaube, das Wort, das du suchst, ist schmutzig.«

»Oder senil.«

Ein verschmitztes Grinsen zerrte an seinen Mundwinkeln. »Weißt du, Mila, du machst das Ganze so viel lustiger.« Er nahm meine Hand und verschränkte unsere Finger miteinander. Ich keuchte, als er mich näher zu sich zog und meine Hand dann auf seinen Schritt legte. »Spürst du das? Du machst mich hart. Und jetzt frage ich mich, wie du wohl über den Esstisch gebeugt aussehen wirst, mit gespreizten Beinen und glänzender Pussy.«

»Hör auf«, flüsterte ich, doch er ignorierte mein schwaches Flehen, indem er sich vorwärts bewegte und mich zwang, zurückzuweichen, wobei meine Handfläche immer noch fest gegen seinen Schwanz gedrückt war.

»Du hasst es, nicht wahr?«

»Wenn du mit *es* dich selbst meinst, dann ja. Das tue ich.«

Er schüttelte den Kopf. »Du magst mich hassen, aber du hasst die Art und Weise, wie dein Körper auf mich reagiert noch mehr.«

»Auch hier scheint senil ein passenderes Wort zu sein.« Ich weigerte mich, ihm etwas anderes als Abscheu in meinem

Gesicht zu zeigen, versuchte verzweifelt, meinen Ausdruck kalt und hart zu halten, obwohl mein Leib zu einem Becken aus Hitzewellen und Stromstößen geworden war.

Die Kante des Esstischs grub sich in meinen unteren Rücken und er ließ meine Hand los. Saints Arm schlang sich um meine Taille, bevor er mich auf den Tisch hob.

Meine Muskeln spannten sich an, mein Inneres zog sich vor Verlangen zusammen, das so hell brannte wie das Feuer in seinen Augen.

»Sag mir, dass deine Schenkel jetzt nicht vor Sehnsucht ziehen.« Seine Finger berührten meine Knie. »Sag mir, dass, wenn ich in dein Höschen gleite, ich deine Pussy nicht feucht und geschwollen vorfinde.«

Er packte meine Knie und schob sie mit einer schnellen Bewegung auseinander, spreizte meine Beine, sodass das Kleid an den Seiten meiner Oberschenkel aufriss. Das Geräusch hallte zwischen uns wider, aber er zuckte nicht einmal mit der Wimper, es war ihm egal, dass er gerade ein tausend Dollar teures Kleid ruiniert hatte.

Ich wollte ihm zurufen, er solle aufhören, aber ich konnte es nicht. Ein *Nein* brannte auf meiner Zungenspitze und mein Verstand kämpfte gegen die unreinen Wellen des Verlangens an, das sich wie eine Krankheit in meinem Blut ausbreitete. Aber es war nicht aufzuhalten. Mein Körper war bereits infiziert und außer Kontrolle, seine Berührung, seine Stimme, seine Worte, sogar sein gottverdammter Geruch verdrehten und verdarben mich, sodass ich mehr wollte.

Überrascht stieß ich einen Atemzug aus, als er sich zwischen meine Beine schob und mich an die Tischkante vorzog. Mein Slip streifte seine Hose und ich schloss die Augen, als er seine Hüften bewegte und mich spüren ließ, wie hart er war – wie bereit er war, mich zu nehmen.

Weiche Lippen liebkosten meine Kehle, was mich dazu brachte, meinen Kopf in den Nacken zu legen, während er mich mit langsamen, gemächlichen Zungenschlägen erforschte.

Etwas Dunkles und Forderndes regte sich in mir, ein pochender Schmerz, der im Rhythmus meines Herzschlags pulsierte. Es war falsch, das zu fühlen, dass mein Körper es verlangte. Aber ich wollte mehr. Ich wollte diese Begeisterung, die Erlösung, die Freiheit, mich seinen Sünden hinzugeben. Ich wollte seine Hände auf meiner erhitzten Haut spüren, während ich ihn mit gleicher Intensität begehrte und hasste.

Saints Mund wanderte über meinen Oberkörper und verweilte an der Rundung meiner Brust. »Du bist hin- und hergerissen, Mila, und das ist verdammt schön – wie dein Körper mich will, während dein Verstand mich ablehnt.« Er bewegte seine Hüften, drückte seinen Schwanz gegen mich und die Reibung drohte, mich über den Rand zu stoßen. »Wenn ich dich kommen lasse, wirst du mich dann noch mehr hassen?«

»Nicht.« Es war das einzige Wort, das ich zustande brachte, nur der Hauch einer Bitte, die kein Gewicht hatte – wie das Geständnis eines Sünders, der verdorbene Absichten hegte.

»Was nicht?« Er versetzte mir einen harten Stoß, indem er mich näher an sich heranzog und meinen Körper zwang, gegen seinen zu prallen. »Nicht aufhören? Oder dich nicht kommen lassen?«

Ich war da. Ich stand direkt an der Klippe, ich schwankte bereits nach vorn, bereit, zu fallen. Mein Kopf schrie, er solle mich nicht übertreten lassen, er solle mich nicht kommen lassen. Doch mein Körper verlangte von ihm, nicht aufzuhören. Es war irrsinnig. Vielleicht war ich die Verrückte. Die Irre, die der Versuchung durch die Hände des Teufels erlag. Schwach und machtlos gegen ihn.

Mein Körper war nur noch wenige Zentimeter von der ersehnten Erlösung entfernt und ich schaukelte meine Hüften gegen ihn. »Ich hasse dich.«

»Ich weiß. Aber ich werde dich trotzdem ficken.«

Schnelle Atemzüge verließen meine Lunge und es war nur noch ein Stoß, eine sanfte Berührung bis zur Befreiung, die das

Gummiband um meinen Leib endlich entzweireißen würde. Doch dann bewegte er sich und zog sich von mir zurück, ließ mich am Rande des Abgrunds zurück, atemlos und bedürftig.

»Doch nicht heute. Bald.«

Ich hob die Lider, Frustration brodelte an der Oberfläche, während jeder Zentimeter meines Körpers wehtat. Sein Gesichtsausdruck zeigte Sieg und Erfolg, seine Kristallaugen brannten vor Boshaftigkeit. Der Bastard hatte mit mir gespielt. Er hatte mich verdammt noch mal vorgeführt und ich hatte nichts getan, um ihn aufzuhalten.

Saint richtete sich auf und brachte seine Kleidung in Ordnung. »Wir brechen in einer Stunde auf. Sei bereit.«

Verblüfft und unbefriedigt, sah ich zu, wie er hinausging, mich zurückließ, um mich in meiner eigenen Demütigung schmoren zu lassen.

Tränen bahnten sich stechend ihren Weg zur Oberfläche und meine Unterlippe zitterte vor Scham. Schande umhüllte mich, Verlegenheit saugte mich ein, als ich erkannte, wie leicht er mich aus der Fassung bringen konnte – mich entwurzeln und zerstören konnte.

Ich wischte mir über die Augen und rutschte vom Tisch. Mein Kleid war an den Seiten zerrissen, Fäden baumelten gegen meine Haut. Wenn ich nach ein paar Tagen mit Saint so war, in welchem Zustand würde ich dann nach sechs Monaten sein? Was würde von mir übrig bleiben, wenn er mit mir fertig war, wenn er bekommen hätte, was er wollte, und keine Verwendung mehr für mich hatte?

Nichts.

Elena war nicht sehr erfreut über das kaputte Kleid. Aber sie stellte keine Fragen, und das war gut so, denn ich war mir nicht sicher, ob ich sie hätte beantworten können, ohne in Tränen auszubrechen. Es reichte schon, dass Saint mich auf diese Weise gedemütigt hatte. Ich musste es nicht auch noch verschlimmern, indem ich wie ein kleines Mädchen weinte, das gerade hatte mitansehen müssen, wie seiner Puppe der Kopf abgerissen worden war.

Während Elena plauderte, als ob nichts an dieser ganzen Situation beschissen wäre, starrte ich ausdruckslos aus dem getönten Fenster der Limousine.

Der metallisch schimmernde graue Sonnenhut, den ich trug, hatte eine noch breitere Krempe als der, den sie mir aufgezwungen hatte, als man mich aus dem New Yorker Nobelhotel herausgeschmuggelt hatte. Es war fast unmöglich, geradeaus zu schauen, ohne sich den Hals zu verrenken.

Ich wagte einen Blick zu Saint, der neben mir saß und auf seinem Handy herumtippte. Er ignorierte mich seit unserer kleinen Begegnung im Speisesaal und hatte nicht einmal aufgeschaut, als Elena und ich ihn in der Garage des Anwesens getroffen hatten. Und ich war zu sehr mit dem Wirbelsturm an Emotionen, der mich durchströmte, beschäftigt gewesen, als dass ich mich um die ganze Flotte von Sportwagen, Limousinen, SUVs und Motorrädern hätte kümmern können, die in einer Tiefgarage aufgereiht waren, die größer als die eines verdammten *Walmarts* war.

Besorgt zupfte ich an dem bestickten Saum des grauen Kleides, das ich anhatte. Ich fühlte mich wie eine lächerlich teuer angezogene Tussi, die mit ihrem Designerkleid und ihrer sündenbefleckten Seele in die Kirche gehen wollte.

»Denk daran«, füllte Saints Stimme den leeren Raum zwischen uns, »behalte immer deine Sonnenbrille auf. Und versuche, deinen Kopf unten zu lassen, ohne dass es so aussieht, als würdest du dich verstecken.«

Ich runzelte die Stirn. »Wie um alles in der Welt soll ich das denn machen?«

Erst dann blickte er von seinem Telefon auf und sah mich an. »Indem du dich an deinen Mann lehnst und deinen Kopf dicht an seiner Brust hältst. Auf diese Weise schirmst du dein

Gesicht ab und bringst deinem zukünftigen Ehemann Zuneigung entgegen. Zwei Fliegen mit einer Klappe.«

Ich schnaubte. »Richte diese metaphorische Klappe auf meinen Schädel und wir können drei Fliegen daraus machen.«

Saint weigerte sich, auf meine sarkastische Bemerkung einzugehen, und widmete sich wieder dem, womit auch immer er auf seinem Telefon beschäftigt war. Wahrscheinlich arrangierte er ein Massaker und sicherte sich so seine zweite Frau, während er plante, die verdammte Welt zu übernehmen.

Man sollte meinen, da ich zum ersten Mal in Italien war, würde ich die Landschaft genießen, während wir durch die Straßen fuhren. Aber ich nahm kaum etwas davon wahr. Das hohle Gefühl in meiner Magengrube saugte alles Schöne aus meiner Umgebung auf. Meine Gedanken waren durcheinander, mein Leben war mir irgendwie entglitten, direkt in die Hände des Teufels. Aber ich schloss einfach die Augen, sah das Gesicht des kleinen rothaarigen Mädchens und so vieler anderer vor mir und stellte mir den Tag vor, an dem ich ihnen helfen könnte. Um sie davor zu bewahren, verletzt zu werden. So wie ich verletzt worden war.

Geistesabwesend griff ich nach oben und fuhr mit einem Finger über die Narbe hinter meinem Ohr. Es war ein winziger Fleck, ein kleines Stück verunstalteter Haut, das für diejenigen, die davon nichts wussten, verborgen blieb. Sie erinnerte mich daran, was ich überlebt hatte – einen misshandelnden Pflegevater, der es amüsant gefunden hatte, mein Fleisch unter der Glut seiner Zigarette zischen und schmoren zu sehen.

»Machst du das oft?«

Ich schaute Saint an, der mich aus neugierigen Augen beobachtete.

»Du tust so, als würdest du dein Haar hinter dein Ohr streichen, aber in Wirklichkeit berührst du diese kleine Narbe.«

»Woher weißt du ...«

»Er hat dich verletzt.«

Ich ließ meine Hand in meinen Schoß fallen. »Wer?«

»Einer von vielen.« Saint wandte den Blick nicht ab, indigoblaue Strudel verliehen seinen Iriden eine abgehärtete Farbe von Grausamkeit.

»Tu nicht so, als ob du mich kennen würdest.« Ich wandte meine Aufmerksamkeit wieder dem Fenster zu, während die Welt draußen langsam in Dunkelheit gehüllt wurde, als die Sonne unterzugehen begann.

Danach sprachen wir nicht mehr miteinander und verbrachten die gesamte Fahrt in unerträglichem Schweigen. Erst als wir endlich anhielten, steckte er sein Handy in die Jackentasche. »Egal, was passiert, du sprichst mit niemandem. Beantworte keine Fragen. Benimm dich und tu, was von dir erwartet wird, und wir bekommen beide, was wir wollen.«

Ich hatte keine Zeit, mir eine sarkastische Erwiderung oder eine abfällige Bemerkung auszudenken, da jemand die Tür öffnete und Saint ausstieg. Sobald seine Füße den Boden berührten, streckte er mir seine Hand entgegen, doch ich konnte mich beim besten Willen nicht dazu durchringen, sie zu ergreifen. Ich konnte nicht den Mut aufbringen, meine Handfläche in seine zu legen und die Show beginnen zu lassen. Es war zu schwer und es war falsch.

»Mila.« Sein Tonfall war scharf, bedrohlich, mit einer versteckten Warnung versehen.

Ich schloss die Augen und holte tief Luft, mein Herz schlug so schnell, dass ich erwartete, es würde jeden Moment explodieren. Aber es gab jetzt kein Zurück mehr. Es gab keine Möglichkeit, ihm zu trotzen oder sich zu wehren. Als das alles angefangen hatte, hatte ich um meine Freiheit gekämpft, um das Überleben unter einem Monsters gekämpft. Jetzt jedoch, aufgrund des Deals, den ich mit dem Teufel gemacht hatte, ging es nicht mehr nur um mich. Es ging um all diese hoffnungslosen Gesichter der Kinder, die nichts und niemanden hatten. Es ging um das kleine rothaarige Mädchen, das sich weigerte, das Einzige, was ihr gehörte, an andere zu verschwenden. Ihre Tränen.

Indem ich das Bild von ihr in meinem Kopf behielt, gelang es mir, seine Hand zu ergreifen – ich kapitulierte. Gab die Kontrolle auf. Gab den Kampf auf. Es war auch der Moment, in dem mir klar wurde, dass ich den größten Fehler meines Lebens gemacht hatte, als ich auf Kosten meiner Seele eine Gegenleistung verlangt hatte. Denn jetzt hatte ich keine andere Wahl, als meine Rolle zu spielen und die nächsten sechs Monate zu überstehen. Es ging nicht mehr nur um mein Dasein und meine Zukunft. Sondern auch um die des kleinen rothaarigen Mädchens.

KAPITEL 16

Saint

Ich musste zugeben, dass Mila besser war, als ich erwartet hatte. Auf dem gesamten Weg, von der Limousine über den Steg hin zu meiner Jacht, klammerte sich Mila an meine Seite, als ob ihr Leben davon abhinge. Sie hielt ihren Kopf gesenkt, auf meine Brust gerichtet, und meine Hand fest in ihrer. Wir bewegten uns schnell, James ging voran, Elena zwei Schritte hinter ihm. Wie vermutet, hatten wir es geschafft, eine Menschenansammlung zu vermeiden, indem wir in der Dämmerung unterwegs waren und zusätzliche Sicherheitsvorkehrungen getroffen hatten. Aber ich spielte dieses Spiel lang genug, um zu wissen, dass es immer Augen gab, die einen beobachteten.

Wir gingen an Bord, Milas Absätze klackerten auf dem Holzdeck. *Die Kaiserin* hatte fünfzehn Millionen Euro gekostet, ein Geschenk, das ich mir vor einigen Monaten selbst gemacht hatte. Sie war eine Luxusjacht, die alle anderen in den Schatten stellte.

Ich kam nicht umhin, einen Blick auf Mila zu werfen, als sie ihre Umgebung in sich aufnahm. Ihre hübschen grünen Augen strahlten ehrfürchtig in Anbetracht der 460-GT-Segeljacht. Die riesigen Deckflächen waren zur Unterhaltung gedacht und die sechs großzügigen Doppelzimmer für zeitlose Eleganz optimiert. *Die Kaiserin* war ein spektakulärer Schauplatz für Wochenendvergnügungen, gefüllt mit übersprudelnden Champagnergläsern, Kaviar und einem Überfluss an nackten Frauen, die sich auf der offenen Flybridge räkelten.

Sie war auch der perfekte Ort für eine private Hochzeit.

Elena trat neben mich und wir beide starrten Mila an, während diese sich umsah. »Du weißt, dass man ein Mädchen wie sie nicht mit Geld beeindrucken kann?«

»Wer sagt denn, dass ich sie beeindrucken will?« Ich steckte meine Hände in meine Hosentaschen.

»Niemand. Nur etwas zum Nachdenken. Ich meine, es wäre einfacher für sie, die Rolle der glücklichen Ehefrau zu spielen, wenn sie tatsächlich ... glücklich ist.«

Ich schaute Elena von der Seite her an. »Das ist ziemlich klug, was du da sagst.«

»Noch etwas zum Nachdenken.«

James betrat die Jacht mit einem Kleidersack in der Hand. »Wo soll ich das hinbringen?«

»VIP-Raum, bitte, James«, antwortete Elena, drehte sich zu mir um und zuckte mit den Schultern, als sie das riesige Fragezeichen auf meiner Stirn zu sehen schien. »Sie ist die Braut, Marcello. Das Mindeste, was du tun kannst, ist, ihr die Master-Suite zu geben.«

Elena schlenderte davon und verschwand unter Deck. Ich kannte diese Frau schon mein ganzes Leben lang und wusste, wie ihr Kopf funktionierte. Es war leicht zu erkennen, dass sie von der gleichen Blutlinie abstammte wie meine Mutter und nichts mit der Familie Russo gemein hatte. Selbst inmitten der Dunkelheit weigerte sie sich, zu glauben, dass kein Licht zu finden wäre. Aber durch meine Adern floss Russo-Blut und ich wusste, egal, wie oft das Licht die Dunkelheit auch besiegen mochte, sie kehrte stets zurück. Das Leuchten verblasste immer wieder zu einem Schwarz. Letztendlich.

»Wird es hier passieren?« Milas Stimme erregte meine

Aufmerksamkeit und mir entging nicht, wie blass sie aussah. Verängstigt. Unsicher. »Die Hochzeit?«

Ich gesellte mich zu ihr, mitten im offenen Raum auf Deck. »Ja. Sie wird privat sein, nur mein Personal ist an Bord.«

Sie rieb ihre Hände aneinander, ihr graues Kleid schmiegte sich an jede ihrer Kurven. »Was geschieht als Nächstes? Nach der Hochzeit?«

»Du musst dich nicht um diese Details kümmern. Das Einzige, worüber du dir Sorgen machen musst, ist ...«

»Meine Rolle zu spielen«, unterbrach sie mich. »Ich weiß.«

Als die Motoren gestartet wurden, machte sich die Besatzung daran, alles für unsere Abfahrt vorzubereiten. Milas Blick wanderte in jede Richtung. »Es ist schon komisch. Ich wollte immer die Welt bereisen. Ich meine, wer will das nicht? Aber das«, sie schluckte schwer, »so habe ich es mir nicht vorgestellt. Ich habe keine Lust, irgendetwas anzuschauen oder überhaupt hier zu sein. Ich würde alles tun, um nach Hause zurückkehren zu können.«

»Das ist dein Zuhause.«

»Nein, das ist es nicht. Es ist der Ort, an dem ich geboren wurde. Der Ort, an dem meine Eltern ihr verwöhntes Leben genossen, während ich von Leuten geschlagen und missbraucht wurde, die mich nur aufgenommen hatten, um ihren monatlichen Scheck vom Staat zu bekommen.«

Ich straffte meine Schultern und verbreiterte meinen Stand, während ich sie beobachtete. »Du hast mich nicht nach ihnen gefragt.«

»Wer? Meine Eltern?« Mila stieß ein spöttisches Schnauben aus. »Eigentlich sind sie mir egal. Sie sind mir völlig egal. Ich will nur, dass das alles vorbei ist, damit ich in mein Leben nach New York zurückkehren und diesen verdammten Albtraum vergessen kann.«

Ich hob eine Braue. »Und mich vergessen?« Keine Ahnung, warum mich das störte, warum es mir etwas ausmachte, ob sie sich an mich erinnerte oder nicht, nachdem das alles vorbei sein würde.

Ihr Blick fand meinen, die Gelb- und Rottöne des Sonnenuntergangs fielen perfekt auf ihre waldgrünen Iriden, goldene Ringe leuchteten um ihre Pupillen auf. »Ehrlich gesagt«, ihre Miene verhärtete sich, »gibt es im Moment nichts, was ich nicht tun würde, wenn ich dadurch vergessen könnte, dass du überhaupt existierst.«

Es schmerzte. Wahrhaftig, es schmerzte und hinterließ einen starken Druck in meiner Brust. Es fühlte sich vertraut an, aber auch nervtötend, weil ich es nicht einordnen konnte. Ich konnte nicht herausfinden, was zum Teufel es war, und das pisste mich an. Diese ganze Unterhaltung pisste mich an.

Wütend lockerte ich meine Krawatte und öffnete den obersten Knopf meines Hemdes. »Tja, unglücklicherweise wirst du in den nächsten sechs Monaten jede Sekunde und jede Minute an jedem gottverdammten Tag an meine Existenz erinnert werden.« Ich legte den Kopf schief und starrte in ihre Richtung, während Hitze in meine Ohren schoss. »Und da du meine Hilfe und mein Geld brauchen wirst, um dir deinen kleinen humanitären Traum zu erfüllen, indem du Mutter Theresa spielst, in der Hoffnung, deine eigenen Dämonen loszuwerden, ist meine *Existenz* etwas, was du niemals wirst vergessen können.« Ich holte tief Luft, meine Nasenflügel blähten sich, während ich meine Fäuste an den Seiten ballte. Es sah mir nicht ähnlich, wegen etwas so Trivialem wie der Meinung einer blöden, mittelmäßigen Frau über mich die Fassung zu verlieren. Aber es waren nicht so sehr ihre Worte, sondern der Ausdruck in ihren Augen, der mich traf. Es war kein Hass, keine Wut, keine Abneigung, eher Trauer und Schmerz, als ob sie untröstlich darüber wäre, dass ein Mann wie ich immer noch atmen könnte.

Scheiß drauf. Ich hatte zu hart gearbeitet, zu viele Stunden meines Lebens damit verbracht, diesen Plan aufzustellen, damit ich das bekam, was ich wirklich wollte – und das war nicht sie. Was ich wirklich wollte, war nicht die Frau, die mit ihren verführerischen Kurven und wilden Locken vor mir stand. Sie war nur ein Mittel zum Zweck. Das war alles.

Ich warf einen Blick auf meine Armbanduhr. »Du musst dich fertig machen. Mein Kapitän wird die Zeremonie heute Abend durchführen und ...«

»Heute Abend?« Die Angst in ihren Augen war nicht zu übersehen, die Panik, die sich in ihrer Iriden spiegelte. Ich liebte es, ihr dabei zuzuschauen, wie sie sich wand, wie leicht es war, sie hervorzulocken, sie in den Wahnsinn zu treiben. Ich war ein grausamer Bastard, hatte nie etwas anderes behauptet, und solang Milana Katarina Torres mir gehörte, würde ich mit ihr spielen, bis sie zerbrach.

»Einer der Angestellten wird dich auf dein Zimmer bringen.« Langsam schloss ich mein Anzugjacke und drehte ihr den Rücken zu. »Die Zeremonie findet um Mitternacht statt.«

KAPITEL 17

Mila

Es war ein solcher Schwindel. Die Verhöhnung von etwas, was eigentlich heilig und schön sein sollte. Nicht nur, dass ich einen Mann heiratete, den ich nicht ausstehen konnte, er hatte sich auch noch dazu entschieden, eine komplette Show daraus zu machen.

Ich ließ meine Finger über die Vorderseite des Kleids gleiten. Elena konnte nicht aufhören, über das Design von *Oscar de la Renta* zu sprechen, seit ich hereingekommen war. Ich hätte sagen können, dass ich das Kleid hasse, dass es nicht mein Stil sei. Aber das wäre eine Lüge. Tatsächlich war es perfekt, mit seinem einfachen, aber eleganten Schnitt, den ich selbst gewählt hätte. Es war ein trägerloses hautfarbenes Illusionskleid, dessen feines, durchsichtiges Overlay mit zarten blattartigen Zweigen bestickt worden war, um einen Hauch von Romantik zu vermitteln. Der Ausschnitt lag tief zwischen meinen Brüsten und der Oberstoff fühlte sich wie Seide auf meiner Haut an. Da war ein raffinierter Schimmer eingewoben, der auf Höhe meiner Hüften begann, während die Blattverzierungen in den zarten Falten nach unten wanderten. Der Farbton des Stoffs verschmolz mit dem meiner Haut. Und wenn das alles echt wäre und ich den Mann heiraten würde, den ich liebte, wäre es meine Traumrobe gewesen. Aber das war es nicht. Nichts davon war real. Oder romantisch.

»Ich verstehe nicht, warum ich ein Hochzeitskleid tragen muss.«

Elena zog den Reißverschluss hinten an meinem Rücken hoch. »Es werden Fotos gemacht, die an die Presse gehen, sobald die Nachricht von eurer Vermählung bekannt wird.«

Mein Herz schlug wie wild in meiner Brust, als ich mich ruckartig umdrehte. »Was?«

Elena schien überrascht. »Sobald Marcello seine frisch angetraute Ehefrau als Milana Katarina Torres vorstellt, wird es einen Medienrummel um dich geben.«

Ich rollte mit den Augen. »Weil er hier einem gottverdammten Adeligen gleichkommt.«

»Nein.« Elena trat vor mich. »Nicht wegen ihm, sondern wegen dir. Die Familie Torres ist genauso reich und mächtig wie die der Russos und jeder wusste von dem kleinen Torres-Mädchen, das bei der Geburt gestorben ist.« Sie legte mir tröstend eine Hand auf die Schulter. »Für die Öffentlichkeit wird es so aussehen, als ob du von den Toten zurückgekehrt seist.«

Elenas Worte trafen mich wie eine Abrissbirne und sorgten dafür, dass mir die Luft aus der Lunge entwich. Kein einziges Mal hatte ich daran gedacht, was die Welt dazu sagen würde oder wie die Leute reagieren könnten, wenn sie herausfänden, wer ich war. Saint hatte mir erzählt, dass meine Familie zu den wohlhabendsten Italiens gehörte, aber es war mir nie in den Sinn gekommen, dass meine wahre Identität das Leben anderer Menschen erschüttern könnte.

»Weiß meine Mutter, dass ich hier bin? Dass ich bei Saint bin?« Ich hielt meine Stimme gesenkt, aus Angst, sie könnte brechen, wenn ich versuchte, lauter zu sprechen.

Elena schüttelte den Kopf. »Keiner weiß es. Aber bald werden es alle wissen.« Sie reichte mir einen Strauß und ich starrte auf die zartrosa Blumen. »Pfingstrosen. Oder wie manche sie nennen: Rosen ohne Dornen.«

»Sie sind wunderschön.« Ich hielt sie an meine Nase und atmete den weichen, floralen Duft ein. Tränen begannen, in meinen Augen zu brennen, und mein Herz schmerzte wegen dem, was gleich geschehen würde. Jedes Mädchen träumte von ihrem Hochzeitstag – dem Kleid, den Blumen, der Musik. Es sollte der glücklichste Tag ihres Lebens sein – nur für mich war er es nicht.

Elena hielt sich zwei Meter hinter mir, als ich mich auf den Weg an Deck machte. Mit jedem Schritt, den ich tat, musste ich meine Kiefer fester aufeinanderpressen und stärker darum kämpfen, die Tränen zurückzuhalten. Es war unmöglich, meine Schultern aufzurichten, denn das Gewicht dessen, was passieren würde, erdrückte mich nach und nach. Die Stimmen in meinem Kopf schrien, ich solle weglaufen, aber das Geräusch der Jachtmotoren und das Plätschern des Wassers warnten mich, dass es keinen Ausweg gab. Es gab kein Entkommen. Nicht für mich.

Während ich einen Fuß vor den anderen setzte, spürte ich, wie mein Leben in Stücke zerbrach, und bald würde nichts mehr von dem Menschen übrig sein, der ich einmal gewesen war.

Als wir oben ankamen, warteten Saint und James auf dem offenen Flydeck auf uns. Ich hielt inne, als Saint in meine Richtung schaute, und mein Herz klopfte wie ein Presslufthammer. Ich konnte mich nicht rühren. Die große Ungewissheit meines Schicksals drohte, mich mit sich in den Abgrund zu reißen. Teile von mir zersplitterten und es gab keine Hoffnung darauf, dass jemand sie aufheben und wieder zusammensetzen würde. Ich würde für den Rest meines Lebens gebrochen und vernarbt sein – auch wenn Saint mich gehen lassen würde. Ich spürte es in meiner Magengrube, dass ich nie wieder dieselbe sein würde. Nichts würde so sein, wie es einmal gewesen war.

»Los«, drängte Elena und legte eine Hand auf meinen Ellenbogen. Je näher ich ihm kam, desto heller leuchtete der Mond über dem offenen Wasser in der Ferne und die Wellen schimmerten in der Brise. Der Himmel war klar, die Sterne funkelten, kleine Lichter schmückten die schwarze Nacht. Es wäre die perfekte romantische Szenerie gewesen, wenn es nicht so viele grausame Absichten gegeben hätte, die sie mit Hässlichkeit infizierten.

Saint stand neben jemandem, von dem ich annahm, dass er der Kapitän war, er trug einen schwarzen Smoking mit einer Fliege und war frisch rasiert. Von außen betrachtet, hätte dies wie ein Bilderbuchmoment wirken können, der Moment, in dem ein Mann seine Braut an seiner Seite willkommen hieß, sie mit liebevollen Augen ansah und ihr eine glückliche Zukunft versprach. Aber das war kein solcher Moment. Es war alles andere als das.

Er streckte seine Hand nach mir aus und ich zögerte. Eine Sekunde lang dachte ich, dass es doch noch einen Ausweg geben könnte, dass dies nicht die einzige Möglichkeit sein könnte. Meine einzige Option. Aber dann hörte ich seine Warnung in meinem Kopf, das Ultimatum. *Ehefrau oder Hure?*

Meine Entscheidung?

Ehefrau.

Eine Träne löste sich, als ich meine zitternden Finger auf seine legte. Überraschenderweise war seine Berührung nicht kalt, sondern eher warm. Einladend. Die Hitze seiner Handfläche breitete sich in meinen Arm aus, lief meine Brust hinunter und ließ sich in meinem Bauch nieder. Aber ich traute ihr nicht. Ich konnte es nicht.

»Du siehst wunderschön aus, Mila.« Seine Stimme war gesenkt, ein Gemurmel von Worten, die keine Bedeutung hatten. Lieber würde ich von Gott hässlich als vom Teufel schön genannt werden.

Ich antwortete nicht und ich weigerte mich, ihm in die Augen zu sehen. Das konnte ich nicht, nicht mit so vielen unvergossenen Tränen, die kurz davor waren, meinen Schutzwall zu durchbrechen. Mit meiner Hand in seiner starrte ich auf den Ozean hinaus und wünschte mir, die Strömung würde mich von hier wegtragen. Mir helfen, zu entkommen. Mich an einen Ort bringen, an dem mich dieser Albtraum nicht erreichen, nicht verderben konnte.

In der Ferne hörte ich eine Stimme, die Worte von Versprechen und Liebe aussprach, von Mann und Frau, die zusammen sein würden, bis dass der Tod sie schied. Bis dass der Tod *uns* schied. Es waren Worte, die jeder schon einmal gehört hatte. Es waren Worte, die in der ganzen Welt bekannt waren. Worte, die man in Märchen las, in romantischen Filmen vernahm, aber niemals in Albträumen. Jemals.

»Ich will.«

Ich schloss meine Augen, als ich ihn diese Worte sagen hörte. Sie schnitten durch meine Haut, die scharfe Klinge seiner Stimme riss meine Seele in Fetzen, der Wunsch eines jeden kleinen Mädchens wurde in einem einzigen Albtraum zerquetscht.

»Willst du, Milana Katerina Torres, diesen Mann zu deinem rechtmäßig angetrauten Ehemann nehmen, um ihn von heute an zu lieben und zu ehren, in guten wie in schlechten Zeiten, in Reichtum und Armut, in Krankheit und Gesundheit, bis dass der Tod euch scheidet?«

Meine Unterlippe zitterte, mein Körper war taub und meine Beine schwach. Zwei Worte. Alles, was ich tun musste, war, diese zwei Worte auszusprechen, doch ich konnte es nicht. Sie steckten in meiner Kehle fest, neben meinem sterbenden Herzen, das sich einen Weg nach draußen bahnte.

Ich streckte einen Finger aus, der Wind wehte durch meine losen Locken, die mir über die Schultern hingen. Ich wollte meine Narbe berühren, während ich mir eine Haarsträhne hinters Ohr strich, aber der Strauß war zu schwer in meiner Hand und Saint umklammerte die andere.

»Mila«, zischte er leise. »Sieh mich an.«

Ich öffnete meine Augen und blickte direkt in seine. Das Mondlicht umspielte das Blau seiner Iriden mit silbernen Strudeln und doch sah ich in deren Tiefen nichts als Lachen der Gier.

»Sag die Worte.« Er drückte meine Hand mit der Absicht, mich zu verletzen, und brach mir fast die Knochen. »Sag sie.«

Ehefrau oder Hure?

Entscheide.

Sechs Monate.

Tu es für sie.

Das kleine rothaarige Mädchen.

So viele Gedanken, so viele Stimmen, dass es unmöglich war, meine eigene zu hören.

Ich nahm einen tiefen Atemzug, sog den salzigen Geruch des Meers ein – die frische Luft tat nichts, um mein wild klopfendes Herz oder die Angst, die mich von innen heraus zerrieb, zu beruhigen.

Saint drückte seine Finger noch fester um meine Hand zusammen und drängte mich, es zu sagen. Die Worte auszusprechen, die mich auf eine Weise an ihn binden würden, wie nur zwei Liebende verbunden sein sollten. Nicht wir. Nicht auf diese Weise. Es war falsch, aber es war ein Fehler, vor dem ich nicht weglaufen konnte.

Eine einzelne Träne rann mir über die Wange, ergoss sich aus meiner Seele auf den Boden zu meinen Füßen. Die feurigen Abgründe der Hölle hatten sich in meinen Eingeweiden entzündet und meine Kehle brannte, als die giftigen Worte auf meiner Zunge lagen – eine Schlange, die bereit war, zuzuschlagen.

Erneut schloss ich die Lider, unfähig, ihn anzusehen, während ich meine Seele dem Teufel übergab. »Ich will.«

»Du darfst die Braut nun küssen.«

Der Damm brach und meine Tränen liefen ungehindert. Jeder Winkel meines Inneren schmerzte, als hätte man mir das Fleisch von den Knochen gerissen.

Eine sanfte Hand berührte meine Wange und wischte über die feuchte Spur, die mein Kummer hinterlassen hatte. Meine

Augen blieben geschlossen. Ich war zu feige, sie zu öffnen und dem Blick meines Peinigers zu begegnen.

»*Bellissimo Segreto*«, flüsterte er, bevor seine Lippen die meinen berührten. Instinktiv ließ ich den Strauß fallen, um gegen seine Brust zu drücken, um das zu verhindern, was ich für einen grausamen Kuss hielt, der mich dominieren sollte. Der nehmen wollte. Aber stattdessen war er zärtlich, weich und ungehetzt. Die Art und Weise, wie sein Mund auf meinem verweilte, war wie der Versuch eines Mannes, seine Geliebte auf subtile Weise dazu zu bringen, sich ihm zu öffnen. Ein stilles Flehen um Erlaubnis.

Die Ablehnung verwandelte sich in Akzeptanz, als sich meine Hände auf dem frisch gestärkten Stoff seines Hemdes entspannten und die Wärme allmählich das Eis in meinen Adern auftauen ließ. Die kalten Finger der Angst, die mich gefangen gehalten hatten, lösten sich einer nach dem anderen von meinen Knochen.

Saint rückte näher, seine italienischen Lederschuhe berührten meine elfenbeinfarbenen Satinpumps. Unsere Körper waren so dicht beieinander, dass nicht einmal die leichte Sommerbrise zwischen uns hindurchdringen konnte. Ein starker Arm schlang sich um meine Taille und zog mich heran, ein Wimmern drang über meine Lippen. Es war ein leidenschaftlicher Akt, der meiner Lunge die Luft raubte, bevor er mir den Boden unter den Füßen wegzog. Wie ein Dieb in der Nacht stahl er mein Herz aus meiner Brust. Ein Schwindler, der mir mit einem einzigen Kuss nahm, was ich nicht bereit war, zu geben. Ein zärtlicher Augenblick. Eine schöne Handlung mit schmutzigen Absichten.

Unsere Lippen strichen übereinander, unsere Münder verschmolzen in einer Liebkosung, die nur ein Flüstern war, aber mächtig genug, um mich meinen Weg aus den Augen verlieren zu lassen, mir die Orientierung nahm, sodass ich nicht mehr wusste, ob ich mich bewegte oder stillstand. Sein Kuss durchbrach die Barriere und mit einem einzigen Streicheln seiner Zunge gegen meine geriet meine Welt aus den Fugen. Ein einfacher Kuss und die Schwerkraft war verloren.

Er schmeckte nach Erde und Wasser, nach Feuer und Eis, nach Erlösung und Zerstörung, alles vereint in einem zärtlichen Kuss, der mich während eines gestohlenen Moments in der Zeit gefangen hielt. Ein Moment, in dem mein Hass auf ihn zurückgedrängt wurde und einem Aufflackern von Verlangen Platz machte – etwas, was für mich keinen Sinn ergab. Aber meine Hemmungen waren von der Brise weggetragen worden, meine Mauern fielen und erlaubten mir, mich um nichts anderes zu kümmern als um das Gefühl seines Munds auf meinen.

Er zog sich zurück, doch ich hielt meine Augen geschlossen, während sein Kuss noch auf meinen Lippen verweilte, zusammen mit dem bittersüßen Geschmack dessen, wie der Teufel meine Seele gestohlen hatte. Meine Identität. Mein Herz.

KAPITEL 18

Saint

Mila zu küssen, war nicht so, wie ich es erwartet hatte. Es war mehr. Viel. Mehr.

Zahlreiche Frauen hatten meine Laken befleckt, aber ich konnte an einer Hand abzählen, wie viele von ihnen ich geküsst hatte. Die Leute sagten, Sex sei der intimste Akt zwischen Mann und Frau. Ich war da anderer Meinung. Ein Kuss hatte viel mehr Gewicht, als wenn man seinen Schwanz in eine beliebige Muschi rammte. Und Mila zu küssen, bewies das irgendwie. Ihr süßer Geschmack, ihre weichen Lippen und ihre samtene Zunge hatten mein Inneres zum Leben erweckt. Sie verschluckte die Dunkelheit, ein Lichtstrahl, der den schwarzen Schleier durchbrach. Die Art und Weise, wie sie ihren Kampf aufgegeben und sich in dem Kuss verloren hatte, brachte mich dazu, mich zu fragen, ob sie es auch gespürt hatte oder ob ich nur nach etwas griff, was nicht da war?

Es geschah, als sie auf das Deck hinaustrat, die Brise kräuselte sich in ihrem Kleid, die wilden Locken fielen ihr über die Schultern. Das war der Zeitpunkt, an dem sie mehr wurde als nur ein Mittel zum Zweck, mehr als eine Frau, deren Namen ich auf einem Stück Papier benötigte. Sie war nicht mehr nur das Torres-Mädchen. Sie gehörte mir.

Die ganze Zeit, während wir vor dem Kapitän standen, dachte ich nur an den Moment, wenn ich sie küssen könnte. Ich begehrte diesen Moment. Sehnte mich danach. Ich wollte wissen, wie sie schmeckte, wie sich ihre Lippen auf meinen anfühlen würden.

Ich wusste nicht, was zum Teufel los war, und es nicht zu wissen, bedeutete, dass ich keine Kontrolle hatte. Keine Kontrolle zu haben, war kein Luxus, den ich mir leisten konnte – vor allem jetzt nicht, wo ich so kurz davor war, zu bekommen, was ich wollte. So kurz davor, die Rache zu schmecken, nach der ich mich schon so lang gesehnt hatte. Auf keinen Fall konnte ich zulassen, dass mich eine Frau ablenkte oder vom Kurs abbrachte, während ich auf dem Weg zu meinem Ziel war, das ich stets vor Augen hatte.

Mit schwerem Widerwillen löste ich meine Lippen von ihren und das süße Wimmern, das ihrer Kehle entschlüpfte, brauchte mich dazu, mir auf die Zunge zu beißen.

Unsere Blicke trafen sich, der Mond warf einen zarten Schimmer auf ihre Wangen. Blassrosa Lippen bettelten nach meinen und es kostete mich all meine Selbstbeherrschung, einen Schritt zurückzutreten. Ich musste den Moment unterbrechen, die Verbindung kappen, um meinem wachsenden Verlangen nach dieser Frau zu entgehen. Wenn ich es weiterlaufen ließ, würde es zu einer Ablenkung werden, die mich zu viel kosten würde.

Ich bückte mich, hob ihren Strauß auf und reichte ihn ihr zurück. Unsere Finger streiften sich und ich schluckte, als die Begierde erneut aufflammte. »Alle notwendigen Dokumente sind vorbereitet. Es fehlen nur noch unsere Unterschriften.«

Sie schien überrascht. »Wie hast du …«

»Es gibt nichts auf dieser Welt, was man mit Geld nicht kaufen kann, Mila. Dir einen gültigen Pass auf deinen *richtigen* Namen zu besorgen, war kaum eine Komplikation.« Ich schmunzelte. »Und nun lass uns diese Papiere unterschreiben.«

Ihre Lippen teilten sich und in ihren Augenwinkeln standen

noch immer unvergossene Tränen – eine deutliche Erinnerung daran, dass ihr das, wozu ich sie gezwungen hatte, Schmerzen bereitete. Es war auch ein Zeichen für mich, nicht zu vergessen, worum es hier wirklich ging.

Eine geschäftliche Transaktion.

Eine Fusion.

Eine arrangierte Ehe, die nach fast einem Jahrhundert endlich vollzogen worden war.

Ich drehte ihr den Rücken zu und nahm mir ein Glas Champagner von dem Tablett, das einer der Mitarbeiter in der Hand hielt. Ich musste weggehen. Ich musste dieses beschissen schreckliche Gefühl abschütteln, dass ich gerade etwas getan hatte, was nie wieder rückgängig gemacht werden könnte. Eine Kerbe in einem Stein, die weder Geld noch Blut auslöschen konnte.

Es war nicht meine Art, gegen das Verlangen anzukämpfen, wenn ich etwas haben wollte. Es gab nichts, was ich nicht haben konnte, nichts, was ich mir nicht gönnen würde. Aber da war eine nagende Warnung, die an meinen Knochen kratzte, dass Mila ein Genuss war, in dem ich ertrinken würde. Nach dem ich süchtig werden würde, sobald ich ihn einmal gekostet hätte.

Geräuschvoll lief ich über das hölzerne Deck, während ich das Klackern von Absätzen hinter mir hörte. Die Heiratsurkunden waren auf dem weißen Eichentisch im Essbereich platziert worden. Das Glas Champagner, das ich genommen hatte, war bereits leer, doch mit einer Handbewegung wurde mir ein neues gereicht.

Mila stand am anderen Ende des Tischs und ich griff nach dem Stift, um ihn ihr hinzuhalten. »Dein Name ist auf allen Dokumenten als Milana Katarina Torres angegeben. Bitte unterschreib entsprechend.« Ich schob ihr einen neuen Ausweis hinüber. »Dein italienischer Personalausweis. Von jetzt an bist du Milana Katarina Russo und nicht mehr Mila Black. Verstanden?«

Sie nickte mir kurz zu, eine inakzeptable Antwort für eine frisch gebackene Ehefrau.

Wütend schlug ich mit der Faust auf den Tisch, woraufhin Mila aufschrie und ihre Augen schloss. »Verstanden?«

»Ja.«

»Gut. Jetzt unterschreib.«

Ich beobachtete, wie sie mit vorsichtigem Blick auf mich den Tisch umrundete und sich an meine Seite setzte. Ihre Unterlippe bebte und ihre Hand zitterte, als sie nach dem Stift griff.

Angst. Angst war gut. Solang sie Angst in ihren Adern hatte, würde sie tun, was man ihr sagte.

Ein Windstoß bahnte sich seinen Weg durch den offenen Raum und eine Strähne ihrer wilden Locken streifte meinen Nacken. Wie durch eine Berührung von Aphrodite selbst stieg das Verlangen in mir auf und ich packte die Tischkante, bis meine Knöchel weiß wurden. Mein Schwanz pochte zusammen mit einem Schwall an Lust, der meine Lenden verbrannte. Ich musste gegen den Drang ankämpfen, ihr das Hochzeitskleid vom Leib zu reißen und sie dazu zu bringen, hier auf diesem verdammten Tisch die Beine zu spreizen, ohne Rücksicht darauf, wer dabei zusehen könnte.

Das kratzende Geräusch des Füllfederhalters, der über das Papier glitt, ließ mich nach unten schauen, wo Milanas Unterschrift perfekt auf der gestrichelten Linie platziert worden war. Das geschriebene T ihres Nachnamens war fast identisch mit dem ihres Vaters, mit einem beinah unbemerkten Wirbel am Ende. Eine Träne fiel direkt darauf und ich sah dabei zu, wie das Papier die Nässe aufsaugte, als ob ihr Kummer den Vertrag besiegelte.

Mila klammerte sich an den Tisch, ihre Beine zitterten. Ich griff nach dem Stift, den sie immer noch festhielt, und meine Finger berührten ihre Haut. Ein elektrischer Funke ging von ihrer Hand zu meiner über und sie schaute mit verwirrtem Blick zu mir auf. Doch ich tat so, als wäre nichts geschehen, als hätte ich nichts gefühlt, und nahm den Füller, bevor ich mit meinem Namen unterschrieb – unsere Ehe war nun rechtsgültig und verbindlich.

Ich ließ den Stift fallen, schnappte mir mein Glas und ging an ihr vorbei, ohne sie zu beachten. »Schlaf etwas. Du hast dunkle Ringe unter deinen Augen. Das ist unansehnlich.«

Meine Worte sollten sie verletzen, sollten sie verhöhnen. Sie war nichts weiter als eine Straßenratte mit einer falschen Identität sowie einer millionenschweren Unterschrift.

»Was passiert jetzt?«

Ihre Frage ließ mich innehalten und ich verzog die Lippen zu einer geraden Linie, während mir der Ärger auf der Zunge brannte. Ich drehte mich um und schenkte ihr ein teuflisches Lächeln. »Jetzt beginnen unsere Flitterwochen.«

Ihre plötzlich aschfahlen Wangen ließen ihre vollen rosafarbenen Lippen förmlich aufleuchten. Dieser perfekte Amorbogen lockte mich über die Entfernung zwischen uns hinweg und ich wurde daran erinnert, wie es sich anfühlte, sie auf meinen zu spüren.

»Ist das nicht alles schon grausam genug, dass du auch noch das Bedürfnis hast, ein solcher Bastard zu sein und mit mir zu spielen?« Der scharfe Tonfall war nur eine Maske, um ihre Angst zu verbergen. Ihre Unsicherheit. Aber trotzdem wäre ich ein Narr, wenn ich zulassen würde, dass sie so mit mir sprach.

Mit ein paar großen Schritten überbrückte ich die Distanz, die uns voneinander trennte. Ein Adrenalinstoß heizte meine Kraft an und ließ meine Adern glühen, als ich ihren Arm packte und ihn hinter ihren Rücken verdrehte, bevor ich ihren Nacken grob zu fassen bekam und sie nach unten zwang, sie über den verdammten Esstisch beugte.

»Was habe ich dir über respektloses Verhalten gesagt?« Ich presste sie hart nach unten, ihre Lippen spitzten sich und ihre Wange drückte gegen die weiße Eiche. Sie versuchte, zu sprechen, aber ich verstärkte den Griff um ihren Nacken und ihre

Tränen befleckten meinen unbezahlbaren Esstisch. »Und was habe ich über deine Tränen gesagt?« Ich biss mir auf die Unterlippe, mein Schwanz pochte vor Verderbtheit, ihr Körper war gekrümmt und perfekt in Position gehalten, damit ich sie hier und jetzt nehmen konnte. Es war niemand in der Nähe, niemand, der mich aufhalten könnte. Und selbst wenn es so gewesen wäre, sie war jetzt meine Frau. Sie gehörte mir.

»Bitte ...«

»Wenn auf das Bitte nicht die Worte *fick* und *mich* folgen, schlage ich vor, dass du deinen Mund hältst.«

Sie schloss ihre Augen, weitere Tränen flossen und dann verlor ich die Kontrolle. Ich verlor jegliches Gefühl dafür, was richtig oder falsch war, und sah nur noch *meinen* Willen. *Meine* Lust. *Mein* Verlangen.

Ich schnappte mir das Papier und schob es näher an ihr Gesicht heran. »Schau. Siehst du das?« Sie hob ihre Lider und wimmerte. »Die Unterschrift dort besagt, dass du mir gehörst. Ich besitze dich. Das bedeutet auch, dass ich dich nehmen kann, wann immer zum Teufel ich will.«

Mit meinen Fingern zerrte ich am Überwurf ihres Kleides, um den Teil von ihr freizulegen, den ich für mich beanspruchen wollte. Sie konnte nichts anderes tun, als zu weinen und mir noch mehr Tränen zu schenken, die mich noch tiefer in die Dunkelheit eintauchen ließen – einen Ort, an dem mir alles scheißegal war. Das kam von dem Russo-Blut, das durch meine Adern floss, ein Anspruch, sich immer zu nehmen, was man wollte, ohne Reue, ohne Bedauern.

»Saint, bitte ...«

»Es hat dir gefallen, nicht wahr? Als ich dich geküsst habe.« Ich zog den Rock über ihren Hintern, das weiße Satinhöschen versetzte mich in einen Rausch. »Als ich meine Zunge in deinen Mund schob, hast du dir da gewünscht, dass es dein Kitzler wäre? Hast du dich gefragt, wie es sich anfühlen würde, wenn mein Mund einen Orgasmus aus dir heraussaugt?«

Ich stieß ihre Füße auseinander, zwang ihre Schenkel, sich

zu öffnen. »Als ich dich auf meinem Frühstückstisch hatte, wolltest du, dass ich dich ficke? War dein Körper heiß auf mich, deine Pussy feucht?«

»Nein«, wimmerte sie. »Nein.«

»Lügnerin«, presste ich verärgert hervor und beugte mich über sie, meine Brust an ihrem Rücken. »Wenn ich mit einem Finger durch deine Spalte fahren müsste, was würde ich dort vorfinden, Mila?« Ich ließ meine Handfläche über ihr Hinterteil gleiten. »Würde ich deinen Körper bedürftig und bereit für mich vorfinden?«

Milas Wange errötete, ihre Tränen liefen nicht mehr ungehindert. Ich platzierte meine Lippen an ihrem Ohr und atmete den Zitrusduft ihres Haars ein. »Soll ich dich berühren und es herausfinden?«

Mit einem Finger fuhr ich zwischen ihren Pobacken entlang, über dem Stoff ihres Slips, und ich spürte, wie sich ihr Körper unter meinem bewegte, als sie tief einatmete.

»Saint, tu das nicht.« Ihrer Stimme fehlte es an Überzeugung, ein schwacher Schimmer von Standhaftigkeit.

»Beweis mir das Gegenteil und ich höre auf. Aber solltest du feucht für mich sein, werde ich dich nehmen und ficken, bis du für mich schreist.«

Ihre Hüften rührten sich und ich lächelte, als ich einen Finger unter ihr Höschen schob, es zur Seite zog und eine feste, runde, sinnliche Arschbacke entblößte, die geradezu darum bettelte, mit brennendem rotem Fleisch bestraft zu werden.

Ich richtete mich auf und schaute nach unten, um nachzusehen, ob sie für mich glitzerte. Mein Schwanz drückte gegen den Reißverschluss meiner Hose, pochte und schmerzte vor Verlangen, sich in ihr zu versenken. In dem Moment, als ich meinen Finger in sie schob, stöhnte ich auf, da ihre bedürftige kleine Pussy mich willkommen hieß – völlig durchnässt und bereit.

»Mein Gott.« Ich zog ihn aus ihr heraus, nur um ihn wieder hineinzustecken. Diesmal bewegten sich ihre Hüften, ihr Leib wollte mitspielen. »Du bist nass, Mila. Dein Körper weint nach mir. Das bedeutet ...«

»Das bedeutet gar nichts«, fauchte sie und gab sich nun etwas mehr Mühe, überzeugend zu klingen. Aber sie konnte mich nicht täuschen. Nicht, wenn ihr Körper auf diese Weise auf mich reagierte.

Wieder versenkte ich meinen Finger in ihr. »Im Gegenteil, es bedeutet alles.« Ich griff tiefer zwischen ihre Beine und ersetzte meinen Zeigefinger durch meinen Daumen, während ich nach ihrer Klitoris tastete – dem kleinen Nervenbündel, das sie außer Kontrolle geraten lassen würde.

Mila wölbte ihre Rücken, als ich auf die empfindliche Knospe drückte, während mein Daumen weiter ihre Pussy bearbeitete.

Ich konnte hören, wie ihr Atem immer schwerer wurde, ihr Körper bewegte sich freier im Rhythmus mit, während ich sie mit meiner Hand fickte – härter, schneller, ohne von dem Nervenzentrum unter meiner Fingerspitze abzulassen. Mein Geist war in einem verdammten Rausch, jeder Muskel in meinem Körper bettelte um Erlösung. Aber ich wollte beobachten, wie sie sich unter meinem Griff auflösen würde – wie sie versuchte, gegen die Lust anzukämpfen, die ich ihr aufzwang. Ein Teil von mir wollte auch beobachten, wie sie ihr erlag, wie sie die Kontrolle verlor, wie sie sich der verruchten Begierde hingab, die ihr Fleisch wie in einem Schraubstock gefangen hielt.

Abrupt hörte ich auf, meinen Finger in sie zu stoßen, und gab auch ihre Klitoris frei. Das Stöhnen, das über ihre Lippen kam, war exquisit – ein Klang zwischen Vergnügen und Qual. Schmerz und Verlangen.

»Willst du kommen, Mila?«

Ich blickte in ihr Gesicht, ihre Lider waren geschlossen und sie biss sich auf die Unterlippe. Sie antwortete nicht und ihre Weigerung, etwas zu erwidern, zwang mich, ihr zu zeigen, wer die Kontrolle tatsächlich hatte, indem ich ihr einen harten

Klaps auf den Hintern gab – ein Handabdruck, der sofort auf ihrer Haut entflammte. »Ich habe gefragt, ob du kommen willst?«

Sie schrie auf, ihre Lippen zitterten, doch ihre Hüften bewegten sich weiter, suchend, bettelnd.

»Ich gebe dir eine letzte Chance, mir zu antworten, oder ich schwöre bei Gott, dass ich gehen und dich so zurücklassen werde.« Ich beugte mich hinunter, meine Brust an ihrem wogenden Körper und mein Mund dicht an ihrem Ohr. »Möchtest. Du. Kommen?«

»Ja.« In ihrer Stimme lag ein leichtes Zögern, Unsicherheit, aber ich nahm es hin. Ich akzeptierte ihre Antwort und berührte ihren Eingang mit einem einzigen Finger.

»Wenn du kommen willst, musst du es selbst tun.«

»Was ... was sagst du da?«

Ich strich ihr das Haar aus dem Nacken und legte meine Lippen auf die Haut unterhalb ihres Halses. »Fick meinen Finger, Mila. Mach, dass du kommst.«

»Ich kann nicht.«

»Doch, du kannst. Du musst nur diese gierigen Hüften weiterbewegen.« Erregt stieß ich meinen Schwanz gegen die Seite ihres Hinterns. »Du versuchst, so zu tun, als wolltest du es nicht, als würdest du mich hassen und meine Berührungen verachten, doch dein Körper sagt etwas anderes. Wenn du also die Erlösung willst, nach der du dich so verzweifelt sehnst, dann musst du sie dir nehmen.«

Sie schwieg, rührte sich nicht einmal, während sie schnell atmete.

»Ich zähle bis drei und wenn du bis dahin nicht angefangen hast, meinen Finger zu ficken, gehe ich.«

»Saint, nicht ...«

»Eins.«

Sie stöhnte und legte ihr Gesicht auf den Tisch.

»Zwei.«

»Gott«, wimmerte sie und ich konnte praktisch ihren Kampf

spüren, ihre Entschlossenheit, den Bedürfnissen ihres Körpers nicht nachzugeben. Der Schwäche des Fleischs, ein Schlachtfeld zwischen Hass und Lust.

»Dre…«

Mila beugte ihre Hüften und nahm meinen Finger in sich auf, ihre Pussy lechzte nach meiner Berührung. Ich atmete schwer ein und fügte einen weiteren Finger hinzu, was mit einem Keuchen aus ihrem Mund belohnt wurde. Ein Hauch von Lust schlug gegen mein Inneres, ich konnte es nicht mehr kontrollieren. Ich brauchte Erlösung von dem pochenden Schmerz, der mich in Stücke zu reißen drohte. Alles an ihr – ihr Körper, ihr Duft, ihre Haut, ihr sanftes Wimmern – torpedierte mich und zerbrach meine Selbstbeherrschung in Stücke.

Als ich ihren Nacken losließ, unternahm sie keinen Versuch, mir zu entkommen. Meinem Ansturm auf ihren Leib zu entkommen. Der Hunger hatte die Kontrolle übernommen und ihr Bedürfnis nach Vergnügen hatte ihren Willen zu kämpfen überwunden.

Während Mila immer noch auf meiner Hand ritt, befreite ich meinen Ständer aus der Hose und hielt ihn fest. Das war nicht das, was ich wollte. Ich wollte in ihr sein, ihr dabei zusehen, wie sie auf mir bis zum Sonnenaufgang vor und zurück schaukelte. Ich wollte ihre Hitze um meinen Schwanz spüren, fühlen, wie ihr Innerstes um mich anschwoll, wenn sie die Klippe erreichte.

Sie steigerte das Tempo kaum, ihre Hüften rollten und wiegten sich, ihre Hände pressten sich auf den Tisch. Ich wichste meinen Schwanz in dem Rhythmus, in dem sie meine Finger fickte – tiefer, härter, jedoch nicht schneller.

Der Griff um meinen Ständer verstärkte sich automatisch, als ich Mila dabei beobachtete, wie sie gegen meine Hand arbeitete, das Geräusch ihrer feuchten gegen meine Handfläche klatschenden Pussy vernahm. Und da wusste ich, dass sie kurz davor war. Verdammt noch mal. Kurz. Davor.

Ich fand ihren Kitzler, drückte fest zu und ihr Rücken wölbte sich, Laute der Lust hallten um uns herum.

Ich wichste meinen Schwanz härter, schneller, und wie eine verdammte Abrissbirne schlug mein Orgasmus gegen meine Wirbelsäule, prallte direkt an der Spitze meiner Länge ab und ich kam – die weißen Ergüsse meines Höhepunkts spritzten auf ihr Seidenhöschen und ruinierten ihr Hochzeitskleid.

Milas Körper entspannte sich auf dem Tisch, ihre Hüften bewegten sich keinen Zentimeter mehr. Und dann vernahm ich es. Das eindringlichste, beunruhigendste, herzzerreißendste Geräusch, das ich je gehört hatte.

Der Klang von Milas Schluchzen.

KAPITEL 19

Mila

Meine Beine waren schwach, meine Knie zitterten und der Rock meines Kleides war noch immer über meine Hüften geschoben. Ich konnte mich nicht bewegen. Ich konnte mich nicht einmal vom Tisch abstoßen.

Betäubt und völlig erschöpft lag ich weiterhin da, während mich Schluchzer durchfuhren. Wie geschundenes Fleisch und nässende Wunden brachen die Tränen aus meinem Körper, während sich die Infektion ausbreitete. Meine Adern brannten von dem vergifteten Blut, meine Eingeweide waren schwer und von innen heraus zerrissen. Ich fühlte mich erbärmlich. Verdorben, als wäre ich vom Teufel persönlich berührt worden. Saint schaffte es, meinen Körper gegen mich aufzubringen. Mein Kopf hatte den Kampf verloren und ich war etwas Niederträchtigem und Verdrehtem erlegen, etwas, was mich unter seiner Berührung hatte zusammenbrechen und die Kontrolle aufgeben lassen. Und jetzt, nachdem die Ekstase abgeflaut war, holte mich die Realität ein, zog mich wie einen Anker unter Wasser, füllte meine Lunge und ertränkte mich in einer Träne nach der anderen.

Stoff strich über meine Taille und meine Oberschenkel, aber

ich verharrte, während Saint mich weiter säuberte und jede Spur der klebrigen Unordnung, die er auf meiner Haut hinterlassen hatte, entfernte. Er sprach nicht und ich tat es ebenfalls nicht. Die Stille war laut genug. Ohrenbetäubend.

Was war gerade geschehen? Ich wusste es nicht. Ich wusste nicht, ob ich gewollt hatte, dass es geschah oder nicht. Meine Gefühle waren einfach zu einem riesigen Durcheinander verschmolzen.

»Mila ...«

»Tu es nicht, Saint. Lass es einfach. Ich flehe dich an.« Die Erschöpfung erdrückte mich und ich hatte keine Kraft mehr. Ich hatte keine mehr in mir, um mich noch einmal mit ihm zu messen. Nicht heute Nacht.

Finger strichen über meine nackte Haut und der zerrissene Stoff meines Kleides glitt über meinen Hintern und meine Beine hinunter, als er mich bedeckte. Ich schaffte es, mich vom Tisch hochzustemmen, ein nasser Fleck hatte sich dort gesammelt, wo meine Wange gelegen hatte.

Ich wischte mir über das Gesicht. »Darf ich gehen?«, fragte ich, als ob ich eine Erlaubnis bräuchte, um mich zurückzuziehen. Als ob ich meinen Herren fragen müsste, ob ich auf mein Zimmer gehen dürfe.

Saint blieb still und bedachte mich mit keiner Antwort, was mich zwang, ihn anzusehen, um zu überprüfen, ob sein Gesichtsausdruck einen Hinweis darauf gab, was er in diesem Moment von mir erwartete. Aber da waren nur Züge aus Stein und Augen aus Eis, die mich anstarrten. Sein dunkles Haar war perfekt zerzaust, seine Fliege gelockert und sein Hemd steckte nicht in der Hose. Er schien verstimmt zu sein, so wie die ganze beschissene Situation, in der wir uns befanden.

Die Zeit, in der unsere Blicke aufeinander gerichtet waren, fühlte sich wie eine Ewigkeit an und keiner von uns versuchte, sich zu rühren oder ein Wort zu sprechen. Es war die unangenehmste Stille, die ich je hatte ertragen müssen, wie bei einem Tranchiermesser, das langsam die Haut vom Knochen schnitt.

Saint hob eine Hand und streckte sie aus. Mein erster Instinkt war, mich vor seiner Berührung wegzuducken, aber ich war lang genug mit ihm zusammen, um es besser zu wissen. Nach dem, was gerade passiert war, war das Letzte, was ich wollte, die Bestie zu reizen.

Seine harten Fingerknöchel strichen über meine Wange – ein zärtlicher Akt, der allem widersprach, was bis zu diesem Moment geschehen war.

Brad.

Meine Entführung.

Die Enthüllung, wer ich wirklich war.

Die Hochzeit.

Ich verlagerte mein Gewicht von einem Fuß auf den anderen und spürte noch immer, wie die Nässe meines Höhepunkts in mein Höschen sickerte und meine Schenkel benetzte.

Saint trat einen Schritt näher, sodass seine Gestalt mich überragte und seine Nähe mir die Luft zum Atmen raubte. »Ich werde mich nicht entschuldigen, Mila.« Sein Blick brannte sich ohne jede Spur von Reue in meine Seele. »Du bist jetzt meine Frau. Ich werde mich niemals entschuldigen.«

Ich reagierte in keiner Weise darauf. Nichts, was ich sagen würde, könnte etwas daran ändern.

Saint ließ seinen Arm an seine Seite sinken. »Geh ins Bett. Ruh dich ein wenig aus.«

Erleichtert drehte ich ihm den Rücken zu. Alles, was mich interessierte, war, aus diesem Kleid herauszukommen und der Erschöpfung zu erliegen, die sich in jedem Muskel festgesetzt hatte.

Meine Tränen waren getrocknet und meine Augen brannten. Ich war verärgert, weil ich ihm wieder einmal erlaubt hatte, meine Tränen zu nehmen, einen Teil von mir zu nehmen, der mir gehören sollte. Nur mir. Genau wie das rothaarige Mädchen war ich wütend auf mich selbst, weil ich zugelassen hatte, dass meine Tränen ungehindert hatten fließen können.

Unfähig, noch eine Sekunde länger in den *Jimmy-Choo-*

High-Heels zu stehen, riss ich sie mir herunter. Barfuß, müde und gedemütigt entfernte ich mich von ihm. Mit jedem Schritt spürte ich, wie sich die Spannung ausdehnte und zu reißen drohte. Den ganzen Weg über brannte sich sein Blick in meinen Rücken. Erst als ich die Treppe zu den Schlafzimmern hinunterging, fühlte ich mich befreit. Frei von der Anziehungskraft und dem Unbehagen, in seiner Gegenwart zu sein.

Die Satinschuhe fest in meinen Händen, öffnete ich die Tür zu meinem Raum. Als ich Elena am Fenster stehen sah, liefen mir die Tränen, die ich schon getrocknet geglaubt hatte, wieder über die Wangen.

»Liebes Kind.« Elena breitete ihre Arme aus und wie ein kleines Mädchen stürzte ich mich in den Trost hinein, den sie mir boten. »Es ist okay«, gurrte sie, während ich mich an ihrer Schulter ausweinte und mein Körper mit jedem Schluchzer bebte.

Von Emotionen, die ich noch nie zuvor empfunden hatte, überwältigt, heulte ich, als stünde ich vor einem offenen Grab, vor dem ich aus Trauer zerfloss.

»Es wird alles gut werden.« Elena umarmte mich fest und ich erlaubte mir diese kurze Verschnaufpause, indem ich den Trost aufsaugte, den sie mir so bereitwillig spendete. »Du bist eine starke Frau, Mila.« Ihre Stimme blieb sanft und freundlich.

»Ich kann das nicht tun«, schluchzte ich. »Ich kann nicht mehr gegen ihn ankämpfen.«

Elena lehnte sich zurück und sah mich an. »Dann tu es nicht.« Sie wischte mir eine verbliebene Träne aus dem Gesicht. »Kämpfe nicht mehr gegen ihn. Spare deine Kraft. Setze sie weise ein und bestreite nur die Schlachten, von denen du weißt, dass du sie gewinnen kannst.«

Ich sträubte mich und wich einen Schritt zurück. »Was sagst du denn da?«

»Ich will damit sagen, dass es noch viele Schlachten geben wird, denen du dich stellen und die du gewinnen musst. Aber Marcello ist keine davon.«

»Wie kannst du das sagen? Er ist nicht nur eine Schlacht, Elena. Er ist ein echter tobender Krieg.«

»Ganz genau. Denk darüber nach, Mila.« Sie legte ihre Finger um meine Schultern. »Hättest du ihn lieber als Feind, von dem du weißt, dass du ihn nie besiegen kannst? Oder als Verbündeten, mit dem du tausend Kriege gewinnen kannst?«

Ich starrte sie weiter an, ließ ihre Worte wirken, während ich versuchte, sie zu verstehen.

»Ich habe beobachtet, wie du ihn ansiehst«, fuhr Elena fort, ihre Stimme war weich, fast melodisch. »Du siehst ihn mit Hass, mit Wut an. Aber nicht auf ihn. Es ist nicht er, den du hasst, nicht er, der dich wütend macht. Du bist auf dich selbst wütend. Du hasst dich selbst ... weil du ihn nicht hasst.«

»Das ist nicht wahr.« Ich trat zurück, setzte mich auf das Kingsizebett und legte meine Handflächen auf die Seidenlaken. »Was immer du glaubst, beobachtet zu haben, ist nicht wahr.«

»Ist es nicht?«

»Nein. Das ist es nicht.« Die Schärfe in meiner Stimme war von Überzeugung durchzogen. »Es ist nicht wahr.«

»Doch, ist es.« Sie setzte sich neben mich, die Matratze bewegte sich nicht einmal unter dem Gewicht ihres winzigen Körpers. »Ich weiß das, weil ich mich einmal in der gleichen Situation befunden habe, in der du jetzt bist.«

Überrascht blickte ich sie an.

»Vor zweiunddreißig Jahren wurde ich gezwungen, einen Mann zu heiraten, den ich kaum ansehen konnte. Einen Mann, von dem ich dachte, er sei unfähig zu lieben, dass er mich nur ausnutzen würde. Wie du habe ich mich bei jedem Schritt auf dem Weg gegen ihn gewehrt. Ich habe mich geweigert, ihm nachzugeben.« Sie wandte ihre Aufmerksamkeit dem Fenster zu. »Bis ich eines Tages bemerkte, dass ich meine Kraft damit vergeudete, gegen etwas anzukämpfen, was ich nicht ändern konnte.« Sie drehte sich wieder zu mir um, ihr Ausdruck war sanft. »Statt zu kämpfen, habe ich mich in meinen Mann verliebt und bin glücklich geworden. Das ist das Beste gewesen, was ich jemals getan habe.«

Es war in ihren Augen. Ich konnte es sehen. Die Liebe. Das Glück. Die Erfüllung. Es gab keine Spur von Bedauern oder Groll.

»Du hast dich in ihn verliebt?«

Sie nickte lächelnd. »Zutiefst.«

»Hat er dich auch geliebt?«

Elena blickte zur Seite und zuckte mit den Schultern. »Ich glaube schon. Ich hatte drei Fehlgeburten, bevor mir klar wurde, dass ich meinem Mann nie einen Erben würde schenken können. Ich war sicher, dass ich ihn verlieren würde.«

»Wegen etwas, worüber du keine Kontrolle hattest?«

»Ein Kind zu haben, das das Vermächtnis fortführen kann, ist eins der wichtigsten Dinge für einen Mann, der einer mächtigen Familie entstammt. Besonders für den erstgeborenen Sohn. Aber Alfonso blieb bei mir, unterstützte mich«, sie schaute in meine Richtung, »gewann Kriege für mich, bis zu dem Tag, an dem er starb.«

Sie nahm einen tiefen Atemzug, als ob sie sich gegen den Herzschmerz wappnen wollte. Ich war so gefesselt von ihrer Geschichte, dass mir gar nicht aufgefallen war, wie ich zu weinen aufgehört hatte. Dass mein Herz nicht mehr vor Angst oder Kummer klopfte.

»Nun, ich werde dich etwas schlafen lassen.« Sie gab mir einen unschuldigen Kuss auf die Schläfe und richtete sich auf. »Denk darüber nach, was ich gesagt habe. Ich kann dir versprechen, wenn du erst einmal gelernt hast, herauszufinden, welche Schlachten du gewinnen kannst, wird dein Leben viel einfacher sein.«

Das Klackern ihrer Absätze ertönte und ich drehte mich um, als sie gerade die Tür erreichte. »Sechs Monate.«

Elena blieb stehen.

»Er hat gesagt, dass er mich nach sechs Monaten gehen lässt.«

Ihr blondes Haar geriet in Bewegung, als sie mich über ihre Schulter hinweg ansah. »Die Frage ist, wirst du dann gehen wollen.« Das Gewicht ihrer Worte klang noch nach, als sie schon längst fort war und die Tür hinter sich geschlossen hatte. Ich wünschte mir, dass das, was sie gesagt hatte, keinen Sinn ergab, aber das tat es. Vorhin, als er mich über den Esstisch gebeugt festgehalten hatte, mein Kleid um die Taille gebauscht, seine Hand zwischen meinen Beinen – hatte ich es gespürt. Ich hatte die Anziehung gespürt, die Vorfreude, das Feuer. Die Androhung, mich zu Asche zu verbrennen, wenn es nicht mit Erlösung gelöscht werden würde. Die Tränen waren nicht wegen dem geflossen, was er mir angetan hatte, sondern eher wegen dem, was ich mir selbst zugefügt hatte. Ich hatte meinen eigenen Körper gequält, mich geweigert, anzuerkennen, was er wirklich gewollt hatte. Ihn.

Ich fühlte mich verdorben, als ob die Lüsternheit mein Innerstes verfaulen ließ, weil es falsch war. Es war falsch, dass ich ihn auf diese Weise begehrte, falsch, dass ich mich nach seiner Berührung sehnte. Der Geist war nicht dazu bestimmt, den Körper zu bekämpfen. Er war nicht stark genug, um die ursprünglichsten Begierden und fleischlichen Instinkte des Körpers zu besiegen. Der Zusammenstoß zwischen den beiden hatte meine Seele zerrissen, sie dazu gebracht, die Tränen zu vergießen, die noch immer die weiße Eiche befleckten.

Je länger ich dalag und über das Geschehene nachdachte, mich daran erinnerte, wie high ich während der Ekstase gewesen war, die immer noch durch meine Venen pulsierte, desto mehr wurde mir klar, dass Elena vielleicht recht hatte. Vielleicht bestritt ich die falsche Schlacht. Vielleicht vergeudete ich meine Kraft in einem Krieg, den ich einfach nicht gewinnen konnte.

Vielleicht war es für mich an der Zeit, Mila loszulassen und meine neue Identität als Milana Katarina Russo anzunehmen.

Als ich am nächsten Morgen aufwachte, duschte ich und zog mich passend an – in diesem Fall ein lilafarbenes Blumenkleid, perfekt für das Sommerwetter. Wenigstens waren die Fenster der Jacht nicht mit Jalousien verschlossen, die es unmöglich gemacht hätten, draußen nach dem Wetter zu sehen.

Die Aussicht war wunderschön – blauer Himmel, kristallklares Wasser, der Gesang der Möwen, die tief über dem Ozean flogen. Nach der Diskussion mit Elena am vorherigen Abend schien alles klar zu sein. Anstatt wie ein Opfer zu denken und zu handeln, musste ich anfangen, eine Überlebende zu sein. Jemand, der selbst die dunkelsten Umstände zu seinem Vorteil nutzen konnte. Obwohl ich mir diese kleinen aufmunternden Worte schon vorher in meinem Kopf zurechtgelegt hatte, hatte Elena sie mir gestern noch einmal vor Augen geführt. Vielleicht lag es daran, dass ich wusste, nicht allein zu sein, dass Elena einmal in der gleichen Situation gewesen war, in der ich mich jetzt befand. Sie war der Beweis dafür, dass ich dies überleben konnte, auch wenn ich bezweifelte, dass sich das hier in etwas verwandeln könnte, was mir noch in zweiunddreißig Jahren ein Lächeln auf mein Gesicht zaubern würde.

Ich fasste meine Locken in einem hohen Pferdeschwanz zusammen und versuchte, die dunklen Ringe unter meinen Augen mit ein wenig Make-up zu kaschieren. Entschlossen, dass sich das, was letzte Nacht passiert war, nicht wiederholen sollte, wappnete ich mich innerlich, straffte meine Schultern und war bereit, mich allem zu stellen, was auf mich zukommen würde. Wenn ich schmutzig spielen musste, um zu überleben, würde ich es tun. Es gab ohenhin nichts mehr, was Saint mir hätte nehmen können, nichts Heiliges mehr, was er noch hätte verderben können.

Saint saß am Esstisch und scrollte durch sein Handy, als ich an Deck kam. Der Anblick der weißen Eiche weckte Erinnerungen an letzte Nacht und ich spannte automatisch meine Schenkel an.

Er schaute auf, die Augenbrauen schräg gestellt und die Stirn in Falten gelegt. »Gut geschlafen?«

»So gut wie erwartet. Und du?«

Er scrollte und tippte weiter auf seinem Handy herum. »Wie ein Baby.«

Stirnrunzelnd sah ich ihn an, denn ich wusste nur zu gut, was er damit andeuten wollte. Ich musste daran denken, wie es gewesen war, sein warmes Sperma an meinem Oberschenkel heruntertropfen zu spüren.

»Hungrig?« Er deutete auf den Platz neben sich und ich setzte mich, tat so, als würde ich all die köstlichen Frühstücksvarianten durchstöbern, die sich auf dem Tisch ausgebreitet vor mir befanden.

»Ausgehungert«, murmelte ich und belegte zwei Blaubeerpfannkuchen mit ein paar Scheiben Obst. Kein einziges Mal schaute ich in seine Richtung, aber ich spürte seinen Blick auf mir. Er streichelte die Seite meines Halses, das entblößte Fleisch kribbelte unter seiner Musterung.

»Ich mag dein hochgebundenes Haar.«

Ich erstarrte und vergaß, die Erdbeere zu kauen, die ich mir gerade in den Mund gesteckt hatte.

»Du solltest es öfter so tragen.«

Ich bewegte meinen Kiefer und schaffte es, die Frucht runterzuschlucken. »Das werde ich mir notieren.«

Saint schnaubte, als wäre er über meine Antwort amüsiert, und aus dem Augenwinkel sah ich, wie er mich anstarrte, während er sich mit den Fingern über das Kinn rieb.

Nervös rutschte ich auf meinem Stuhl hin und her. »Also, ich habe über unser Gespräch von neulich nachgedacht.«

»Welches?«

»Das Gespräch darüber, dass du meine zehn Prozent der Anteile haben willst.« Ich wagte einen Blick in seine Richtung. »Die Rechnung geht nicht auf.«

Er räusperte sich und nahm seine Tasse Kaffee auf. »Welche Rechnung?«

»Du sagtest, du würdest neununddreißig Prozent der Aktien besitzen und mein Bruder sechsundvierzig.«

»Noch gehören sie ihm nicht«, erwiderte Saint mit einem abfälligen Tonfall.

»Wenn der erstgeborene Torres zehn Prozent erhält, bleiben immer noch fünf übrig. Wem gehören die restlichen fünf Prozent?«

»Investoren«, antwortete er schlicht. »Ein paar unbekannte Geschäftsleute, die froh sind, jeden Monat ein paar Zinsen zu bekommen.«

Mit zusammengekniffenen Augen beobachtete ich, wie er durch die Eier Benedict auf seinem Teller schnitt. Gestern war er noch glatt rasiert gewesen und schon heute Morgen zeichnete sich ein schwacher Schatten auf seinem Kiefer ab.

Ich biss in den Pfannkuchen, der feine Geschmack von Buttermilch zusammen mit dem Hauch von Blaubeere ergab eine perfekte Mischung. Da wurde mir klar, wie hungrig ich tatsächlich war. Saint und ich frühstückten schweigend weiter, doch die Atmosphäre zwischen uns war greifbar. Die ganze Zeit über verfolgte ich aufmerksam jede seiner Bewegungen, jeden Atemzug, jeden Bissen, den er in den Mund nahm. Jede Kleinigkeit, die er tat, erinnerte mich an letzte Nacht, wie sich seine Hand auf meiner erhitzten Haut angefühlt hatte. Wie mein Körper auf seinen Kontakt reagiert hatte, gemischt mit dem tödlichen Klang seiner schmutzigen Worte. Die Erinnerungen ließen mein Innerstes sich zusammenziehen und mein Fleisch nach mehr von seinen Berührungen hungern. Es war, gelinde gesagt, verrückt und verstörend, dass mein Entführer es schaffte, solch schäbiges Verlangen in mir zu wecken.

Jeder seiner Blicke in meine Richtung ließ meine Haut kribbeln, ich überkreuzte und öffnete immer wieder meine Beine unter dem Tisch. Es war beunruhigend, wie er mich allein durch seine Nähe, allein durch sein Luftholen beeinflusste.

Aus der Ferne ertönte das Dröhnen von Motoren, gefolgt von dem Geräusch plätschernden Wassers, das auf eine harte Oberfläche prallte.

Saint legte seine Serviette auf den Tisch und stand auf, wobei der Stuhl quietschend über das Holzdeck schabte.

»Wir haben Besuch«, verkündete er und ging davon.

Ich erhob mich ebenfalls und folgte ihm auf die Flybridge, als gerade ein Schnellboot vorfuhr und ein älterer Mann sowie eine junge Frau an Bord *Der Kaiserin* gingen.

»Mr. Saint.« Der ältere Herr streckte die Hand aus und Saint erwiderte die Geste.

»Marone«, grüßte er, bevor er sich der hochgewachsenen Blondine zuwandte, deren Outfit man eher als längeres Hemd denn als Sommerkleid bezeichnen konnte. »Anete.«

»Saint.« Man hätte ihr Erröten schon von Weitem sehen können und sie beugte sich vor, um ihm einen Kuss auf die Wange zu geben, was mir nicht gefiel. Ganz und gar nicht.

»Ich habe nicht erwartet, dass du deinen Vater heute begleitest«, meinte Saint mit einer leichten Andeutung von Überraschung.

Ihr Lächeln war zu breit, ihre Wimpern zu lang. »Es ist so ein schöner Tag, ich musste einfach das Haus verlassen.« Ihr starker italienischer Akzent wurde von einem sinnlichen Tonfall unterstrichen, während sie die Konsonanten in jedem Wort betonte. Ich fragte mich, ob sie sich passend zu ihrem übermäßigen sexy Akzent kleidete oder ob sie so sprach, wie es zu ihrer freizügigen Garderobe passte.

»Und wer ist das?« Anete, die Hemd tragende Göttin, richtete ihre Aufmerksamkeit auf mich.

Meine Lippen teilten sich bereits, um wie von selbst zu antworten, doch Saint nahm meine Hand. »Das ist Milana. Meine Frau.«

Wenn Schock und Verblüffung Babys hätten, würden sie wie Anetes Gesicht aussehen, als sie erst mich und dann Saint anglotzte. »Deine Frau?«

Saint verstärkte seinen Griff um meine Finger und zwang mich so, näher an seine Seite zu treten. »Ja.«

»Nun, ich habe nicht ...« Sie schnickte ihr blondes Haar nach hinten. »Ich wusste nicht einmal, dass du dich mit jemandem triffst.«

Saint zuckte mit den Schultern. »Es ist einfach eines dieser Dinge, die irgendwie passiert sind.«

Kirschrote Lippen schürzten sich und honigfarbene Augen blitzten auf. Sie verwandelte sich von einer hübschen, höflichen Prinzessin in eine hübsche, pikierte Person.

Lächelnd badete ich insgeheim in ihrer unverhohlenen Enttäuschung über meine Existenz. »Schön, dich kennenzulernen, Anete.«

»Ja«, antwortete sie. »Gleichfalls.«

Der ältere Mann trat vor. »Mario Marone. Ich bin der Anwalt von Mr. Saint. Ich nehme an, damit sind Sie Mrs. Saint? Mrs. Russo?« Er schien leicht verwirrt und schaute Saint zur Bestätigung an, aber ich streckte die Hand aus und ergriff die meines Gegenübers.

»Nennen Sie mich einfach Milana.«

»Natürlich«, antwortete er höflich, bevor er sich wieder an Saint wandte. »Ich nehme an, dass Sie mich deshalb gebeten haben, heute hier zu erscheinen.«

Saint nickte. »Ich habe Unterlagen, um die du dich für mich kümmern musst.«

»Sicher. Ich nehme an, dass ein Ehevertrag dazugehört.«

Saint ließ meine Hand los und rief Mario mit einem einzigen Nicken zu sich. »Lass uns das unter vier Augen besprechen, ja?«

Mario senkte den Kopf in Zustimmung und Saint sah in meine Richtung, seine Augen hatten fast die Farbe des Ozeans. Er warf Anete einen Blick zu, der einer versteckten Warnung glich. Es war nur ein Bruchteil einer Sekunde, aber ich hatte ihn bemerkt – ein deutliches Zeichen dafür, dass etwas Vertrautes zwischen ihnen war, vor allem in der Art, wie Anete mit den Wimpern klimperte und ein falsches Lächeln für ihn aufsetzte. Es erinnerte mich an die Stewardess, die er gefeuert hatte. Die, von der er so unverhohlen zugegeben hatte, sie gefickt zu haben.

Die Männer gingen davon, ließen Anete und mich in einer quälend unangenehmen Blase zurück.

»Also«, sie umfasste das obere Ende ihres großen weißen Sonnenhuts und setzte ihre schwarze Designersonnenbrille auf, die mich seltsamerweise an ein Insekt erinnerte, »wie lang kennst du Saint schon?«

»Man könnte sagen, ich kenne ihn schon mein ganzes Leben lang.« Das war gar nicht so weit von der Wahrheit entfernt, bedachte man, dass ich praktisch geboren worden war, um ihn zu heiraten.

»Seltsam«, antwortete sie trocken. »Ich kenne Saint seit Jahren und er hat nie eine Milana erwähnt.«

Ich konnte mir ein Grinsen nicht verkneifen. »*Segreto*.«

»Wie bitte?« Sie zog eine perfekt geformte Augenbraue hoch.

»Geheimnis. Ich schätze, ich war eines seiner vielen Geheimnisse.«

»Aha.« Mit ihrem honigfarbenen Blick musterte sie mich von oben bis unten. »Nope, ich sehe es nicht.« Sie tänzelte um mich herum. »Nun, ich weiß nicht, wie es dir geht, aber ich würde sagen, es ist wohl Zeit für einen Mimosa. Oder sechs.«

Absätze klackerten über das Deck und ich starrte ihr hinterher, glotzte sie dümmlich an und war verwirrt, was zum Teufel sie gerade damit gemeint hatte.

Nope, ich sehe es nicht.

Was zum Teufel war das gewesen?

Igitt, ich kannte sie erst seit zehn Sekunden und konnte sie schon in die Schublade zu all den anderen Weltklasse-Schlampen stecken, die ich in meinem Leben getroffen hatte.

Die mit den Dollarzeichen-Lippen, den falschen Titten und den Münztelefon-Mösen. *Man kann sie nur benutzen, wenn man Geld einwirft.*

Während Anete Platz nahm, blickte der Mann hinter der Bar von ihr zur Uhr an der Wand, doch ich zog es vor, meine Zeit draußen auf der Terrasse in der Sonne zu verbringen, anstatt mich um zehn Uhr morgens zu betrinken.

Vitamin D sickerte durch meine Poren, während ich meine Haut in der Sommerhitze badete. Saint und Mario befanden sich schon seit Stunden unter Deck und ein kleiner Teil von mir wäre am liebsten die Fliege an der Wand gewesen. Aber dann gab es einen größeren Teil, dem das alles scheißegal war.

»Wie ich sehe, genießt du die gesunde Sonne ein wenig.«

Ich öffnete meine Augen und blinzelte, um Elena über mir schwebend vorzufinden. »Ja. Saint ist weg und tut, was immer er mit seinem Anwalt tun muss, und Miss Ich-gebe-ein-Hemd-für-ein-Kleid-aus ist damit beschäftigt, sich an der Bar zu betrinken.«

»Ah.« Elena setzte sich auf die Liege neben meiner. »Du hast also Anete getroffen.«

»Wer ist sie?«

»Sie ist die Tochter seines Anwalts.«

Ich hob eine Braue. »Ich meine für ihn. Wer ist sie für Saint?«

»Wer kann schon sagen, ob sie irgendetwas für ihn ist?« Elena zuckte mit der Schulter.

»Ach, komm schon. Ich weiß vielleicht nicht, was hier vor sich geht, aber ich müsste schon blind sein, um nicht zu sehen, dass sie hinter ihm her ist. Und nimm zur Kenntnis, dass ich nur zehn Sekunden in ihrer Gegenwart gebraucht habe, um das herauszufinden.«

»Anete ist das, was wir eine italienische Prominente nennen. Bei uns ist sie einfach berühmt, weil sie berühmt ist.«

»Sie ist also im Grunde die italienische Version einer Kardashian?«

Elena lachte. »So ähnlich, ja.«

»Ist zwischen den beiden jemals etwas vorgefallen?« Nicht, dass es mich interessiert hätte.

»Wahrscheinlich.« Sie versuchte gar nicht erst, es herunterzuspielen. »Marcello ist ein heißblütiger Mann. Solang eine Frau nicht sein Herz erobert hat, wird eine schöne Frau immer seine Aufmerksamkeit erregen.«

»Oh, fantastisch. Nicht.«, spottete ich. Da mir das Thema unangenehm war, schaute ich auf das offene Meer hinaus, das in wunderschönen tropischen Farbtönen aus Grün und Blau schimmerte. Es schien friedlich zu sein und doch lauerten so viele Gefahren unter dessen Oberfläche. Das erinnerte mich an Saints Augen – eine Warnung, niemals der Illusion von Ruhe zu trauen. In der Ferne waren hohe felsige Gipfel zu sehen, am Horizont zeichnete sich eine Silhouette von Land ab.

»Wo sind wir eigentlich?«

Tief und genüsslich atmete Elena die frische Meeresluft ein. »Wir sind in der Nähe von Marina Piccola.«

»Marina was?«

»Piccola. Es liegt direkt gegenüber der riesigen Felsnadeln von Capri.«

»Mann, was habe ich für ein Glück. Ich war noch nie außerhalb von New York City und jetzt, da ich endlich am anderen Ende der Welt bin, kann ich nichts davon entdecken.«

Sie schenkte mir ein warmes Lächeln. »Hab Geduld. Es ist noch genug Zeit.«

»Genug Zeit für was?«

Doch sie war schon gegangen und lief wieder hinein. Ich seufzte und ließ mich zurück auf die Liege sinken. Wenigstens konnte ich die Sonne und die Aussicht genießen – ein kleiner Silberstreif am Horizont zwischen all diesen dunklen Wolken, in denen ich feststeckte.

Hinter mir ertönte Gelächter und als ich mich umdrehte, erblickte ich Anete, die sich kichernd an Saint lehnte und mit einer Hand seinen Arm rieb, während sie in der anderen einen

Mimosa hielt. Unglaublich. Vor ein paar Stunden hatte er sie seiner Frau vorgestellt und nun stand sie da und flirtete offen mit ihm, als ob der Alkohol die Tatsache, dass er verheiratet war, auf magische Weise hätte verschwinden lassen.

Ich verschränkte die Arme und schnaubte. Warum störte mich das so sehr? Wir waren lediglich auf einem Stück Papier verheiratet, sonst nichts. Ich wollte nicht einmal mit ihm verheiratet sein und doch war ich hier und schmollte wegen einer Schlampe, die ihre Hände nicht bei sich behalten konnte.

Du bist Milana Katarina Russo. Ich hörte seine Stimme, als stünde er direkt neben mir. Das war ich. Das war die Person, nach deren Maßstäben ich mich verhalten musste. Würde eine Russo-Ehefrau dulden, dass eine Frau wie Anete so unverhohlen mit Saint schäkerte und sich ihm an den Hals warf? Ganz sicher nicht.

Entschlossen bauschte ich meinen Pferdeschwanz mit den Fingern auf, erhob mich und reckte mein Kinn in die Höhe. Anete eine Lektion zu erteilen, war die Mission, aber als ich über das Deck schlenderte, wurde Saint zum Ziel. Ich ließ ihn nicht aus den Augen und tat so, als wäre Anete gar nicht da, während ich meine Hüften hin und her schwang. Sie war nicht die Einzige hier mit natürlichen italienischen Kurven.

Saint schaute in meine Richtung, als sich das Geräusch meiner Absätze näherte, sein Blick blieb auf meinen geheftet. Ich zwang mich, an die letzte Nacht zu denken, daran, wie es sich angefühlt hatte, seine Hände auf meinem Körper zu haben, seine Berührung auf meiner Haut. Ich dachte an seine Finger, die meine Beine gestreichelt und erforscht hatten, an sein gutturales Stöhnen, als sein Sperma schubweise auf mein Seidenhöschen gespritzt war. Der Gedanke daran gab mir Mut. Er verlieh mir die Kraft, die ich brauchte, um jeden Schritt mit purer Zuversicht und sinnlicher Gelassenheit zu machen.

Eine sanfte Brise kräuselte den Rock meines Kleides, die warmen Finger der Sommerhitze streichelten meine Oberschenkel.

Mario war der Erste, der reagierte, als ich mich zu ihnen gesellte. »Milana, genießen Sie die italienische Sonne?«

»Sehr sogar.« Ich schenkte ihm ein charmantes Grinsen und richtete dann meine ganze Aufmerksamkeit auf den Mann in dem zartblauen Hemd und den *Ralph-Lauren*-Chino-Shorts. Der Mann, der seit gestern Nacht rechtmäßig mein Ehemann war.

Ich schlang meine Finger um seinen Ellenbogen, mit der anderen Hand berührte ich seine Wange und drehte sein Gesicht zu mir, während ich mich auf die Zehenspitzen stellte und meine Lippen auf seine presste. Ich war nicht subtil oder schüchtern. Ich war besitzergreifend, verführerisch, ganz die Russo-Ehefrau, die ihren Mann mit nichts als vehementer Leidenschaft küsste.

Saint hielt mich nicht auf. Er zog sich nicht zurück. Im Gegenteil, er schlang einen Arm um meine Taille und seine Finger gruben sich in meine Hüfte, als er den Kuss verstärkte. Unsere Zungen tanzten und leckten, während unsere Lippen sich verschlangen. Sein Mund schmeckte nach eichiger Vanille und Karamell – die kräftigen Noten von Bourbon, ich genoss die Würze auf meiner Zunge. Ich versuchte nicht mehr, etwas zu beweisen oder meinen Anspruch geltend zu machen. Ich gab mich einfach dem Flattern der Schmetterlinge in meinem Magen hin und wollte, dass das Verlangen niemals aufhörte. Dieser war nicht wie unser Kuss gestern Nacht. Der vom vorherigen Tag war sanft, zärtlich, ein Walzer von Liebenden gewesen. Aber jetzt war es anders. Es war ein verworrenes Netz aus Lippen und Zungen, die sich gegenseitig verwüsteten, kosteten und sich nicht darum kümmerten, ob Chaos folgen würde.

Mario räusperte sich im Hintergrund und unterbrach den Moment, was mich den Tag verfluchen ließ, an dem er geboren worden war.

Ich ließ mich auf die Fersen zurücksinken und berührte meine pochenden Lippen.

Saints Finger gruben sich noch tiefer in meine Hüfte und ich zuckte erschrocken. »Ich entschuldige mich für die ... *leidenschaftliche* Zurschaustellung durch meine Frau. Da wir frisch verheiratet sind, scheint unser Verlangen füreinander«, er sah mit glühenden Augen auf mich herab, »unkontrollierbar geworden zu sein.«

Ich schluckte schwer. Für sie sah es wahrscheinlich aus wie ein Ehemann, der seine Frau liebevoll und herzlich betrachtete. Für mich war es der brennende Blick eines Mannes, der geboren worden war, um zu dominieren ... und zu bestrafen.

»Ihr müsst uns entschuldigen«, sagte Saint höflich, ohne meine Taille loszulassen. »Wir müssen zurück in die Flitterwochen.«

»Natürlich.« Mario nickte. »Ich werde alle notwendigen Unterlagen wie besprochen bearbeiten und per E-Mail bestätigen, sobald alles abgeschlossen ist.«

»Danke, Mario.« Saint blickte Anete an. »Genieß den Rest dieses schönen Tages.«

Wäre da nicht dieses schwere Gefühl, dieser Druck, der plötzlich auf meiner Brust lastete, hätte ich den mürrischen Gesichtsausdruck von Anete genießen können. Er erinnerte mich irgendwie an die Miene eines Hundes, den man mit einem Stück Fleisch gereizt und es dann selbst gegessen hatte. Ich hätte mich noch mehr über ihren Gesichtsausdruck gefreut, wären da nicht Saints grausame Hand und seine kühlen Finger gewesen, die sich in meine Hüfte bohrten.

Mein Herz klopfte wie ein Presslufthammer gegen meine Rippen und ich war sicher, dass es jeden Moment durch die Knochen brechen würde.

Wir sahen dabei zu, wie Mario und Anete mit dem Schnellboot ablegten und das Geräusch der Motoren in der Ferne verschwand. Es ging so schnell, dass ich zu atmen vergaß, als Saint sein Handgelenk drehte, mich herumwirbelte und meinen Arm hinter mir festhielt. Ich schnappte nach Luft, als seine andere Hand nach meinem Hals griff, seine Finger sich in meine Kehle gruben, während er mich zurück an seine Brust zog.

»Was zum Teufel war das?« Seine eisige Stimme lief mir kalt die Wirbelsäule hinab.

»Was meinst du?« Ich zuckte unter seinem aufreibenden Griff um meinen Hals und mein Handgelenk zusammen.

Er riss an meinem Arm und zog ihn weiter an meinem Rücken nach oben. »Deine kleine unangebrachte Zurschaustellung vor unseren Gästen.«

»Du wolltest, dass ich die Rolle deiner Frau spiele. Das habe ich getan.«

»Blödsinn«, stieß er hervor und ich konnte hören, wie sein Kiefer mahlte. »Du glaubst, du kannst mich anpissen? Mich markieren, als gehörte ich dir?«

»Das ist nicht …«

Abrupt ließ er mich los und packte mich an den Haaren, seine Faust grub sich in meine Locken, als er kräftig daran zerrte. Meine Kopfhaut brannte und ich stolperte über meine eigenen Füße, während er mich über das Deck zog und die Treppe hinunter. »Ich werde dir zeigen, was es wirklich bedeutet, jemanden zu markieren.«

»Saint, du tust mir weh.«

»Oh, ich habe nicht einmal angefangen, dir wehzutun.«

Ich fasste nach seinem Handgelenk, wollte unbedingt, dass er mich losließ. Aber sein Griff wurde fester, seine Finger waren kräftig und unnachgiebig, als er an meinen Haaren riss. Das Selbstvertrauen, das ich zuvor gehabt hatte, war verschwunden, mein Inneres mit nichts als Beton gefüllt.

Saint ließ von mir ab und schob mich in einen Raum, bevor er die Tür hinter sich zuschlug. Ich verlor das Gleichgewicht, konnte mich aber gerade noch rechtzeitig fangen, um nicht auf den Hintern zu fallen. »Was ist dein Problem? Ich habe nur das getan, was du von mir wolltest, indem ich meine Rolle gespielt habe.«

»Nein, du hast dich wie eine eifersüchtige Schlampe verhalten, die versuchte, ihr verdammtes Revier zu markieren.« Die harten Züge in seinem Gesicht waren wild, grausam, als ob er mich in Stücke reißen wollte. Mit aufeinandergepressten Kiefern pirschte er sich an mich heran. »Ich gehöre nicht zu dir. Du gehörst zu mir. Begreifst du den Unterschied?«

Ich nahm allen Mut zusammen, den ich besaß, und ließ mir nicht anmerken, dass er mich einschüchterte, obwohl mir das Herz bis zum Halse schlug.

Mit erhobenem Kinn versuchte ich, mich so gut wie möglich gegen ihn zu behaupten. »Da sollte es keinen Unterschied geben. Wenn du willst, dass ich mich als deine Frau perfekt verhalte, dann musst du auch der perfekte Ehemann sein. Das ist nur fair.«

»Scheiß auf fair. Niemand hat behauptet, dass unsere kleine Vereinbarung fair sein wird.«

»Ich habe dir schon einmal gesagt, dass ich mich von deinen sexuellen Eskapaden nicht demütigen lassen werde. Und schon gar nicht von einer blonden Tussi, die ihre Krallen in einen Mann zu schlagen versucht, der ihr gerade seine gottverdammte Ehefrau vorgestellt hat.«

Sein Gesicht leuchtete vor Wut auf, sein Zorn war auf mich gerichtet. Ich konnte praktisch hören, wie das Blut in seinen Adern kochte, während bei mir das genaue Gegenteil der Fall war – es war unter der kalten Haut gefroren.

Ich musste auch noch das letzte Quäntchen Mut aufbringen, um nicht zurückzuweichen, als er direkt auf mich zukam – eine große Gestalt mit breiten Schultern, die mir den Rest an Luft aus der Lunge zu rauben drohte.

Meine Augen richtete ich auf seine, sein Blick heiß und hungrig, wie ein Raubtier, das zum Angriff bereit ist. Ursprünglich. Mächtig. Die Intensität, die von ihm ausging, hielt mich gefangen und ich konnte mich nicht bewegen. Mit jedem Ausatmen zogen sich die Knoten des Schreckens in meinem Magen fester zusammen, aber es war keine Angst mehr. Keine Panik mehr. Es war etwas Dunkles und Erotisches, Verlockendes, als wäre ein Blitz durch die Luft gezuckt und elektrische Ströme wären zwischen uns geflossen. Meine Zunge wurde unbrauchbar, mein Verstand unfähig, einen einzigen Satz zu formulieren. Noch nie war ich von der Anwesenheit eines Menschen so überwältigt gewesen wie von Saints – er hatte mich in seinen Bann gezogen, auch wenn er keinen Hehl aus seinen verruchten Absichten machte. Er durchbrach all meine Abwehrmechanismen und lockte mich mit einer verführerischen Dunkelheit. Es war gefährlich, wie leicht er auf mich einwirken konnte, als hätte er einen übernatürlichen Einfluss auf mich, einen magischen Zauberspruch, der ihm alle Kontrolle übertrug.

Saint knurrte, packte mein Kinn und grub seine Finger in mein Fleisch. »Du reizt mich zu sehr, Frau«, knirschte er und mein Herz schlug wie wild, mein Brustkorb hob und senkte sich mit jedem Atemzug schnell. »Dein Kampf, dein Trotz, das macht mich verdammt an.«

Erinnerungen an die letzte Nacht durchfuhren meine Gedanken. Seine Berührung. Seine Worte. Die Erlösung. Alles war noch da, als wäre es vor einer Minute passiert, und doch sehnte sich mein Körper danach, als wäre ein Jahrtausend vergangen. Es war falsch von mir, das noch einmal zu wollen. Aber ich konnte nicht aufhören, daran zu denken, daran, wie gut es sich angefühlt hatte, wehrlos zu sein und nicht in der Lage, ihn davon abzuhalten, Lust in meinen Körper zu zwingen.

Ich hatte keine Intensionen, mich aus seinem Griff zu befreien, während er weiter auf mich herabstarrte. Meine Lippen öffneten sich und ein Grollen entrang sich seiner Brust, nur eine Sekunde bevor er seine Lippen mit solcher Kraft auf meine presste, dass meine Beine ins Wanken gerieten, aber sein Arm lag im selben Moment um meine Taille, als seine Zunge in meinen Mund eindrang.

Knurrend küsste er mich, als wäre er ein Süchtiger und ich

sein letzter Schuss, der letzte, den er je erleben würde. Seine Zunge war unbarmherzig, als sie meinen Mund überfiel, sein Kuss chaotisch und stürmisch.

Ich stöhnte und versuchte, mich an seinem Nacken festzukrallen, aber er küsste mich nur noch fester und seine Zunge glitt tiefer in mich hinein. Als hätte jemand ein Streichholz in meinem Inneren entzündet, brachen Flammen aus, und meine Halt suchenden Hände gingen in eine verzweifelte Umklammerung über, als ich meine Arme um seinen Hals schlang und ihn näher zu mir zog. Das Geräusch unserer Küsse ertönte um uns herum, als wir darum kämpften, uns gegenseitig zu verschlingen. Die Art, wie wir dies taten, hatte nichts Zartes oder Sinnliches an sich. Es waren Urinstinkte und wilder Hunger, die uns antrieben. Wir waren Hände und Lippen und verzweifelte Zungen, unsere Körper suchten einander heim.

Saint ließ mein Kinn los und zog mich hoch. Ohne einen einzigen Moment zu zögern, legte ich meine Beine um seine Taille, in meinem Verstand war nur noch das Bedürfnis übrig, das mein Inneres vor Erwartung zusammenziehen ließ.

Er trug mich durch den Raum und ich konnte mich nicht dazu durchringen, ihn aufzuhalten. Ich wollte ihn nicht aufhalten. Ich war die Beute, die bereitwillig ihre Kehle offenbarte, um sich reißen zu lassen, ohne sich darum zu kümmern, dass ihr das Blut aus dem Körper geraubt werden würde. Das Leben. Denn gerade jetzt, in der grausamen Hand des Teufels, fühlte ich mich so lebendig wie noch nie.

Immer noch in seinen Kuss vertieft, ließ er mich mit einem Mal los und ich fiel auf das Bett, mein Rücken traf auf die Matratze.

»Dreh dich um.«

»Wa…«

»Ich sagte«, er packte meine Knöchel und zwang mich mühelos auf den Bauch, »dreh dich verdammt noch mal um.«

»Was tust du da?«

»Ich zeige dir, wie man es macht. Wie man jemanden richtig markiert.«

Ich versuchte, auf dem Bett nach oben zu klettern, aber seine Hände waren zuerst auf meinen Hüften und dann unter meinem Kleid, als er mir den Slip herunterriss. Er schnappte sich meine Beine und zog mich zum Ende des Bettes zurück.

Danach spreizte Saint meine Schenkel mit einem Ruck weit auseinander. Etwas Kaltes biss in meine Haut und ich drehte mich so, dass ich über meine Schulter blicken konnte, nur um eine Kette um meinen Knöchel zu sehen, die mit dem Pfosten des Bettes verbunden war und in teuflischer Absicht glitzerte. Plötzlich war ich mir nicht mehr so sicher, was ich wollte – was mein Körper wollte.

»Saint, das gefällt mir nicht.« Ich versuchte, mein Bein zu befreien, indem ich trat und strampelte, aber er zog die Kette nur fester. »Hör auf, bitte.«

Er packte meinen anderen Knöchel und drückte ihn an den gegenüberliegenden Pfosten, aber es gelang mir, ihn aus seinem Griff zu entwinden.

»Du machst das Ganze nur noch spaßiger für mich, wenn du kämpfst, Mila.«

»Halt!«, schrie ich. Ich brüllte, aber seine starken Finger schlangen sich erneut um meinen Knöchel. Diesmal konnte ich ihn nicht befreien.

»Schrei noch einmal und ich schiebe dir dein Höschen so tief in den Hals, dass du daran erstickst.«

Die Ketten schnitten in meine Haut und ich richtete mich auf alle viere auf, als ich das Geräusch seines Gürtels vernahm, den er sich von der Taille riss.

»Saint, bitte.« Als mich der erste Peitschenhieb traf, jaulte ich auf, die Haut an meinen Schenkeln brannte unter dem schmerzhaften Biss des Leders.

»Leg dich wieder hin, sonst schlage ich nur noch härter zu.«

»Bitte.«

Ich hörte, wie der Gürtel durch die Luft schnitt, gefolgt von einem erbarmungslosen Knall, als er gegen mein Fleisch schlug. Dieses Mal trieb es mir die Tränen in die Augen, das Brennen breitete sich in meinen Beinen aus. Ich biss mir auf die Zunge, um den Schrei zu unterdrücken, der in meiner Kehle aufsteigen wollte.

»Leg dich wieder hin, Mila. Ich werde mich nicht wiederholen.«

Der Schmerz war so intensiv, als hätte er ein Streichholz auf meiner Haut entzündet – er tobte wie wütendes Feuer. Ich konnte mich nicht mehr auf den Beinen halten und sackte zurück nach unten, mein Bauch flach auf dem Bett. Ich presste meine Zähne zusammen, unterdrückte die Tränen und wollte, dass das Lodern verschwand.

»Braves Mädchen.«

Ich atmete schnell, der Schweiß rann mir den Nacken hinab. Seine schweren Schritte waren fast so laut wie mein Herzschlag und ich vernahm, wie er das Bett umrundete. An meinem Knöchel beginnend, fuhr er mit seinen Fingern langsam über meine Haut, als wollte er den Moment auskosten. Er strich über das brennende Fleisch an meinem Oberschenkel. »Ich wusste, dass es schön aussehen würde. Wie deine Haut für mich errötet.«

Ich schluckte.

»Ich habe im Flugzeug daran gedacht, als ich deine Titte in der Hand hielt und deine Wangen den schönsten Rosaton angenommen haben. Danach konnte ich nicht mehr aufhören, daran zu denken.«

»Du bist krank.«

»Bin ich das?« Er tauchte seine Hand zwischen meine Beine und ich konnte das Keuchen nicht unterdrücken, das mir über die Lippen kam. »Wenn ich krank bin«, er fuhr mit einem Finger durch meinen Spalt, »und deine Pussy dermaßen feucht ist, was bist dann du?«

Ich biss mir auf die Lippe und schloss die Augen. »Eine Masochistin.«

Ein Stöhnen grollte in seiner Brust. »Gott, ich liebe dieses Wort.«

Saint behielt seinen Finger zwischen meinen empfindlichen Falten und ich krallte mich an den Seidenlaken fest, als ich das Geräusch des Reißverschlusses seiner Hose hörte.

»Hat es sich gut angefühlt, als du letzte Nacht meine Hand gefickt hast?«

Ich weigerte mich, zu antworten, weigerte mich, auf sein krankes Spiel einzugehen.

Er zog sich zwischen meinen Beinen zurück und ich hörte das Schneiden des Leders, als es auf meinen nackten Hintern traf. Ich keuchte und wimmerte, aber es war nicht annähernd so schmerzhaft wie der Hieb auf meine Oberschenkel.

»Sag es mir«, befahl er, seine Stimme war von purer Überzeugungskraft geprägt. »Hat es. Sich. Gut. Angefühlt?«

Ich konnte es nicht tun. Ich konnte ihm nicht antworten, weil sich die Wahrheit falsch anfühlte. Sie ließ die Waage von dem, was normal war, hin zu etwas umkippen, was völlig beschissen war.

Saint packte mich an den Haaren, als er meinen Kopf nach oben riss. »Antworte mir.«

Mit zusammengepressten Lippen verweigerte ich ihm die Antwort, die er so verzweifelt zu wollen schien.

Er ließ mich los und mit meiner Wange voran fiel ich auf das Laken. »Du solltest mich nicht auf die Probe stellen.«

Sein Gürtel traf zweimal kurz hintereinander auf meinen Hintern. Der Schmerz war unerträglich und ich schmeckte mein eigenes Blut, als ich mir auf die Zunge biss und darum kämpfte, die Schreie zu unterdrücken, die aus meinem Inneren herausbrechen wollten.

Ich atmete tief ein und hoffte, dass die Luft in meiner Lunge die Pein etwas lindern würde.

»Denk darüber nach, Mila. Denk daran, wie deine Pussy

meinen Finger in dich gesaugt hat, wie dein Körper die Kontrolle übernommen hat.«

Ich schüttelte den Kopf, wollte nicht zulassen, dass seine Worte mich daran erinnerten, wie es sich anfühlte – die Verwirrung, Freude an etwas zu empfinden, von dem ich gedacht hatte, dass ich es nicht wollte.

Es gab ein Rauschen in der Luft, einen Schlag mit Leder und die Qualen einer verletzten Haut, die bis in die schmerzenden Knochen brannte.

Saint beugte sich hinunter, seine Lippen schwebten über der Seite meines Gesichts. »Ich kann das stundenlang tun«, sagte er sanft. »Je mehr deine Haut für mich leuchtet, desto härter wird mein Schwanz.« Er strich mit seiner Handfläche über meinen Hintern, seine Berührung stach, als ob Nadeln in meine Haut eingedrungen wären.

Ich schloss die Augen, als er sich aufrichtete, biss mir immer noch auf die Zunge und erwartete den nächsten Hieb. Aber stattdessen zog er das grausame Leder zwischen meinen Beinen hoch, über meine Pobacken.

»Ich frage dich jetzt noch ein letztes Mal. Wie hat es sich angefühlt, als du um meinen Finger gekommen bist?«

Jeder Muskel in meinem Körper war angespannt und je mehr er mit seinem Folterinstrument über meine Haut strich, desto mehr war ich davon überzeugt, dass ich nicht mehr aushalten würde. Ich konnte nicht.

»Gut«, flüsterte ich mit zittriger Stimme.

»Lauter.«

Ich umklammerte die Laken fester. »Es fühlte sich ... gut an.«

»Lauter!« Sein Gürtel sauste hart und schnell herunter, eine strenge Bestrafung, die mich meinen Rücken durchbiegen ließ.

»Gut!«, schrie ich. »Es hat sich gut angefühlt.«

»Na also. War das so verdammt schwer?«

Erneut kroch die Demütigung über meine Wangen und brannte heißer als das versengte Fleisch meines Hinterns.

Ich vernahm das deutliche Geräusch der Gürtelschnalle, als sie auf den Boden traf. Ein Wimmern entrang sich meiner Kehle, als er mir zwischen die Beine griff und meine Klitoris mit seinen Fingern massierte. Vergnügen begann, durch den Schmerz zu sickern, das Verlangen löschte das Brennen auf meinem Fleisch, nur um es in meinem Bauch erneut zu entzünden.

»Siehst du? Deine Pussy mag meine Berührung.« Seine weichen Lippen legten sich auf meine gepeinigte Haut und ich erschauderte, als er mit seiner Zunge an meinem Hintern entlangfuhr, die Seite meines Oberschenkels hinunter.

Runde für Runde umspielte er mit einem Finger meinen Kitzler und weckte eine Reihe von lüsternen Bedürfnissen, von denen ich nie gedacht hätte, dass ich sie haben würde. Meine Hemmungen verschwanden mit jedem fachmännischen Streichen seiner Finger, Schmerz und Vergnügen verschmolzen miteinander und trieben mich höher und höher.

Ich hatte keine Kontrolle darüber. Wie letzte Nacht übernahm mein Körper und ich begann, mich verzweifelt und sehnsuchtsvoll auf der Decke zu winden.

Die Matratze senkte sich und seine nackten Schenkel berührten meine, als er sich zwischen meine Beine schob. Ich spürte nicht mehr die Hitze meines flammenden Fleisches oder die hinterlassene Qual seines Gürtels, sondern einen alles verzehrenden Schmerz nach Erlösung, mich von der Spannung zu befreien, die meinen Körper in zwei Teile zu zerreißen drohte. Ich wusste nicht, was vor sich ging oder warum ich mich für einen verdammten Orgasmus interessierte, wenn er mich doch einfach ausgepeitscht hatte, als wäre ich nichts weiter als ein bockiges Kind gewesen. Ich wusste nur, dass ich mehr wollte. Ich wollte nicht nur, dass meine Haut brannte, ich wollte, dass sich mein Körper in nichts als Asche verwandelte.

Er umfasste meinen Hintern, nahm das Fleisch zwischen seine Hände und spreizte meine Pussy weit. Meine Fingernägel drückten sich durch die Laken, als ich seinen Atem an meiner

Hitze spürte, die warme Luft, die mein empfindliches Geschlecht streifte.

»Wo ist denn jetzt dein Kampf, Mila?« Er schob sich tiefer zwischen meine Beine, bis ich sie nicht mehr weiter auseinanderbekam. »Ist er so schnell gestorben? So verdammt leicht?«

»Fick dich«, flüsterte ich, aber er hörte mich laut und deutlich und ich zuckte zusammen, als seine grausame Hand hart auf meiner Pobacke landete. Doch es war bei Weitem nicht so schmerzhaft wie sein Gürtel.

»Spricht man so mit seinem Mann?«

Ich warf einen Blick über meine Schulter. »Behandelt man so seine Frau?«

»Wenn sie es verdient hat.«

»Ich habe nur getan, was du mir gesagt hast. Ich habe ihnen *gezeigt,* dass ich dich begehre, wie eine Frau ihren Mann begehren sollte. Und jetzt bestrafst du mich dafür?«

»Verarsch mich nicht. Das war ein beschissener Pisswettbewerb für dich.«

»Und wie nennst du das hier?« Ich schluckte. »Ist das nicht deine Art, mir zu zeigen, dass du mich kontrollierst? Um mir zu zeigen, dass ich dir gehöre?«

»So zeige ich dir, dass du mich nicht verarschen und nie vergessen sollst, wer oder was ich bin.«

»Ein Ungeheuer?«

Saint erhob sich auf die Knie und ich stieß die Luft aus, als er die Spitze seines Schwanzes an meinem Arsch auf und ab bewegte. »Ich bin das Monster, nach dem deine Pussy weint, *Segreto.*«

Er stieß mit seinem Ständer an meinen Eingang und mein Körper machte sich bereit, ihn aufzunehmen. Es schmerzte, gedehnt und gefüllt zu werden, wie ein Juckreiz, der verzweifelt gekratzt werden wollte. Die Sache fing an, mir den Kopf zu verdrehen, mein Verstand war ein Durcheinander von Gedanken, die keinen Sinn ergaben. Ich konnte nicht klar denken, während er seinen Schwanz zwischen meinen Beine hielt, und ich wartete auf den Moment, in dem er in mich stoßen würde. Aber er tat es nicht. Er reizte mich einfach weiter, ließ seine Härte an meiner feuchten Spalte auf und ab gleiten.

Ich drückte mich nach unten, eine unwillkürliche Bewegung eines Körpers, der in zwei Hälften zu zerbrechen drohte, sollte er nicht von dem pochenden Schmerz befreit werden.

»Sieh dir das an.« Er klang amüsiert. »Erst wehrst du dich gegen mich und jetzt willst du meinen Schwanz?«

»Darauf läuft es doch ohnehin hinaus, oder? Du fickst mich.«

Er bewegte sich und sein Ständer war weg, dieses Mal wollte ich noch lauter schreien als vorhin, während er mich ausgepeitscht hatte.

Saint kniete sich vor mir auf das Bett, seine Länge war hart und geschwollen. Er nahm mein Kinn in seine Hand und zwang mich, zu ihm aufzuschauen. Dunkle Pupillen und vereiste Iriden waren schwer vor Lüsternheit, bösartiges Verlangen wirbelte in den schieferfarbenen Kreisen. »Auch wenn die Vorstellung, deine Pussy um meinen Schwanz zu spüren, sehr verlockend ist, denke ich, dass dein schmutziges kleines Mundwerk zuerst gefickt werden muss.«

Es gab keine Vorwarnung, als er sich an der Barriere meiner Lippen vorbei in meinen Mund schob. Er ließ mir keine Zeit, mich darauf einzustellen, keine Zeit, mich vorzubereiten, als er mein Haar am Hinterkopf festhielt und mich zwang, jeden Zentimeter von ihm bis zum Anschlag aufzunehmen. Ich würgte, meine Augen tränten und Spucke lief mir aus dem Mund. Ich versuchte, ihn wegzustoßen, aber er ließ mich los, um meine Handgelenke zu packen und sie auf beiden Seiten von sich nach unten zu drücken.

»Wenn du nicht kotzen willst, hör zu würgen auf und fang zu saugen an.« Er zog sich zurück, stieß wieder zu und erreichte den hinteren Teil meiner Kehle. Ich hatte keine andere Wahl, als mit meiner Zunge über seine Länge zu streichen. Meine Wangen wurden hohl und ich versuchte, meinen Kiefer zu lockern, um ihm besser entgegenzukommen. Aber er war zu hart, zu rau, als er weiter in mich drang. Sein Geschmack breitete sich in meinem Mund aus, füllte jeden Winkel und liebkoste jede Geschmacksknospe. So abscheulich der Akt auch war, sein Geschmack war das genaue Gegenteil und er setzte sich mit glühender Hitze in meinem Inneren fest. Ich leckte mit meiner Zunge über seine Spitze, bevor ich sie darum kreisen ließ.

Ein Stöhnen entrang sich seiner Brust, ein tiefes, gutturales Knurren, das aus seiner Kehle widerhallte. Das Geräusch sorgte erneut dafür, dass ich mich wand, und die Seidenlaken schmiegten sich weich an mein ziehendes Geschlecht. Je länger er in meinem Mund blieb, desto heftiger versuchte ich, meinen Körper an der Matratze zu reiben.

Saint ließ mein Handgelenk los und griff wieder nach meinem Haar. »Willst du sehen, wie es ist, jemanden tatsächlich zu markieren, Mila?«

Er legte seine Finger um seinen Schaft und wichste im Rhythmus meines Munds. »So markiert man jemanden.« Er kam, hart und heftig, Schübe seiner Erlösung strömten in meinen Rachen und ich war gezwungen, sie zu schlucken. Der Akt, den ich immer als ekelhaft und erniedrigend empfunden hatte, ließ mich plötzlich meinen Körper wiegen und meine Hüften bewegen, auf der Suche nach meiner eigenen Erlösung. Es war eine Qual, seine Lust auf meiner Zunge zu schmecken, während das Verlangen zwischen meinen Beinen pochte.

Saint stöhnte laut auf und sog die Luft durch seine Zähne ein, ließ seinen Schwanz noch einige Male in meinen Mund gleiten und stellte so sicher, dass ich auch den letzten Tropfen seines Orgasmus kostete. Er zog sich zurück und lehnte sich nach hinten, Spucke baumelte von meinem Kinn herunter. »Gott, was für ein Anblick du bist, wenn du mein Sperma in deinem Mund hast.«

Er beugte sich vor und drückte mir einen Kuss auf die Stirn. »Hast du Sehnsucht nach mir?«

»Ja«, hauchte ich. Es hatte keinen Sinn, es zu leugnen. Ich war nicht mehr stark genug, um dagegen anzukämpfen.

»Möchtest du für mich kommen?«

Ich nickte, meine Lider fielen zu.

»Nimm die Hände auf den Rücken«, flüsterte er und ich gehorchte bereitwillig.

Saint stand auf, während ich in die Matratze sank, dann fesselte er meine Handgelenke mit seinem Gürtel, ich war zu erschöpft und wund, um mich zu wehren. Alles, was mir wichtig war, war, Erleichterung zu finden. Alles, was ich wollte, war, über den Rand gestoßen zu werden.

Er zog den Gürtel fester. Das Leder biss in meine Haut und er beugte sich über mich, seine Lippen schwebten über meiner Wange. »Ich werde dich kommen lassen. Doch zuerst möchte ich, dass du hier liegst und an all die Momente denkst, als du dich mir widersetzt hast, gegen mich gekämpft hast, mich nicht respektiert hast«, sagte er durch zusammengebissene Zähne hindurch, »und dann möchte ich, dass du entscheidest, ob es das *wirklich* wert gewesen ist.«

Nein. Nein. Nein.

»Saint, was machst du da?«

Ich zerrte an den Fesseln, aber er richtete sich mit einem Glitzern böser Absicht in den Augen auf. »Ich musste deine Arme fesseln, um dafür zu sorgen, dass du es nicht selbst zu Ende bringst.« Er schenkte mir ein verschlagenes Grinsen. »Benimm dich, solang ich weg bin.«

»Saint, bitte.«

Er zog seine Hose an und zwinkerte mir zu, bevor er hinausging und die Tür hinter sich schloss. Ich rief ihm nach, schrie seinen Namen, aber er ignorierte mich, als wäre ich ein Niemand.

Ich wand mich. Ich wackelte hin und her. Ich spannte meine Hüften an, weil ich verzweifelt nach Erlösung suchte. Aber ich konnte nicht. Mein Körper brauchte mehr – so viel mehr als nur ein beschissenes Seidenlaken.

Erschöpft und müde, jeder angespannte Muskel kurz davor, zu zerreißen, vergrub ich mein Gesicht in der Matratze. Ich versprach mir, nicht mehr zu weinen. Ich schwor mir, ihm nie wieder eine Träne zu gönnen, doch ich konnte es nicht verhindern. Der Schmerz war zu groß … also weinte ich.

KAPITEL 20

Saint

Ich schenkte mir ein Glas Bourbon ein und schnippte mit den Fingern in Richtung eines Angestellten, um Anetes mit Lippenstift beschmutztes Cocktailglas entfernen zu lassen. Nach diesem Morgen war ich mir hundertzehnprozentig sicher, dass Mario niemals wieder den Fehler machen würde, Anete – oder sonst jemanden – ohne meine Erlaubnis zu einem unserer Treffen mitzubringen. Ich hatte ihm mehr als nur meine Meinung mitgeteilt und ihn daran erinnert, wie wichtig Diskretion war, wenn es um meine Geschäfte ging. Ohne meine großzügigen Gehaltsschecks jeden Monat hätte Mario nicht einmal einen Eimer, in den er pissen könnte.

Anete war es nicht wert, als Komplikation bezeichnet zu werden, aber die Art und Weise, wie Mila sich verhalten hatte, wie sie eine komplette Kehrtwendung gemacht und mich geküsst hatte, als wäre ich die Luft gewesen, die sie gebraucht hatte – nun, *das* war eine Komplikation. Und eine, die ich mir nicht leisten konnte.

Ich hatte die Verzweiflung auf ihrer Zunge schmecken, ihr Verlangen auf ihren erhitzten Lippen spüren können. Innerhalb von fünf Sekunden war es stark genug gewesen, um mich in den Wahnsinn zu treiben, und mein Schwanz war fast bereit gewesen, aus meiner gottverdammten Hose gerissen zu werden. Es hatte mich den letzten Rest an Selbstbeherrschung gekostet, sie nicht auf der Stelle vor Mario und seiner Schlampe von Tochter zu ficken. Und *das* war es gewesen, was mich so wütend gemacht hatte – die Tatsache, dass Milas Kuss, ihr kleiner Akt der Eifersucht, stark genug gewesen war, um mich vor den Augen anderer die Beherrschung verlieren zu lassen. Und dafür hatte man ihr eine Lektion erteilen müssen. Sie musste endlich begreifen, dass sie die Konsequenzen zu tragen hatte, wenn sie mich auch nur so ansah, dass ich die Kontrolle verlieren wollte. Für einen Mann bedeutete Kontrollverlust Schwäche. Als Russo bedeutete Schwäche eine Niederlage. Besonders jetzt, da ich so kurz davor war, zu bekommen, was ich wollte.

Ich nahm einen Schluck von dem Bourbon und fühlte mich noch lang nicht gesättigt. Obwohl ich gerade in Milas Kehle gekommen war, pochte mein Schwanz immer noch und sehnte sich danach, zu spüren, wie sich ihre inneren Wände um ihn schlossen. Und zu wissen, dass sie in meinem Schlafzimmer war, gefesselt und nach mir verlangend, machte mich wahnsinnig. Nicht einmal das Brennen des Alkohols konnte das kochende Blut in meinen Adern beruhigen.

Sie versuchte, sich unschuldig und unbedarft zu geben, aber ich sah die Dunkelheit in ihren Augen. Ich sah ihr Bedürfnis, loslassen zu wollen und der Verruchtheit unserer ursprünglichsten Instinkte zu erliegen. Wir waren alle Tiere, geboren und großgezogen, um zu ficken. Das Streben nach Vergnügen war der stärkste biologische Antrieb der Welt. Es manipulierte uns, kontrollierte uns und diktierte uns jede Entscheidung. Doch wenn man einmal die fleischlichen Freuden gekostet hatte, frei von den Beschränkungen, die die Gesellschaft einer so natürlichen Sache wie dem Sex auferlegt hatte, gab es kein Zurück mehr. Während Mila dagegen ankämpfte, nahm ihr Körper es an – weshalb ich sie an den

Rand gedrängt und an der Kante festgehalten hatte. Jetzt lag es an ihr, den letzten Schritt zu tun.

»Wie ist das Treffen mit Mario gelaufen?«

Ich wandte mich zu Elena um, die auf einem der Drehstühle an der Bar Platz nahm. »Gut.«

»Hat er genug Zeit, um alles vorzubereiten?«

Ich zuckte mit den Schultern. »Ja.« Bewusst hielt ich meine Antworten simpel, in der Hoffnung, dass Elena kein Gespräch beginnen würde.

»Hast du mit Mila gesprochen?«

Gottverdammt. »Worüber?«

»Über das, was als Nächstes passieren wird.«

Ich kippte den letzten Schluck meines Drinks hinunter und stellte das leere Glas auf den Tresen. »Noch nicht.«

»Marcello, du musst es ihr sagen.«

»Das werde ich.«

»Wann?«

»Bald.«

Elena stand von ihrem Sitz auf, als ich versuchte, wegzugehen, und stellte sich mir in den Weg. »Sie braucht Zeit, um sich auf das vorzubereiten, was passieren wird.«

Ich presste meine Kiefer zusammen. »Das weiß ich.«

»Dann solltest du es ihr lieber früher als später erzählen. Du hast ihr schon genug zugemutet. Das Mindeste, was du tun kannst, ist, ihr das Überraschungsmoment zu ersparen.«

Meine Augen zusammenkneifend, legte ich den Kopf schief, während ich Elena verwundert musterte. »Du hast sie lieb gewonnen, nicht wahr?«

»Sie hat ein gutes Herz. Und allein die Tatsache, dass sie noch nicht zusammengebrochen ist, nach allem, was du ihr angetan habt, sagt viel über sie aus.«

»Du tust so, als hätte ich sie durch die Hölle gezerrt.«

»Hast du nicht?«

»Ich denke, unter diesen Umständen war ich mehr als nachsichtig mit ihr. Die Frau hat nichts anderes getan, als mich respektlos zu behandeln und mir bei jeder Gelegenheit zu trotzen.«

Elena verschränkte die Arme und zog eine Augenbraue hoch. »Habe ich sie deshalb vorhin in deinem Schlafzimmer schreien gehört? Weil du *nachsichtig* mit ihr warst?«

»Sei vorsichtig, Elena«, zischte ich. »Es gibt eine Seite an mir, die du noch nicht kennengelernt hast, und ich möchte, dass das so bleibt.« In meinen Worten schwangen die feurigen Dolche der Warnung mit und meine Schulterblätter spannten sich an.

Elena starrte mich mit einem schüchternen Gesichtsausdruck an. Wie weit würde ich meine Tante gehen lassen? Wie weit würde ich sie mich herausfordern lassen, bevor ich sie endlich in die Schranken weisen würde? Ich liebte und respektierte sie. Sie war den größten Teil meines Lebens das gewesen, was für mich einer Mutter am nächsten kam. Aber es gab eine gewisse Grenze in unserer Beziehung, eine Grenze zwischen mir, dem Erstgeborenen der Russos, und ihr, einer Frau, die nicht den gleichen Namen trug. Es war eine Grenze, deren Überschreitung ich ihr nicht gestatten würde. Niemals.

Sie setzte sich wieder an die Bar. »Ich denke, du solltest es ihr sagen.«

Frustriert rieb ich mir den Nacken. »Was genau soll ich ihr sagen?«

»Den wahren Grund, warum du ihre Anteile willst.«

»Warum sollte ich das tun?«, gab ich spöttisch zurück.

»Wenn sie die Wahrheit wüsste, wäre sie vielleicht nicht so hin- und hergerissen zwischen dem Kampf gegen dich und der Akzeptanz deiner Person.«

Mit einem Finger fuhr ich mein Kinn entlang und kratzte über meinen Bartschatten. »Sie kann gegen mich kämpfen, so viel sie will. Sie wird nicht gewinnen.«

»Ich mache mir keine Sorgen darüber, dass sie gewinnen könnte, Marcello.«

»Worüber machst du dir dann genau Sorgen?«, schnauzte ich sie an, aber sie zuckte nicht einmal mit der Wimper.

»Dass Mila bei lebendigem Leib gefressen wird, weil du sie unbewaffnet in die Höhle des Löwen geschickt hast.«

Um uns herum herrschte eine bedrohliche Stille, wie in den letzten Sekunden, bevor der Timer einer tödlichen Bombe ablief. Die Last auf meinen Schultern verdoppelte sich, als Elenas Worte wie ein Feueralarm in meinem Kopf ertönten. Aber ich konnte nicht zulassen, dass sie mich beeinflussten. Es stand zu viel auf dem Spiel und ich durfte nicht vergessen, worauf es ankam – und das war die Verwirklichung dessen, was ich mir an dem Tag vorgenommen hatte, an dem ich das Haus meines Vaters verlassen hatte.

Ihn zu vernichten.

Mit der Hand wischte ich mir über das Gesicht und richtete mich mit neuer Entschlossenheit auf. »Ich habe keine Zeit für so etwas. Was auch immer in deinem Kopf vorgeht, was auch immer dir deine Karten zeigen, lass mich dich daran erinnern, dass Mila nur ein Mittel zum Zweck ist.«

»Im Moment.«

»Nicht«, warnte ich sie, aber Elena starrte mich weiterhin mit strahlenden Augen an, als ob sie alle Weisheiten der Welt in sich tragen würde.

»In der Vergangenheit wurden große Kriege geführt, Kriege, die wegen einer Frau begonnen haben. Am Ende blieb immer eine Frage offen.« Sie legte die Hände in den Schoß und verschränkte die Finger miteinander. »Ist sie es wert gewesen?«

Ich sog die Luft durch die Zähne ein, ihre Botschaft war laut und deutlich zu hören. Aber ich weigerte mich, mich davon aus der Ruhe bringen zu lassen und das Ziel aus den Augen zu verlieren, das ich seit dem Tag, an dem ich der Villa meines Vaters den Rücken gekehrt hatte, verfolgte. »Ich habe ein Gelübde abgelegt, ein Versprechen, aufgrund dessen ich diesen Krieg begonnen habe. Und so wahr Gott mein Zeuge ist, ich werde ihn gewinnen, *sie* wird jeden Tropfen Blut wert sein, das an meinen Händen kleben wird. Und Mila«, ich legte den Kopf schief, verhärtete meine Miene, »sie ist nichts anderes als die Waffe, mit der ich meinem Feind die Kehle durchschneiden werde.«

Die Wut verbrannte meine Zunge und machte sich in meinen Knochen breit, als ich mich umdrehte und davonstapfte. Wenn ich jetzt nicht wegging, wäre Tante Elena auf der Empfängerseite – etwas, was sie nicht verdiente, auch wenn sie innerhalb von zehn Minuten alle falschen Knöpfe gedrückt hatte. Aber ich kannte sie, ich kannte ihr Herz. Sie war aus denselben Gründen bei diesem Plan dabei wie ich, doch es schien, dass Mila ihr unter die Haut gegangen war. In gewisser Weise fragte ich mich, ob sie nicht die Tochter in ihr sah, die sie nie gehabt hatte, wenn sie Mila anschaute. Ich hatte Verständnis dafür. Keine Frau sollte die Last tragen, ihre biologische, gottgegebene Gabe, ein Kind zu gebären, nicht erfüllen zu können.

Es beruhigte mich ein wenig, über die Quelle von Elenas Beweggründen nachzudenken.

Meine Schritte hallten im Flur wider. Die Tatsache, dass Mila auf mich wartete, gefesselt und immer noch verlangend, erregte mich. Und doch konnte ich den Hauch von Reue nicht unterdrücken, der sich in meine Brust zu drängen versuchte. Ich hatte mich in ihr verloren. Die Kontrolle verloren und nur noch an meine lasterhaften Begierden gedacht, ohne Rücksicht darauf, dass sie anders war als all die Frauen, mit denen ich zusammen gewesen war. Ich mochte es sogar. Ich mochte die Vorstellung, dass sie unschuldig und unverdorben war, dass ich sie verdrehen und beflecken konnte.

Als ich mein Zimmer betrat, begegnete ich ihrem wunderschönen Anblick, gefesselt und verlangend, genau so, wie ich sie verlassen hatte – die Beine gespreizt und das Kleid um ihre Taille gebauscht.

Milas Kopf ruckte hoch und sie schaute halb über ihre Schulter zu mir. »Bist du hier, um mich noch mehr zu quälen?«

Ich grinste. »Du gibst also zu, dass es Folter ist, wenn ich dich nicht ficke?«

»Ich würde ja sagen, fick dich, aber ich bin gerade nicht in der Stimmung für Ironie.«

Ich trat näher heran, die Striemen auf ihrer Haut hoben sich überall auf ihrem Hintern rot ab. Erneut durchfuhr ein Hauch von Reue meine Brust, ein unwillkommenes Gefühl, das mich wünschen ließ, ich hätte die Flasche Bourbon mitgebracht.

Es war nicht meine Art, auf die hinterlassenen Spuren meiner Hand oder Peitsche auf dem Körper einer Frau zu starren und von einem schlechten Gewissen geplagt zu werden. Es war zermürbend. Reue war etwas, was ich nie empfand, und das aus gutem Grund. Reue war nichts anderes als ein Dorn, der aus der Wurzel von Schwäche entsprang und der, wenn er einmal zu wachsen begonnen hatte, nie wieder damit aufhören würde – nicht, bevor er sich mit tausend Stacheln unter deine Haut gegraben hatte.

Trotzdem fühlte sich meine Brust schwer an und ich schnappte mir ein nasses Handtuch zusammen mit etwas Aloe Vera, setzte mich vor sie und griff nach ihrem Gesicht.

Sie zuckte zurück. »Was machst du da?«

»Lieg still.«

Wachsame Augen starrten mich an, blutunterlaufen und rot vom Weinen, ihre Wangen mit Tränenflecken verschmiert. Poetische Schönheit, das waren sie – die Tränen einer starken Frau. Nach allem, was geschehen war, hatten ihre Augen dennoch nichts von ihrer Ausstrahlung eingebüßt. Die Farbe ihrer Iriden war so auffällig wie die ersten Blätter des Frühlings, so stark wie der exotische Reiz einer Amazone. Ich dachte nicht, dass irgendetwas auf der Welt sie ruinieren könnten, dass sie ihren Glanz verlieren könnten. Nicht einmal durch mich.

Die ganze Zeit über sah sie mir dabei zu, wie ich ihr die klebrigen Rückstände meiner Erlösung von der Wange wischte. Wie um zu beweisen, dass ich ein kranker Wichser war, wurde mein Schwanz bei dem Gedanken an mein Sperma auf ihrem Gesicht hart, doch das unerbittliche Stechen in meiner Brust blieb. Ich hasste es und zog die Dunkelheit, nichts zu fühlen, vor.

Ich tupfte mit dem Handtuch über ihren Mund, ihre Lippen waren leicht geöffnet. Erst dann sah ich das winzige Bisschen an getrocknetem Blut in ihrem Mundwinkel und ich erstarrte, als mir ein Schauer über den Rücken lief.

Schalte es aus.

Ignoriere es.

Fühle. Gar. Nichts.

Ohne ein Wort zu sagen, stand ich auf, damit ich mich um die verbrannte Haut an ihrem Hintern kümmern konnte, und rieb eine ordentliche Menge an Salbe auf das geschundene Fleisch. Sie zuckte zusammen und ihr Körper spannte sich an, die Ketten um ihre Knöchel strafften sich. Das Anständigste wäre wahrscheinlich gewesen, sie loszubinden, aber ich konnte mich nicht dazu durchringen. Ich liebte es, sie so zu sehen – das Blut auf ihrer Lippe war dank ihres erotischen Anblicks vergessen. Und während ich vorsichtig ihren Po massierte und zusah, wie die Creme in ihre wunde Haut einzog, verspürte ich den Drang, der Leinwand unvollkommener Perfektion weitere purpurne Linien hinzuzufügen. Mit jeder Streicheleinheit meiner Finger wurde ihr Atem schwerer, ihre Hüften beugten sich mit subtilen Bewegungen.

Ich lächelte. »Wie ich sehe, will dein Körper immer noch das, was ich dir verweigert habe.«

»Für dich bin ich vielleicht nichts weiter als eine Unterschrift auf der Urkunde einer Scheinehe, aber ich bin immer noch ein Mensch.«

Der Spott in ihrer Stimme amüsierte mich. Nicht einmal meine Peitsche oder meine Weigerung, sie kommen zu lassen, konnten sie von ihrem Starrsinn abbringen. Ich fragte mich, ob ich ihre Widerstandskraft belohnen sollte, anstatt ihren Trotz zu bestrafen.

Ich wischte mir die Hände ab und holte eine Flasche aus meiner Nachttischschublade.

»Was ist das?« Mila wälzte sich auf dem Bett herum und zerrte an dem Gürtel, der ihre Handgelenke auf dem Rücken fixierte.

»Massageöl. Ich muss zugeben«, ich platzierte mich am Ende des Bettes, während ich eine großzügige Menge Öl in meine Handfläche goss, ihre glitzernde Pussy wunderbar zur Schau gestellt, »ein Teil von mir fühlt sich schlecht, weil ich dich so verlassen habe.«

»Warum fällt es mir schwer, das zu glauben?«

Die Matratze gab unter meinem Gewicht nach, als ich mich hinkniete und zwischen ihren Beinen niederließ. »Ich mag ein Monster sein, ein Mörder«, ich fuhr mit meinen eingeölten Fingern über ihre Haut, von den Waden bis zu den Oberschenkeln, »aber ich bin kein egoistischer Liebhaber. Dir musste nur eine Lektion erteilt werden und nun, da diese vorbei ist«, ich umfasste ihren Hintern, »denke ich, dass du eine Belohnung verdient hast.« Ihr Rücken wölbte sich, als ich mit den Daumenkuppen über ihre empfindlichen Falten strich.

Ich sog scharf die Luft ein, als sie sich nach unten drückte, ihren Hintern anhob und sich mir noch weiter öffnete, sodass ich mit dem Daumen von ihrem Arsch zu ihrem Kitzler und wieder zurück streichen konnte.

»Es ist ein ziemlicher Wahnsinn, nicht wahr? Mich zu hassen und sich doch nach meiner Berührung zu sehnen.«

»Ich hasse dich nicht.«

Ihre Worte überraschten mich, ich verstummte.

»Du stehst nicht auf der Liste meiner Lieblingsmenschen, aber ich hasse dich nicht.«

Der Gedanke, dass sie mich nicht verabscheute, beunruhigte mich auf eine Art und Weise, wie ich es noch nie erlebt hatte, und ich mochte es nicht. Ich mochte es nicht, wie es mein Inneres verdrehte, als wäre ich in Stacheldraht gefangen.

Ich fuhr fort, Mila zwischen ihren Beinen zu reiben, die

grauen Laken unter ihr waren bereits feucht von ihrer Erregung und mein Ständer war wieder hart und bereit. Jedes Mal, wenn ich an ihren Eingang stieß, zuckte mein Schwanz in dem Bedürfnis, in sie eindringen zu wollen, und an der Art, wie ihr Körper sich wand, wusste ich, dass sie hungrig danach war – gierig danach, gedehnt und gefüllt zu werden. Vielleicht war es die Schuld, wie ich sie vorhin behandelt hatte, wie ich sie unbefriedigt und verlangend zurückgelassen hatte, aber mein Bedürfnis, ihr Freude zu bereiten, überwog mein Bedürfnis, sie von innen spüren zu wollen.

Mit meinen gierigen Fingern streichelte ich über ihre nasse Spalte und widmete der empfindlichen Knospe, die sie schließlich zum Höhepunkt bringen würde, besondere Aufmerksamkeit.

»Saint, das ist nicht das, was ich will.«

Ich schmunzelte. »Dein Körper scheint da anderer Meinung zu sein.«

»Nein, ich meine ...«, sie sog den Atem ein, als ich hart gegen ihre Klitoris drückte, »ich meine, ich will deine Finger nicht.«

»Was willst du dann?«

Sie versuchte, einen Blick über die Schulter zu werfen, aber ihre gefesselten Handgelenke machten das zu schwierig für sie. »Ich will dich.«

Ich schob einen Finger in ihren Eingang und sie vergrub ihr Gesicht in den Laken. »Willst du damit sagen, dass du meinen Schwanz willst?«

»Ja«, hauchte sie und das Geräusch prallte gegen die Spitze meines Schwanzes. Vielleicht liebte ich dieses Spiel zu sehr. Vielleicht war das Spiel mit ihr zu unterhaltsam geworden, um aufzuhören. Zu sehen, wie sie sich wand, wie sie bettelte, wie sie ihren Kampf aufgab, um ihren verlangenden Körper zu befriedigen, war verdammt schön. Ich konnte einfach nicht aufhören.

Schneller, härter und mit kräftigen Stößen bearbeitete ich

ihr Geschlecht, ihr Keuchen verwandelte sich in laute Lustschreie, als ich sie zu dem Orgasmus trieb, den ich ihr lang genug verweigert hatte.

»Saint, nicht. Nicht so ...« Ihr Körper spannte sich an, ihr Hals wölbte sich und sie schrie auf, als sich ihre inneren Wände um meine Finger zusammenzogen. Ich kniete zwischen ihren Beinen und beobachtete, wie sich ihre Arschbacken anspannten und ihre Schenkel verkrampften, als der Höhepunkt ihren ganzen Leib durchzog. Ihre Arme zitterten, ihre Atemzüge waren laut und schwerfällig. Es war die erotischste Szene, die ich je erlebt hatte – sogar noch besser als die am Abend zuvor, als sie auf meinem Esstisch gekommen war.

Die letzten Zuckungen ihres Orgasmus verließen ihren zitternden Körper und sie sackte in die Matratze. Ich fuhr mit meinen nassen Fingern, die mit ihrer Erlösung bedeckt waren, ihre Schenkel hinunter und löste die Ketten um ihre Knöchel. Sie hatten rote Kreise aus gequältem Fleisch um ihre Füße hinterlassen und ich liebte den Anblick – der Beweis, wie abgefuckt ich wirklich war.

Ich stand auf, richtete meinen Ständer in der Hose und löste den Gürtel, den ich ihr um die Handgelenke gebunden hatte.

Sie erhob sich auf alle viere und ihre dunklen Locken umspielten ihr gerötetes Gesicht.

Ich grinste. »Fühlst du dich besser?«

Zornige Augen fixierten mich und ich könnte schwören, dass ich die Flammen der Hölle in ihnen brennen sah. »Jetzt hasse ich dich.«

KAPITEL 21

Mila

Hass war ein starkes Wort. Mutig. Mächtig. Und in diesem Fall ... eine Lüge. Jedoch war mir kein anderes Wort eingefallen, um zu beschreiben, was ich fühlte. Während er weg gewesen war und den Bourbon getrunken hatte, den ich in seinem Atem hatte riechen können, als er mir das Gesicht gereinigt hatte, war ich hier unten in Agonie gefangen gewesen. Mein Körper war so verzweifelt gewesen, dass ich nicht hatte aufhören können, mein Geschlecht an den Seidenlaken zu reiben, was absolut nichts zur Linderung der Qual beigetragen hatte. Ich war wieder zehn Jahre alt gewesen und hatte gerade die Schönheit der Selbstbefriedigung entdeckt, ohne die Mechanik dahinter zu verstehen.

Die ganze Zeit über, in der ich dagelegen und gehofft hatte, dass er zurückkommen würde, hatte ich versucht, das Bild von Brads blutendem Körper auf einem weißen Plüschteppich heraufzubeschwören. Ich hatte versucht, mich daran zu erinnern, wie viel Angst ich gehabt hatte, als Saint mich aus dem Hotel gedrängt und mir gedroht hatte, ein Massaker anzurichten, sollte ich auch nur daran denken, wegzulaufen. Ich hatte die Angst wieder spüren wollen, die Panik, die Demütigung, die ich empfunden hatte, als er mich nackt den Flur hinunter und zum Duschen gezwungen hatte, während er zum Beobachten dabei gewesen war. Wenn ich mich an all diese Dinge hätte erinnern können, sie in den Vordergrund rücken können, dann hätte ich vielleicht auch aufhören können, darüber nachzudenken, wie sehr ich ihn in mir spüren wollte. Spüren, wie sein Körper meinen in einen Zustand der Euphorie versetzte, der mir die Luft zum Atmen nahm.

Doch egal, wie sehr ich auch versucht hatte, diese Gefühle in mein System zu zwingen, das Feuer, das er entfacht hatte, war zu stark gewesen, die Flammen zu heftig ... und es hatte nichts gegeben, was ich hätte tun können, um es zu löschen. Es war mir wie eineinhalb Tage vorgekommen, an denen ich mich nicht hatte bewegen können, während ich sein Sperma auf meiner Zunge geschmeckt und mir ausgemalt hatte, wie es sich anfühlen würde, endlich vollkommen befriedigt zu sein. Und als er zurückgekommen war, hatte er mich nur mit der Spitze des Vergnügens gereizt. Man könnte es damit vergleichen, einem Fleischfresser Tofu vorzusetzen, um sich davon zu ernähren.

Ich stand auf und schob das Kleid von meinen Hüften herunter, um mich zu bedecken, von meinem Slip war nirgendwo etwas zu sehen. Saint starrte mich mit einem Ausdruck fassungsloser Überraschung sowie Skepsis an. »Wie bitte?«

»Ich hasse dich, verdammt noch mal«, spie ich ihm entgegen.

Seine Nasenlöcher blähten sich auf, sein Kiefer zuckte, aber das war mir egal. Es war mir egal, ob ich ihn wütend machte, seine verdammten Knöpfe drückte, bis er ausrastete und mir ins Gesicht schlug. Das wäre weit weniger schmerzhaft als das, was er mir gerade angetan hatte.

Saint hob einen einzelnen Finger vor sein Gesicht und ich kniff die Augen zusammen, da ich nur zu gut wusste, welcher gottverdammte Finger das war.

Aufgebracht stemmte ich meine Hände in die Hüften.

»Mein Mund ist also gut genug für deinen Schwanz, aber meine Pussy nicht?«

»Mein Gott«, murmelte er und fuhr sich durch sein Haar, das ein Durcheinander perfekter Unordnung war. Vielleicht wäre die passendere Formulierung gewesen: *Ich hasse mich selbst.*

Ich hasste mich dafür, dass ich nachgegeben hatte.

Ich hasste mich dafür, dass ich dem Teufel erlaubt hatte, mich zu verführen.

Ich hasste mich dafür, dass ich ihn nicht verabscheute.

Und vor allem hasste ich mich selbst, weil mir gefiel, was er mit mir getan hatte. Mir gefiel sein Gürtel auf meinem Hintern. Seine demütigenden Worte. Sein Schwanz in meinem Mund. Mir gefiel die Freiheit, endlich die Mauern niederzureißen und die Dunkelheit hereinzulassen. Aber ich hasste die Tatsache, dass es Saint sein musste. Dass es dieser Mann sein musste, den ich hassen sollte. Vor dem ich weglaufen sollte.

Saint warf seinen Gürtel quer durch den Raum. »Sei dankbar, dass ich dir erlaubt habe, zu kommen.«

»Dankbar?« Ich schnaubte. »Für was? Auf der dritten Base zu kommen? Zum zweiten Mal?«

Er biss sich auf die Lippe, sein Kiefer zuckte erneut, während er sich den Nacken rieb und die Adern in seinen Armen hervortraten. »Geh unter die Dusche. Jetzt.«

»Weißt du, ich glaube nicht, dass ich eine Dusche brauche, da du mir schon dein Sperma aus dem Gesicht gewischt hast.« Ich zuckte mit den Schultern. »Aber weißt du was, ich verstehe es. Ich sollte dir wahrscheinlich dankbar sein. Du bist es gewohnt, Frauen wie Anete zu ficken. Hübsche kleine Prominente mit verwöhnten kleinen Einhorn-Vaginas. Es gibt keinen Grund, warum du mit einer Frau wie mir zusammen sein wollen würdest – einer Frau, die nur gut genug ist, um deinen Schwanz zu lutschen und für sonst nichts.«

Ich drehte mich auf dem Absatz um, der Rock meines Kleides wippte um meinen Hintern herum, als Schmerz meinen Arm hinaufschoss. Saint hatte meinen Ellenbogen gepackt und wirbelte mich nun herum. Er trieb mich grob nach hinten und ich schlug mit dem Rücken gegen die Wand, sein wilder Blick bohrte sich in meinen. »Du denkst, ich habe dich nicht gefickt, weil du nicht gut genug bist?«

»Vielleicht. Und jetzt lass mich los.« Ich stieß gegen seine Brust und versuchte, ihn wegzuschieben. Aber er bewegte sich keinen Zentimeter. »Lass mich los!« Kurzentschlossen packte ich den Stoff seines Hemdes und riss es in der Mitte durch, Knöpfe klapperten auf dem Boden. Gott, ich war so wütend, frustriert, und wahrscheinlich konnte ich nicht mehr klar denken. Vielleicht fühlte sich das Stockholm-Syndrom so an. Etwas, was man sich nicht erklären konnte, irgendeine seltsame Scheiße, die einen dazu brachte, Dinge zu tun, die man normalerweise nicht tun würde. Wie den Teufel zu provozieren.

Saint legte den Kopf schief. »Nicht gut genug? Das ist so ein gottverdammtes Klischee, da hättest du dir wenigstens etwas Besseres einfallen lassen können.«

»Was? Beispielsweise, dass *du* vielleicht nur Angst hast, nicht gut genug zu sein.« Ich brachte mein Gesicht näher an seins heran. »Vielleicht lässt du deshalb lieber deine Finger die Drecksarbeit für dich machen.«

Saints Blick flackerte vor Verärgerung, seine blauen Iriden färbten sich schwarz vor Lust und Wut, alles in einem Moment völliger Abgefucktheit. Seine Lippen prallten mit solcher Wucht auf meine, dass mein Kopf schmerzhaft gegen die Wand stieß.

Es blieb keine Zeit zum Nachdenken oder Reagieren, außer seinen Kuss zu erwidern. Unsere Zähne klapperten gegeneinander, unsere Lippen plünderten sich und in meinem Bauch loderte ein Feuer.

Eilig riss er sich das kaputte Hemd von der Brust und ich wollte ihn berühren. Ich wollte seine makellose Haut unter meinen Handflächen spüren, mit meinen Fingerspitzen seine definierten Muskeln und seinen Waschbrettbauch bewundern.

Aber er packte meine Handgelenke, hielt sie mit einer Hand über meinem Kopf fest und zog mit der anderen seine Hose mit einem rabiaten Ruck herunter. Ich schnappte nach Luft, weigerte mich aber, aufzuhören. Es war mir egal, ob ich an seinem Kuss erstickte oder unter seiner Berührung in Flammen aufging. Alles, was mir wichtig war, war, loszulassen und die Tatsache zu akzeptieren, dass ich vielleicht ... vielleicht genauso kaputt war wie er, denn alles, was ich wollte – nein, was ich verzweifelt brauchte –, war, dass Saint schmutziges Vergnügen in mich hineinfickte.

Mit einer drängenden Hand, die vom Rausch der Ekstase geführt wurde, die uns beide im Griff hatte, schlang er den Rock meines Kleides um meine Taille. Da presste ich mich bereits wieder gegen ihn, mein Körper war fertig und vorbereitet, kurz davor, in zwei Teile zu zerbrechen. Ich war nicht mehr das Opfer, dem Unrecht angetan worden war, oder das Mädchen, das entführt und um die halbe Welt geschleppt worden war. Ich war nicht mehr die zehnprozentigen Anteile, die er wollte, oder die Unterschrift auf einem gottverdammten Stück Papier. Ich war eine begierige Teilnehmerin, eine willige Sklavin der Hexerei seiner dunklen Berührung.

Saint biss mir auf die Unterlippe und der Geschmack meines eigenen Blutes explodierte in meinem Mund. Aber das war mir egal. Es tat nicht weh. Es fachte nur das Feuer an, die Flamme, die nur Sekunden davon entfernt war, mich zu verbrennen.

Er hielt inne, starrte auf das Blut an meiner Lippe und in seinen Augen blitzte der Durst nach Genuss auf, jede Linie in seinem Gesicht warf Schatten der Hemmungslosigkeit. Er beugte sich vor und leckte mir sanft das Blut von den Lippen. Mein Inneres wurde zu flüssiger Hitze und Erregung überzog die Innenseiten meiner Schenkel.

Als er seine Hüften gegen meine rollte, drückte seine verhärtete Länge gegen meinen verlangenden Kern und ich konnte ein verzweifeltes Stöhnen nicht unterdrücken. Er erwiderte es mit seinem eigenen und stieß erneut seinen Mund auf meinen. Nehmend. Behauptend. Fordernd.

Saint ließ meine Handgelenke los und griff mit ungeduldigen Fingern nach meinen Schenkeln, zwang mich so, sie um seine Taille zu schlingen. Meine Arme fielen um seinen Hals und ich atmete tief ein – sein Duft nach Macht und Sex, nach purem verdammtem Adrenalin, strömte aus seinen Poren.

Sein Ständer stieß gegen meinen Eingang und er knabberte wieder an meiner Lippe, seine Hände fest unter meinem Hintern platziert. »Das ist der Teil, bei dem ich dich frage, ob du dir sicher bist.« Mit seiner Nase stupste er in meine Wange und ich blickte ihn an, nichts als verdrehte Begierde und schmutziges Vergnügen schwammen in dem Meer seiner Augen. »Aber ich bin nicht die Art von Mann, die fragt.« Die Spitze seines Schwanzes drang in mich ein und ich legte meinen Kopf in den Nacken, während sich meine Lippen öffneten. »Ich nehme, verdammt noch mal.«

Mit einem harten, unnachgiebigen Stoß versenkte er sich in mir. Schmerz durchzuckte meine Wirbelsäule und Lust schoss bis in mein Innerstes hinunter. Bis zum Anschlag in mir, ließ er mir keine Zeit, mich an ihn zu gewöhnen, an das Gefühl, dass er mich bis zur Grenze des Erträglichen dehnte. Er zog sich zurück und stürzte sich erneut in mich.

»Ist es das, was du willst?«, presste er hervor, sein Gesichtsausdruck war so hart wie seine zermürbenden Stöße. »Willst du gefickt werden? Willst du diese süße kleine Pussy ruinieren?«

Ich konnte mich kaum festhalten. Ich konnte nicht einmal atmen, zu sehr war ich verzehrt und besessen von einer Art von Vergnügen, die ich noch nie zuvor gespürt hatte. Saint hatte meinen ganzen Körper unterworfen und ich war ihm nun völlig ausgeliefert.

Meine Arme rutschten von seinem Hals und er ließ meinen Hintern los, wobei er mich mit seinem Körper in Position hielt und meine Hände über meinem Kopf an die Wand nagelte.

»Ich schwöre bei Gott«, knurrte er, »du hältst besser deine Beine oben.«

Ich wimmerte, als sein Schwanz aus mir herausglitt, und mein Körper hasste sofort das leere Gefühl. Aber Saint stieß wieder zu, hart und tief. Er war nicht mehr so wild und als ich die Lider hob, sah ich die Anspannung in seinen Augen, die Art, wie sich sein Kiefer zusammenzog. Schweißperlen standen auf seiner Stirn und er biss sich auf die Lippe, seine Miene war eine Mischung aus Schmerz und Besessenheit. Gott, ich liebte das. Ich liebte es, ihm dabei zuzusehen, wie er um die Kontrolle kämpfte, denn das bedeutete, dass ich ihn dazu brachte, sie verlieren zu wollen.

Jeder Muskel in seinen Armen spannte sich an, während Saint meine Hände über meinem Kopf festhielt. Schweißtropfen rannen an seinem Hals hinunter und sammelten sich in den Vertiefungen seiner Schlüsselbeine, die olivfarbene Haut glänzte vor Anstrengung.

Ich schloss meine Lider. Die Lust, die er in mich rammte, ein unbändiger und doch kraftvoller Stoß nach dem anderen, katapultierte mich auf den Gipfel des Vergessens.

»Du siehst mich verdammt noch mal an, wenn du kommst.« Er spuckte jedes Wort aus, als ob es ihm auf der Zunge brennen würde. »Du wolltest gefickt werden, jetzt wirst du mir zeigen, wie du aussiehst, wenn du bekommst, was du willst.« Seine Stimme hatte das dunkle Timbre der Dominanz und ich öffnete meine Augen, starrte direkt in seine. Es gab keine Warnung, keinen Aufbau eines Crescendos. Saint packte mich nur fester an den Handgelenken, zog sich zurück, bis nur noch die Spitze seines Schwanzes an meinem Eingang war, und einem Donnergrollen gleich drang er wieder in mich ein. Ich schrie auf. Mein Orgasmus schlug gegen mein Innerstes, prallte an meinem Körper ab, krachte gegen jeden Knochen, bis ich ihn nicht mehr zurückhalten konnte und das Echo der Lust aus meinen Schreien herausbrach.

Saint setzte seinen rücksichtslosen Angriff fort, ein gnadenloses, unverzeihliches Sperrfeuer eines Mannes, der sich – wie er gesagt hatte – einfach nahm, was er wollte. Und ich gab es ihm ... bereitwillig.

Ich hielt meine Augen die ganze Zeit geöffnet und er seinen Blick auf mich gerichtet. Seine Nasenlöcher blähten sich, während er sich auf die Unterlippe biss, sein tiefes Keuchen erfüllte den Raum zwischen uns.

Das Vergnügen verweilte weiterhin in meinen Knochen. Es war wie Sex nach dem Sex, die bewusstseinserschütternde, körperzerstörende Ekstase wurde mit jedem seiner Stöße neu entfacht.

Ein Stöhnen entrang sich seiner Kehle in einem Tenor, der wie Schmerz und Vergnügen in einem klang. Er verstummte und ich spürte, wie sein Schwanz in mir zuckte und mich bis zum Rand mit seinem Höhepunkt füllte, ohne dass er auch nur mit der Wimper zuckte, während er mich anstarrte. Etwas Unheilvolles blitzte in seinen Augen auf und einen Moment lang machte es mir Angst. Ich wusste nicht, was mich erwartete oder was er als Nächstes tun würde, mein Inneres wand sich zusammen mit den Überresten meines Orgasmus sowie der Furcht, die sein Blick auslöste.

Ein paar Sekunden ohrenbetäubender Stille, dann passierte es. Saint schlug mir den Wind aus den Segeln ... indem er mich küsste, als würde es den Tod bedeuten, wenn er es nicht täte.

KAPITEL 22

Saint

Emotionen stürmten auf mich ein, als ich in ihr kam. Es verursachte einen beschissen großen Riss in meinen Mauern, die mich vor der Art von Gefühlen schützten, die einen Mann schwächten, seine Abwehr senkten und ihm die Verwundbarkeit verpassten, die sich ein Mann wie ich nicht leisten konnte. Es lief mir den Rücken hinunter, wie so viele ihrer Tränen meinetwegen über ihre Wangen gerollt waren. Es erdrückte meine Schultern mit dessen Gewicht, so wie ich Milas gesamte Existenz mit meiner eigenen Vendetta vernichtet und sie in eine Welt gezogen hatte, in der sie nicht sein wollte. So wie ich etwas fühlte, was ich nicht fühlen wollte. Etwas, was mich dazu brachte, sie mit mehr als Gleichgültigkeit zu betrachten. Etwas, was mich dazu brachte, die Stärke in ihren Augen zu erkennen, die Schönheit in ihrer Seele, die sogar über Schmerz und Tränen hinweg durchblitzte. Sie schwankte nie und saugte mich ein. Sie zog mich an, wie ein Dämon von einem Sünder angezogen wurde.

Anstatt mich aus ihr herausgleiten zu lassen, um die Verbindung zwischen uns zu unterbrechen, presste ich meine Lippen auf ihre, völlig ausgehungert nach ihrem Geschmack. Als ob es nicht genug gewesen wäre, sie wie ein Wilder gegen die Wand gedrückt zu ficken, wollte ich mehr. Ich wollte sie auf jede erdenkliche Art und Weise verzehren, sie ruinieren, damit sie nach mir niemand mehr haben konnte.

Ich ließ meine Zunge tief in ihren Mund eintauchen, leckte und erforschte ihn, als wäre er ein Schatz, den ich erst noch finden musste. Es gab so viele Dinge, die durch einen einfachen Kuss enthüllt werden konnten – und ich wollte alle davon entdecken. Ich wollte ihre Gedanken kennen, ihre Geheimnisse, in jedem Winkel ihres Mundes nach ihnen suchen.

Das Wimmern, das über ihre Lippen kam, verwandelte sich in ein Gewitter, das durch meine Seele tobte, und ich verstärkte meinen Griff um ihre Handgelenke, während ich sie fester zwischen meinen Körper und die Wand drückte. Es war zermürbend, wie sehr ich sie weiterküssen wollte, wie sehr ich sie nicht loslassen wollte. Je länger ich sie fühlte und schmeckte, desto mehr wollte ich.

Sie macht dich schwach.

Ich ergebe mich.

Du verlierst den Blick für das Wesentliche.

Tue ich das?

Sie wird dich verschlingen.

Das ist mir egal.

Halt!

Abrupt riss ich meine Lippen von ihren und zog mich zurück. Sie rutschte die Wand hinunter und stolperte auf ihre Füße.

Ihr Blick richtete sich überrascht auf mich, als sie ihre verletzte Lippe berührte. Es erinnerte mich daran, wie ihr Blut auf meiner Zunge geschmeckt hatte. *Pure Ekstase.* Es war, als hätte ich ihre Seele gekostet – rein und unbefleckt. Mein. Aber nur für sechs Monate. Danach würde sie gehen und in ihr eigenes Leben zurückkehren. Und, wie sie es so eloquent ausgedrückt hatte, vergessen, dass ich existierte.

Der Gedanke nagte an meinen Knochen, es machte mich wütend, daran zu denken, dass der Tag kommen würde, an dem sie weggehen und mich aus ihrem Leben streichen würde, als wäre ich nichts weiter als ein unerwünschter Bleistiftstrich. Ein Staubkorn an ihrer Fußsohle.

Ich hasste es. Aber noch mehr hasste ich es, dass ich mir Sorgen machte.

Kurzerhand schnappte ich mir meine Hose vom Boden und zog sie an, während sie weiterhin gegen die Wand gelehnt dastand. Wie ich sie kannte, gab es wahrscheinlich tausend Dinge, die sie mir sagen wollte, doch aus irgendeinem Grund hatte sie sich entschieden, den Mund zu halten.

Gut.

Ich entdeckte ihr weißes Höschen am Fußende des Bettes und hob es auf.

»Saint …« Ich warf ihr den Slip zu und sie fing ihn auf, bevor er in ihrem Gesicht landen konnte. »Was zum Teufel?«

Ich nahm ein frisches Hemd aus meiner Schublade. »Geh duschen.« Ich betrachtete ihre nassen Schenkel. »Du stinkst nach Sperma.«

In ihren Augen blitzte Schmerz auf und ihre Wangen wechselten von einem kräftigen Rosa zu einem blassen Weiß. Aber ich verbot mir, auch nur einen Hauch von Reue zu empfinden. Ich stemmte mich dagegen, Reue zu empfinden, und stürmte hinaus, wobei ich die Tür hinter mir zuschlug.

Gott, ich war so beschissen wütend. Auf sie. Auf mich. Auf diese ganze verdammte Situation. Sie zu heiraten, war der Plan gewesen. Sie zu verführen, sie zu ficken und mit ihr an die Grenze zu treten, hatte nicht dazugehört.

Als ich gerade die Stufen zur Terrasse hinaufgehen wollte, sah ich James an der Theke sitzen, ein brauner Umschlag vor ihm auf der Arbeitsplatte liegend.

»Was ist das?« Ich zog mir das Hemd über den Kopf.

»Eine Kopie des Testaments von Francesco Torres.«

»Ich habe bereits eine Kopie davon.« Ich schenkte mir einen Drink ein und bot James ebenfalls einen an, aber er schüttelte den Kopf.

»Es scheint, als gäbe es einen neueren Entwurf, von dem wir nichts wussten.«

Ich verschluckte mich fast an dem Bourbon. »Was?«

»Der Anwalt der Familie Torres wurde angewiesen, diskret damit umzugehen und es nicht preiszugeben, bis es absolut notwendig ist.«

»Von wem?«

»Katarina Torres. Milas Mutter.«

»Gottverdammte Scheiße.«

James schob mir den braunen Umschlag zu. »Du solltest es dir anschauen.«

Ich starrte ihn misstrauisch an. James war kein Mensch, den man leicht lesen konnte, doch im Moment war das Gesicht dieses Manns von Sorgenfalten gezeichnet.

Mein Getränk auf den Tisch stellend, öffnete ich den Umschlag und zog die Papiere heraus, die sich plötzlich anfühlten, als würden sie eine Tonne wiegen.

»Der letzte Absatz.«

Ich warf James einen Blick zu und blätterte dann durch die Seiten. Ich brauchte zwanzig Sekunden, um den Absatz zu lesen, auf den James sich bezogen hatte. Zwanzig verdammte Sekunden und die Welt wurde mir unter meinen gottverdammten Füßen weggerissen.

Die Wut explodierte und entlud sich in den Schreien zerbrochenen Glases, als ich den Kristalltumbler über das Deck warf.

Ich biss mir auf die Lippe, meine Kiefer zusammengepresst, und ballte die Fäuste. »Das wird alles ruinieren. Verdammt noch mal alles.«

KAPITEL 23

Mila

Es waren Tage vergangen, seit Saint und ich uns ineinander verloren hatten. Tage, seit ich mich den verdorbenen Begierden hingegeben hatte, von denen ich nicht gewusst hatte, dass sie mir lauerten. Mein Körper war unter seiner Berührung zum Leben erwacht, als ob er keine Luft mehr bräuchte. Nur ihn, seine Küsse und wie er sich in mir angefühlt hatte. Aber offensichtlich beruhte diese Empfindung nicht auf Gegenseitigkeit.

Es war Tage her, dass er mehr als fünf Worte mit mir gesprochen hatte. Die meiste Zeit befand er sich in seinem Arbeitszimmer hinter verschlossener Tür und die einzige Person, die dort ein- und ausgehen durfte, war James. Selbst Elena schien von ihrem Neffen, die kalte Schulter gezeigt zu bekommen.

Ich würde lügen, wenn ich behaupten würde, dass es mir egal war. Dass ich nachts nicht wach lag und insgeheim hoffte, er würde zu mir kommen. Mich nehmen. Mich berühren. Mich küssen.

Mein Körper war zu seinem eigenen Feind geworden und jedes Mal, wenn ich daran dachte, wie grob Saint mit mir umgegangen war, wie roh es gewesen war, mit ihm zusammen zu sein, unter seinen Fingern zu zerbrechen, wurden die Flammen neu entfacht. Damals im Flugzeug war er im Recht gewesen. Ich hatte schon Sex gehabt, aber ich war noch nie gefickt worden. Nicht auf diese Weise. Und jetzt, da ich wusste, wie es sich anfühlte, beim Akt keine Hemmungen zu haben, die Freiheit zu erleben, sich von der Lust beherrschen zu lassen, war das alles, was ich wollte. Alles, woran ich dachte. Jeden Tag wollte ich ihn mehr und mehr, mein Körper sehnte sich danach, wieder von ihm verschlungen zu werden. Aber seine Abwesenheit war eine grausame Erinnerung daran, dass ich für ihn nichts weiter als eine Unterschrift auf einem Stück Papier war.

Ich warf einen Blick zu James hinüber, der unter dem Dach der Veranda saß und so tat, als würde er eine Autozeitschrift lesen, während er mich im Auge behielt. Er war wie ein Wachhund. Wenn ich mich bewegte, bewegte er sich. Es war wirklich dumm. Wir waren auf einer Jacht. Wo zum Teufel sollte ich denn hin?

Ich setzte meine Sonnenbrille auf und lehnte mich auf der Liege zurück, um das zu tun, was ich in die ganzen letzten Tage getan hatte. Die Sonne aufzusaugen und wenigstens den italienischen Sommer zu genießen. Ich weigerte mich, wie eine Gefangene in meinem Zimmer zu sitzen und mich von den Wänden erdrücken zu lassen. Als ich Elena um *einen* Badeanzug gebeten hatte, hatte sie mir drei Säcke mit Bademode vom Festland schicken lassen. Die Preisschilder an einigen Stücken waren lächerlich gewesen, wenn man bedachte, wie wenig Stoff sie für die Herstellung verwendet hatten. Nachdem ich eine Stunde meines Lebens damit verschwendet hatte, sie alle durchzusehen, hatte ich mich für einen trägerlosen schwarzen Bikini entschieden. Es war ja nicht so, als ob ich hier die Aufmerksamkeit von irgendjemandem erregen musste.

Ich schloss meine Augen und versuchte, meine Gedanken

zum Schweigen zu bringen, als ich das hohe Geräusch eines Jetskimotors vernahm, das immer lauter wurde. Erst als es direkt an der Jacht verstummte, hob ich die Lider. Saint sprang vom Jetski ins Meer und tauchte am Rand der Flybridge wieder auf. Er zog sich aus dem Wasser, die starken Arme muskelbepackt und nass, seine ganzjährige Bräune glänzte. Er richtete sich auf und fuhr sich mit der Hand durch sein mitternachtsschwarzes Haar, während die Tropfen weiter an seinem Körper hinabperlten. Mein Gott. Es war wie eine Szene aus einer gottverdammten *Calvin-Klein*-Werbung. Mit definiertem Sixpack, feucht-schimmernd und verführerisch, jeder einzelne Muskel seines Körpers von der Sonne geküsst und praktisch in Sünde gebadet, war ich dankbar, dass meine Augen hinter einer dunklen Sonnenbrille verborgen waren. Ich hatte mich schon genug blamiert, was ihn betraf.

Saint schnappte sich einen Loungesessel und stellte ihn neben meine Liege, bevor er sich in ihm niederließ. Mein Puls raste augenblicklich, jeder Zentimeter meiner Haut wurde von seiner Gegenwart gestreichelt. Gott. Ich hasste es, wie er mich beeinflusste, nur weil er in meiner Nähe war.

»Es muss doch einen weniger freizügigen Badeanzug unter den anderen fünfzehn geben, die Elena auf meine Kreditkarte gebucht hat.«

Ich lachte. »Meinst du das jetzt ernst?«

»Gibt es irgendetwas an dieser Aussage, was dich das Gegenteil annehmen lässt?«

»Ja. Die Tatsache, dass du denkst, du hättest das Recht, eine Meinung darüber zu haben, was ich trage.«

»Du bist meine Frau.«

»Und doch ignorierst du mich, als wäre ich ein Niemand.«

Er sah mich nicht an und starrte weiter vor sich hin, als ob er mich gar nicht gehört hätte.

»Weißt du was? Scheiß drauf.« Ich stand auf und wollte gerade weggehen, als er mich am Arm packte und auf seinen

Schoß zog, sodass mir die Luft mit einem Schnaufen aus der Lunge entwich.

Saints Körper war kalt und nass, doch in dem Moment, als ich ihm in die Augen sah, loderten Flammen in meinem Inneren auf.

Er biss sich auf die Lippe und starrte mich an, als hätte ich ihn verärgert. Als wäre er kurz davor, die Kontrolle zu verlieren. Unsere Blicke verharrten für eine gefühlte Ewigkeit ineinander und ich nahm jeden seiner Atemzüge wahr – wie sich sein Brustkorb hob und senkte, wie die Ader in seinem Hals im Rhythmus seines Herzens pulsierte.

»Warum bestehst du darauf, mich unbedingt herausfordern zu wollen, Mila?«

»Warum bestehst du darauf, mich so zu behandeln, als wäre ich nicht gut genug für dich?«

»Ist es das, was du denkst?«

»Was soll ich denn sonst denken?«

»Du sollst gar nichts denken«, stieß er hervor und mein Herz verschluckte sich.

Ich erwartete, dass noch mehr grausame Worte folgen würden, aber dann lockerte sich sein Griff um meinen Arm und sein Fokus richtete sich auf meine nackte Schulter. Er saugte sich die Unterlippe in den Mund und der Anblick erinnerte mich daran, wie er schmeckte – tausend Sünden in einer einzigen Fantasie vereint.

Mit einem Finger wanderte er meinen Arm hinauf und ein Schauer durchfuhr mich, meine Adern erhitzten sich vor Verlangen, das mit Adrenalin überzogen war. »Du solltest mich fürchten, nicht herausfordern.« Sein Finger kreiste über die Rundung meiner Brust. »Dein Körper sollte meine Berührung zurückweisen, nicht willkommen heißen.«

»Wie kommst du darauf, dass mein Körper deine Berührung begrüßt?«

Seine dunklen Brauen wölbten sich. »Eine weitere Herausforderung?«

»Vielleicht.«

Saint lehnte seinen Kopf zur Seite und fuhr mit dem Finger über meine Brustwarze. Langsam. Sinnlich. Verführerisch. Sie richtete sich unter seiner Liebkosung auf und ein Teil von mir wollte sich zurückziehen, wütend darüber sein, dass er mich seit Tagen ignorierte. Aber mein Körper ließ das nicht zu, liebte und brauchte seine Berührungen zu sehr.

Er zeichnete einen trägen Kreis um meinen Nippel, bevor er nach unten wanderte. »Du läufst herum, um mich zu reizen, und trägst etwas so Fadenscheiniges wie diesen Bikini, dessen Stoff ich leicht herunterreißen kann, um mich an dir zu vergehen. Habe ich dir nicht schon genug wehgetan?« Er ließ seine Hand auf dem nackten Fleisch um meinen Bauchnabel verweilen. »Habe ich dir nicht bereits bewiesen, dass ich kein guter Mensch bin?«

Mein Atem ging schwer und ich spannte meine Schenkel an, als ich seinen Schwanz an meiner Hüfte spürte. Vorfreude flammte auf, ein pochendes Bedürfnis zwischen meinen Beinen, das unbedingt gestillt werden wollte. Es fühlte sich nicht mehr so an, als ob Tage vergangen wären. Mein Körper war so erregt wie in dem Moment, als er mich gegen diese verdammte Wand gepresst gefickt hatte.

Ich bewegte mich, sodass sein Ständer perfekt gegen meinen Hintern drückte, und beobachtete, wie seine Augen von denen eines Mannes zu denen eines Jägers wurden. Vom Tier zum Raubtier. »Habe ich dir nicht bewiesen, dass ich stärker bin, als du an dem Tag meiner Entführung vermutet hast?«

»Stark und doch so naiv.«

Abrupt schob er seine Hand zwischen meine Beine und umfasste mich dort fest, sein Blick war wild und animalisch. »Ich kann deine Erregung riechen, Mila. Sie haftet an dir und verlockt mich verdammt noch mal. Deshalb muss ich mit dir vorsichtig sein.«

»Ich verstehe das nicht.«

»Es gibt so vieles, was du nicht verstehst, *Segreto*.«

Seine Hand drückte fester gegen meine Hitze, als wollte er mir zeigen, dass ich bereits nass und bereit war, ihn aufzunehmen. Ich presste meine Schenkel zusammen, während seine Finger zwischen meinen Beinen waren, keuchende Atemzüge kamen über meine Lippen.

»So viel, was du nicht weißt.«

»Dann sag es mir«, drängte ich. »Erzähl mir alles. Erzähl mir deine Geheimnisse.«

Er schüttelte den Kopf und zog sich zurück, mein Körper trauerte augenblicklich um den Verlust seiner Berührung. Ich starrte ihn fragend an, aber er blickte auf das Meer hinaus. »Marina Piccola. Man sagt, dass hier die Sirenen versuchten, Ulysses zu verführen, als er auf der Heimreise war ... zu seiner Frau.«

»Ulysses?«

»Der lateinische Name für Odysseus.« Er strich mit einem Finger über meinen Rücken, während ich mich an ihn schmiegte. »Nachdem er mit den Griechen im Krieg gegen die Stadt Troja gekämpft hatte, machte er sich auf die Heimreise.« Seine Stimme wurde leiser, sein Blick schweifte immer noch über das Meer.

»Zu verführen *versucht* hatten?«

Saints Lippen kräuselten sich an den Enden. »Odysseus befahl seinen Männern, sich die Ohren mit Bienenwachs zu versiegeln, damit sie den verlockenden Gesang der Sirenen nicht hören konnten.« Er sah mich an, die Augen hart und dunkel. »Hätten sie das nicht getan, hätten die Sirenen sie verführt und alle in den Tod gelockt.«

Seine Stimme senkte sich weiter, verdichtete sich, und er starrte mich an, als wollte er mir mitteilen, dass ich die Sirene sei, deren Ruf ihn ruinieren könnte.

Ich schüttelte leicht den Kopf. »Warum erzählst du mir das?«

Er zuckte mit den Schultern und schaute wieder in die

Ferne. »Vertraue niemals etwas, was die Macht hat, dich die Kontrolle verlieren zu lassen.«

Ich verstand es nicht. Wollte er mir sagen, dass er mir nicht vertraute, oder meinte er, dass er sich selbst nicht vertraute, wenn er mit mir zusammen war? Ich wusste es nicht und die Verwirrung fraß mich innerlich auf. Ich hatte mich noch nie in meinem Leben so zwiegespalten gefühlt und ich begann zu grübeln, ob die Geschichte mich lehren sollte, mir selbst nicht zu vertrauen – vor allem, wenn es um Saint ging.

Mein Haar war am Hinterkopf zu einem unordentlichen Dutt zusammengebunden und es gab keine Strähnen, die ich hinter mein Ohr hätte streichen können, dennoch griff ich nach der Narbe und fuhr abwesend mit der Fingerspitze darüber.

Saint versteifte sich unter mir und ich sah zu ihm auf.

»Denkst du jedes Mal an ihn, wenn du die Narbe berührst?«

»Nicht immer«, antwortete ich wahrheitsgemäß. Saint kannte bereits meine Vergangenheit und die Geschichte, die hinter meiner Narbe steckte. »Manchmal frage ich mich auch, wie viele Kinder er schon verletzt hat.«

Harte Furchen durchzogen sein Gesicht, sein Ausdruck war wie Stein. »Nun, darüber musst du dir keine Sorgen mehr machen.« Er bewegte sich, zog mich von seinem Schoß und schob mich zur Seite, damit er aufstehen konnte. Ich wollte nicht, dass er ging. Eigentlich wollte ich ihn anflehen, zu bleiben, aber ich tat es nicht. Ich hatte ohnehin kaum noch ein Fitzelchen meiner Würde übrig.

»Was meinst du damit?« Ich setzte mich aufrecht hin, während Saint sich den Nacken rieb. Frustration, Unentschlossenheit und Wut strahlten in Wellen von ihm ab.

»Dieser Bastard wird nie wieder irgendjemandem etwas antun. Das ist alles, was du wissen musst.«

Er stapfte davon und verschwand ohne ein weiteres Wort unter Deck. Fragen durchzogen meinen Kopf, meine Gedanken waren wirr.

Was hatte er gemeint? Was hatte er getan?

Und dann kam mir das Bild von Brads Leiche in den Sinn, die auf dem teuren Teppich ausblutete, und meine Haut wurde eiskalt.

James räusperte sich und ich sah in seine Richtung. Mit einem einfachen Nicken bestätigte er zwei Dinge.

Er wusste, was ich dachte. Und ich hatte recht.

KAPITEL 24

Mila

Ich warf einen Blick zu Saint und James hinüber, die ein paar Meter von mir und Elena entfernt standen und offensichtlich über etwas sprachen, von dem sie nicht wollten, dass wir es hörten. Saint hatte die Hände in die Taschen seiner Anzughose gesteckt, während der Wind sein nachtschwarzes Haar zerzauste. Selbst aus der Entfernung konnte ich spüren, wie sich seine Anwesenheit wie ein Mantel der Dominanz um mich legte. Er hatte etwas Geheimnisvolles an sich, eine Dunkelheit, die mich in ihren Bann zog. Mein Körper sehnte sich immer noch nach ihm. Er sehnte sich immer noch nach seiner verruchten Berührung, wollte die Leinwand sein, die er mit all seinen verdrehten Absichten bemalen konnte. Aber er hatte nicht mehr versucht, mich anzufassen, und es war offensichtlich, dass er Situationen mied, die dazu führen könnten, dass wir allein waren. Es war schon komisch. Es schien, als hätte sich das Blatt gewendet. Als wäre er jetzt derjenige, der gegen mich ankämpfte.

»Komm schon. Pass auf, wo du hintrittst.« Elena stieg auf das Charterboot und reichte mir die Hand. Es war nicht leicht, in High Heels und einem engen Bleistiftrock auf ein Schnellboot zu steigen und gleichzeitig den Sonnenhut festzuhalten, damit er nicht von der Brise weggepustet wurde. Die nervösen Schmetterlinge in meinem Bauch waren auch nicht gerade hilfreich. Ich war ungefähr so unruhig wie das Meer, das durch den warmen Wind verärgert zu sein schien.

Ich stieg ein und nahm neben Elena Platz, die Sonne strahlte auf mich herab, als ob sich die Schleusen der Hölle geöffnet hätten.

»Du siehst wunderschön aus«, sagte sie. »Bist du bereit?«

»Nein«, antwortete ich ehrlich. Wie sollte ich auch? Ich hatte erst vor ein paar Nächten erfahren, dass wir auf dem Weg nach Rom waren. Und während Elena die ganze Zeit geredet und mich über die Ereignisse des Tages aufgeklärt hatte, hatte Saint in ohrenbetäubendem Schweigen dagesessen und nicht einmal in meine Richtung geschaut. Nachdem Elena alles gesagt hatte, was es zu sagen gegeben hatte, war er einfach aufgestanden und hatte mir zum ersten Mal während des gesamten Gesprächs in die Augen gesehen. »Es ist an der Zeit, Milana Katarina Russo der Welt vorzustellen. Enttäusch mich nicht.« Das war alles gewesen, was er geäußert hatte. Worte, bei denen ich mir wie ein Kind vorgekommen war. Als wäre er davon überzeugt gewesen, dass ich es vermasseln würde. Ein Teil von mir fühlte sich rachsüchtig, wollte ihm etwas beweisen, indem ich alles tat, was ich konnte, um seinen Plan zu vereiteln. Aber das war nicht ich. Ich war nicht so. Ich hatte eine Abmachung getroffen und würde mich daran halten, so wie ich auch erwartete, dass er seinen Teil des Deals erfüllen würde, wenn das alles vorbei war.

James und Saint gesellten sich zu uns und die Motoren wurden gestartet. Ich war überrascht, als Saint neben mir Platz nahm und der Stoff seiner Anzughose mein nacktes Bein berührte.

»Geht es dir gut?« Er sah mich nicht an, als ob ihm seine Frage unangenehm wäre.

»Interessiert dich das?«

Aus dem Augenwinkel sah ich, wie er die Fäuste ballte, und ich atmete tief durch.

»Mir geht es gut«, antwortete ich so kühl und ruhig, wie ich konnte.

»Gut. Nur ...« Er hielt inne und rieb seine Handflächen aneinander. »Nur ... bleib einfach in der Nähe.« Saint stand auf, um zu James zu gehen, und ich fragte mich, ob das, was er gerade geäußert hatte, dazu gedacht war, mich zu beruhigen. Ob es seine Art war, mir zu sagen, dass er mich beschützen würde.

Wahrscheinlich nicht.

»Es ist in Ordnung, nervös zu sein, Mila.«

Ich schaute Elena an.

»Ich bin mir ziemlich sicher, dass du schon dein ganzes Leben lang von diesem Tag geträumt hast. Aber nicht so.« Sie schenkte mir ein beruhigendes Lächeln. »Es ist also in Ordnung, emotional zu sein.«

»Mir geht's gut«, log ich. Doch ich wusste, wenn ich anfangen würde, über alles zu reden, würden meine Mauern bröckeln und ich würde mich in ein weinendes Chaos verwandeln.

Es war unmöglich, zu sagen, wie lang unsere Fahrt zum Festland dauerte. Für mich fühlten sich Minuten wie Stunden an und Stunden wie Sekunden. Mein Kopf war ein Minenfeld und ich konnte die Gedanken, die dort hindurchschossen, nicht kontrollieren. In meinem ganzen Leben hatte ich mich noch nie so nervös gefühlt. Mein Inneres wurde nach außen gedreht und ich musste mich daran erinnern, zu atmen. Die Anwesenheit von Saint und das Gewicht so vieler unbeantworteter Fragen sowie unerfüllter Wünsche lag schwer in der Luft um uns herum. Sie war so angespannt, als ob sie jeden Moment zerreißen könnte.

Als das Festland in Sichtweite kam und das Charterboot in den Hafen einfuhr, trat James neben mich, groß und bedrohlich. Ich schaute über meine Schulter und sah Saint hinter uns stehen, seine Musterung brannte heiß auf meiner Haut. Unsere Blicke trafen sich, aber seine Miene war steinern. Sie verriet mir nichts. Ich konnte nicht erkennen, was er fühlte oder dachte. Es war, als gäbe es keine Schwerkraft, die mich an Ort und Stelle hielt, und ich trieb orientierungslos umher, wenn es um ihn ging.

»Willkommen in Rom, Mrs. Russo.«

Überrascht, da James kaum mit mir sprach, schaute ich ihn an. »Danke, James.«

Der Hafen war voll mit Luxusjachten, teuer aussehenden Katamaranen und gemütlichen Kabinenbooten. Die Menschen wuselten herum und genossen die Sonne sowie das Meer. Einen Moment lang war ich von dem Anblick überwältigt. Es war wunderschön – sogar noch schöner, als ich es mir vorgestellt hatte. Leider hatte ich nicht viel Zeit, um die Szenerie in mich aufzunehmen, um alles zu betrachten, was es zu sehen gab.

James hetzte mich über den Steg, wobei meine Absätze in schneller Folge klackerten. Man sollte meinen, da meine Identität ohnehin bald aufgedeckt werden würde, würden sie sich weniger darum kümmern müssen, mich zu verstecken. Aber es war genau das Gegenteil der Fall.

Wir näherten uns einer wartenden Limousine und James stellte sich an die Seite, damit Elena und ich zuerst einsteigen konnten. Saint und James folgten, dann schlug die Tür zu. Elena setzte sich neben mich, während Saint mir gegenüber Platz nahm. Unsere Blicke trafen sich für einen flüchtigen Moment, bevor er seinen aus dem Fenster richtete. Ich hasste es, dass er mich so einfach ignorieren konnte, zumal es mir so schwer fiel, das gleiche zu tun. Eigentlich war es sogar unmöglich.

Ich räusperte mich. »Wo haben wir uns kennengelernt?«

»Was?«, blaffte er, als würde ihn der Klang meiner Stimme verärgern.

»Wenn jemand fragt, wo wir uns kennengelernt haben?«

Er schnaubte. »Glaub mir, niemand wird danach fragen.«

»Warum nicht?«

»Wenn sie erst einmal herausgefunden haben, wer du wirklich bist, wird es niemanden mehr interessieren.« In seiner Stimme lag ein schneidender Ton. Die Art und Weise, wie er seine Worte ausspuckte, war fast so, als wollte er mir mitteilen, dass es *ihn* nicht länger interessieren würde.

»Ich glaube, mein Neffe will damit sagen«, begann Elena, »dass alle schockiert sein werden, wenn sie von dir und deiner Ehe mit Marcello erfahren. Niemand wird sich mit sinnlosen Kleinigkeiten darüber aufhalten, wo ihr euch kennengelernt habt.«

Elenas Versuch, Saints Härte abzumildern, schlug fehl. Sie schnitt bereits tief ein, durchbohrte mein Fleisch und verletzte meine Seele. Wenn sich das Stockholm-Syndrom so anfühlte, war es viel schlimmer, als ich es mir je vorgestellt hatte.

»Wir sind da.« Saint richtete das Revers seiner Jacke, als der Wagen zum Stehen kam.

Ich hatte den plötzlichen Drang, mich über die teuren *Jimmy-Choo*-Schuhe zu erbrechen, die Elena mir aufgezwungen hatte.

»James, Tante Elena, gebt Mila und mir ein paar Sekunden.« Unsere Blicke trafen sich wieder und mein Herz machte einen Satz in meiner Brust.

»Natürlich.« Elena kletterte aus der Limousine und James folgte ihr, wobei das Zuschlagen der Tür signalisierte, dass wir allein waren.

Ich wischte mir die verschwitzten Handflächen an meinem Bleistiftrock ab. »Mir geht es gut«, begann ich, »falls du das wissen wolltest.«

»Dir geht es nicht gut.«

»Doch.« Ich schluckte schwer und versuchte mein Bestes, eine tapfere Miene aufzusetzen.

»Lüg mich nicht an.«

»Gott, Saint.« Ich rieb mir die Stirn. »Was willst du von mir? Du hast mich in Gedanken gefickt ...«

»Pass auf, was du sagst, wenn du mit mir sprichst.«

»Hör einfach auf, ja?« Ich schloss meine Augen. »Hör auf, so zu tun, als würde es dich einen Dreck interessieren, wie ich rede, wie ich mich verhalte, was ich tue.« Ich lehnte meinen Kopf zurück gegen den Sitz. »Und vor allem, hör auf, so zu tun, als würde es dich interessieren, ob es mir gut geht. Es ist dir scheißegal. Das war es schon immer. Du musst mich nicht die ganze Zeit ignorieren, um das zu beweisen.«

Das Leder knarrte und der Sitz bewegte sich unter seinem Gewicht, als er neben mich rutschte.

Ich schaute ihm in die Augen und das Blau seiner Iriden war heller, als ich es je zuvor gesehen hatte. Wir sprachen kein Wort, es war, als ob die Zeit stehen geblieben wäre. Als ob die ganze Welt um uns herum verschwunden wäre. Seine Lippen zuckten und ich wartete darauf, dass er etwas sagen würde. Doch er tat es nicht. Er starrte mich nur an, als wäre ich ein Labyrinth, durch das er seinen Weg finden musste.

Saint streckte die Hand aus und ließ einen Finger an meinem Hals hinuntergleiten, eine einfache Berührung, die mich erzittern ließ. Blitzschnell packte er mich im Nacken, zog mich zu sich und presste seine Lippen auf die meinen. Sein Kuss hatte nichts Sanftes oder Romantisches an sich, er war eher dominant und verzweifelt. Seine Zunge verlangte und ich gab bereitwillig nach, indem ich seine Bekundung mit gleicher Heftigkeit erwiderte. Ich wollte in ihm ertrinken. Ich wollte, dass er mich unter sich zog, mir jeden Atemzug nahm und ihn zu seinem machte.

Kräftige Finger gruben sich in die Haut meines Nackens, als seine Lippen meine fester umschlossen, aber ich begrüßte seine heftige Berührung. Begrüßte den Sturm, der Marcello Saint Russo war.

Ich stöhnte auf, als er meinen Mund entließ, aber er blieb

dicht bei mir, seine Stirn ruhte auf der meinen. »Mein Gott, Mila. Alles hat sich verändert. Alles.«

»Wie?«, flüsterte ich. »Warum?«

Er schüttelte den Kopf. Zum ersten Mal, seit er wie ein tödlicher Wirbelsturm in mein Leben getobt war, wirkte er nicht mehr wie der stolze, königliche Mann, den ich kennengelernt hatte. Sondern wie ein Mann, der das Gewicht der Welt auf seinen Schultern trug.

»Nur ... du musst mir heute vertrauen.« Er legte seine Hände an meine Wangen und zwang mich, ihn anzuschauen. »Was auch immer passiert, versprich mir, dass du mir vertraust.«

Ich studierte ihn, suchte in seinem Gesicht nach Antworten, fand aber keine.

»Versprich es mir, Mila.«

Ich nickte. »Okay. Ich verspreche es.«

Er küsste mich wieder, jedoch sanft diesmal. »Bleib bei mir. Weiche nicht von meiner Seite und...«

»Spiele deine Rolle?«

Seine Lippen krümmten sich an den Enden. »Ja.«

Es klopfte an die Tür der Limousine. »Mr. Saint«, rief James. »Wir sollten reingehen.«

Saint lehnte sich zurück und richtete seine Anzugjacke. »Bleib. In. Der. Nähe.«

Als sich die Tür öffnete, schwirrte mir der Kopf. Ich hatte keine Ahnung, was er damit meinte, dass sich die Dinge verändert hatten, oder was genau geschah. Ich wusste nur, dass nichts mehr schwarz und weiß war. Nichts.

Ich drückte meine Hand auf den großen weißen Sonnenhut, den ich trug, während ich aus der Limousine stieg. Saint stand an der Seite und wartete auf mich und als sich unsere Blicke trafen, lächelte er mich mit nichts als Wärme und Zuneigung an. Es hätte mich umgehauen, wenn ich mich nicht gefragt hätte, ob das alles zur Show gehörte, zu einem Schauspiel, an dem wir beide in der nächsten Stunde teilnehmen würden.

Er ergriff meine Hand und zeigte mir den Weg wie ein perfekter Gentleman. Mit seinen breiten Schultern, dem teuren Anzug, dem perfekt frisierten Haar und dem glatt rasierten Gesicht war Marcello Saint Russo der Inbegriff von kultivierter Macht. Wie ein Tropensturm war er eine Gewalt, mit der man rechnen musste, und seine kraftvolle Energie füllte die offenen Räume um ihn herum. Ich beobachtete, wie die Leute zur Seite traten, als wir durch das sehr dekorative und fast theatralisch gestaltete Gebäude liefen. Die Frauen starrten ihn mit niederschlagenden Wimpern und geröteten Wangen an und ich bekam ihre tödlichen Blicke zu spüren, wenn sie bemerkten, dass er meine Hand festhielt. Ich konnte es ihnen nicht verdenken. Saint war ein teuflisch gut aussehender Mann und das Selbstbewusstsein, das er ausstrahlte, war wie ein Magnet, der jeden zu ihm hinzog.

Bei jedem Schritt über den Marmorboden raste mein Puls schneller und nur mit Mühe schaffte ich es, tief einzuatmen, um Luft in meine Lunge zu befördern.

Mario, Saints Anwalt, wartete vor einer großen Doppeltür mit seiner Aktentasche in der Hand auf uns.

»Ist das legal?«, fragte Saint streng, ohne ihn zu begrüßen.

Marios Stirnrunzeln bildete tiefe Furchen in seiner Haut. »Ich fürchte, ja.«

»Scheiße«, platzte Saint heraus. Er nickte in Richtung der Tür. »Wissen sie es?«

»Sie haben keine Anzeichen dafür gezeigt, dass sie es tun.«

»Ist Katarina hier?«

Mario schüttelte den Kopf und mir sprang das Herz fast aus der Brust. Ich legte eine Hand auf Saints Ellenbogen. »Meine Mutter?«, flüsterte ich und Saint drehte sich endlich in meine Richtung.

Er nickte, seine Augen waren weicher als zuvor.

Nachdem Saint mir den wahren Grund genannt hatte, warum meine Eltern mich weggegeben hatten, hatte ich weder ihre Namen noch irgendetwas anderes über sie wissen wollen.

Für mich waren sie zwei Menschen, die ihr erstgeborenes Kind weggeworfen hatten, weil mein Urgroßvater einen dummen Deal mit den Russos gemacht hatte. Man hatte mir eine echte Familie vorenthalten, wegen etwas, was meiner Meinung nach in der heutigen Zeit nichts mehr wert war. Selbst wenn ein Vertrag mit Blut unterzeichnet worden wäre, gäbe es kein Gericht auf der Welt, das eine solche Vereinbarung für verbindlich erklären würde.

»Okay.« Saint ließ meine Hand los und strich mit der Handfläche über sein Gesicht. »Sag kein Wort darüber. Es sei denn, sie tun es. Es muss einen Grund geben, warum Katarina es noch nicht offenbart hat. Außerdem wird es an heute nichts ändern. Raphaels Erbe bleibt dasselbe.« Saint schaute mich an. »Und das von Mila ebenfalls.«

Was war hier los? Irgendetwas war nicht in Ordnung.

»Komm schon.« Saint ergriff wieder meine Hand. »Bringen wir es hinter uns.«

Ich schluckte, mein Mund war trocken und jeder Muskel wie ein Gummiband angespannt. Ich wusste seit Wochen, dass dieser Tag kommen würde. Der Tag, an dem ich das tun musste, wofür er mich vorgesehen hatte, seit dem Moment, als alles begonnen hatte. Dies war der Tag. Ich mochte unsere Heiratsurkunden als Milana Katarina Torres unterschrieben haben, aber heute würde ich endlich und tatsächlich zu ihr werden.

James öffnete die Tür und meine Absätze traten vom Marmorboden auf einen Plüschteppich, als ich in den Sitzungssaal an Saints Seite hineinging. Ich blickte nicht auf. Ich konnte es nicht. Ich hatte Angst vor dem, was ich sehen würde – vor dem, was sie sehen würden, sobald Saint enthüllt hätte, wer ich war.

Saint drückte leicht meine Finger, eine subtile Art der Beruhigung, ein stiller Weg, mir zu sagen: *Sei eine Russo-Ehefrau.*

»Guten Tag, meine Herren.«

»Marcello, was machst du denn hier?«, vernahm ich eine unbekannte Stimme, während ich den Kopf gesenkt hielt.

»Dies ist eine Aktionärsversammlung, nicht wahr? Und da ich ein Aktionär bin, ist meine Anwesenheit wohl erforderlich. Oh, und außerdem möchte ich euch jemanden vorstellen.« Saint hielt meine Hand fest umklammert. »Erlaubt mir, euch meine Frau vorzustellen.« Er machte eine dramatische Pause und mein Puls raste wie wild. »Das ist Milana Katarina ... Torres.«

In diesem Moment blickte ich unter der Krempe meines Hutes hervor und direkt in die Augen von vier Männern, die mich anglotzten, als hätten sie einen Geist gesehen. Der Älteste von ihnen, der am Ende des Tisches saß, hatte seinen starren Blick auf mein Gesicht gerichtet, als wäre er davon überzeugt, dass ich jeden Moment verschwinden würde.

»Was um Himmels willen geht hier vor?« Seine Stimme ließ mich erschaudern und ich rückte näher an Saint heran, während mir eine Gänsehaut über die Arme liefen.

Saint blieb ungerührt. »Ihr habt mich gehört. Sie ist meine Frau und zufällig ist sie auch das Torres-Mädchen, das wir alle für tot hielten.«

Schockiert sah ich den Mann an, den Saint als seinen Vater bezeichnet hatte. Er hatte die gleiche schwere Präsenz wie Saint, die quer durch den Raum nach mir griff. Bedrohlich. Tödlich. Eiskalt. Eine dicke Goldkette lugte unter dem aufgeknöpften Kragen seines hellblauen Hemdes hervor. Er hatte einen scharfen Witwenscheitel, grau meliertes Haar und nur seine kristallblauen Augen ähnelten denen von Saint. Hätte ich nicht schon so oft in beinah die gleichen blauen Augen geschaut, wäre ich nie auf die Idee gekommen, dass sie Vater und Sohn waren.

Der Mann erhob sich von seinem Platz, runzelte die dunklen Brauen und verzog die Lippen zu einem Knurren. »Was ist hier los?«

Saint verhielt sich distanziert, ruhig. »Dies ist eine Aktionärsversammlung. Und da mir neununddreißig Prozent gehören, habe ich wohl das Recht, hier zu sein.« Er zuckte mit den Schultern. »Ich dachte nur, es wäre der perfekte Zeitpunkt, um meinem Vater meine frisch gebackene Ehefrau vorzustellen.«

Aus seinen Worten sprach eine Verachtung, die mir Schauer über den Rücken jagte. Ich hatte schon öfter die Verärgerung von Saint zu spüren bekommen, aber einen so intensiven Hass hatte ich noch nie in seiner Stimme gehört.

Da war ein jüngerer Mann – grüne Augen, dunkles Haar, das an den Seiten ordentlich geschnitten war und oben längere Locken aufwies. Er hatte etwas Vertrautes an sich, sein Gesicht, sein Ausdruck. Und je länger ich ihn ansah, desto mehr begann ich, zu begreifen, wer er war. »Raphael?«

»Ich weiß nicht, wer Sie sind oder was Sie sich einbilden, hier zu tun, aber wenn das ein Scherz sein soll, dann ist er nicht lustig.« Seine Ungläubigkeit wurde durch die Wut in seiner Stimme noch verstärkt und ich rückte immer näher an Saint heran.

»Ich kann dir versichern, dass es kein verdammter Scherz ist.« Saint warf einen Blick auf Mario und schaute dann wieder zurück zu Raphael. »Mein Anwalt hat alle Beweise, die du brauchst, um jeden Zweifel an ihrer Identität auszuräumen. Aber mal ehrlich, Raphael, erkennst du nicht die Ähnlichkeit? Es ist unheimlich. Ich bin sicher, wenn du dir die Haare wachsen lässt, könntest du leicht als Torres-Mädchen durchgehen.« Sein Grinsen ergänzte seinen Sarkasmus.

Raphaels Aufmerksamkeit wandte sich von Saint ab und richtete sich auf mich, sein Gesicht ließ offensichtliche Verwirrung erkennen.

»Milana? Wie ist das ... wie ist das möglich?«

»Es ist ein ...«

»Das können wir später besprechen«, unterbrach mich Saint und warf mir einen warnenden Blick zu, der mich daran erinnerte, dass wir nicht wegen einer Familienzusammenführung hier waren. Aber Raphael eilte näher, er war fast einen Kopf größer als ich.

»Du ... bist das wirklich du?«

Tränen drohten, mein Schauspiel zu durchbrechen, das tapfere Gesicht fortzureißen, das ich mir versprochen hatte, aufrechtzuerhalten. Jahrelang hatte ich mir einen Tag wie diesen ausgemalt – den Tag, an dem ich jemanden aus meiner richtigen Familie treffen würde, an dem ich wieder mit der Familie vereint wäre, zu der ich wirklich gehörte. Nacht für Nacht hatte ich mich gefragt, ob ich eine Schwester oder einen Bruder hatte und ob sie auch bei der Geburt weggegeben worden waren. Ich hatte so oft daran gedacht, dass ich vielleicht irgendwo auf der Welt ein Geschwisterchen hätte, welches genau die gleiche Hölle durchlitt wie ich. Grausame Pflegeeltern, verschlossene Schränke und endlose Nächte, in denen ich mir ein besseres Leben gewünscht hatte. Die bedingungslose Liebe einer Familie. Und nun blickte ich endlich in die Augen des Bruders, von dem ich nie gewusst hatte, dass er da war, eines Bruders, mit dem ich als Kind gern gespielt hätte.

»Du bist gestorben.« Raphaels Augen waren groß, seine Wangen blass. »Ich weiß noch, wie Mama und Papa mich zu deinem Grab mitgenommen haben. Ich habe dein Grab gesehen.«

Eine Träne entkam. Ich konnte sie nicht zurückhalten. Es war so unwirklich, einen Mann anzuschauen und zu wissen, dass er mein Bruder war. Das gleiche Blut, das durch meine Adern floss, pulsierte auch in seinen.

»Ist es wirklich ...«

Ich nickte und presste die Lippen aufeinander, verzweifelt bemüht, nicht zusammenzubrechen.

»O mein Gott.« Er breitete seine Arme weit aus und ich wollte zu ihm gehen. Aber Saint zog mich zurück und legte seine drohenden Finger auf Raphaels Brust.

»Wenn du meine Frau anrührst, verlierst du deine Hände.«

Raphael wich augenblicklich zurück, seine Augen wurden

kalt und hart. Die Art und Weise, wie er und Saint sich gegenseitig anstarrten, machte ihre Abneigung schmerzlich bewusst. Und Saints fester Griff um meine Finger war eine stumme Warnung an mich, mich daran zu erinnern, was heute am wichtigsten war. Und das war, dass Saint bekam, was er wollte.

Raphael fuhr sich mit der Hand durch die Haare, bevor er sich wieder auf seinen Platz setzte. Saint nutzte die Gelegenheit, beugte sich zu mir herunter und flüsterte mir ins Ohr: »Reiß dich zusammen.«

Ich schluckte schwer und verlagerte mein Gewicht von einem Bein auf das andere. Ich drehte mich so, dass ich Elena sehen konnte, denn ich brauchte wenigstens einen Blick des Trostes. Erst dann bemerkte ich, dass sie nicht da war. Nur James stand an der Tür, als ob er jeden daran hindern wollte, rein- oder rauszukommen.

Saint richtete sich auf. »Oh, und herzlichen Glückwunsch zu deinem einundzwanzigsten Geburtstag, Raphael. Willst du deine Anteile abholen?«

»In der Tat, ja.«

»Und sie dann an mich verkaufen«, fügte Saints Vater schmunzelnd hinzu. »Alle sechsundfünfzig Prozent davon, um genau zu sein.«

»Oh, was das angeht – Mario, bitte erleuchte die Herren.« Saint wandte seine Aufmerksamkeit nicht von seinem Vater ab und ich spürte, wie sein Hass von ihm abstrahlte.

Mario räusperte sich und zog eine Reihe von Dokumenten aus seiner Aktentasche. »Wie Sie wissen, erbt Mr. Torres«, er zeigte auf Raphael, »jetzt, da er volljährig ist, insgesamt sechsundvierzig Prozent der Anteile.«

»*Sechsundfünfzig*«, erwiderte dieser trocken.

»Dazu komme ich gleich noch.« Mario übergab die Unterlagen an Raphael und Mr. Russo, der sie dann an den Mann weiterreichte, der neben ihm saß – von dem ich annahm, dass er sein Anwalt war. »Das sind alle Dokumente, die beweisen, dass Milana Torres nicht bei der Geburt gestorben ist, sondern in das US-Kinderfürsorgesystem aufgenommen wurde. Geburtsurkunde, DNA-Berichte. Es ist alles da.«

»Nun, hurra.« Mr. Russo setzte sich wieder. »Ich freue mich sehr für die Familie Torres. Obwohl ich nicht verstehe, was das alles mit dem zu tun hat, was heute hier passieren soll.«

Mario öffnete den Mund, aber Saint ließ meine Hand los und trat vor. »Siehst du, Vater, die letzte kleine Klausel im Testament von Francesco Torres besagt eindeutig, dass zehn Prozent der Firmenanteile an das erstgeborene Kind gehen.«

»Und das bin ich«, unterbrach Raphael, aber an der Art, wie Mr. Russos Gesicht erbleichte, die Augen groß und dunkel wurden, wusste er, was Saint als Nächstes sagen wollte.

Saint grinste wie die Grinsekatze, die gerade ihr Lieblingsessen serviert bekommen hatte. »Denk darüber nach, Raphael. Denk ganz stark darüber nach.«

»Was machst du da, mein Sohn?« Mr. Russo lehnte sich in seinem Sitz zurück.

»Diese zehn Prozent gehören Mila, und das bedeutet, selbst wenn Raphael dumm genug ist, dir seine Anteile zu verkaufen, besitze ich jetzt die Mehrheit der Aktien, da meine Frau mir ihre freiwillig überlassen hat. Rechnen wir es also dem armen Jungen vor, der immer noch versucht, herauszufinden, warum seine ältere Schwester die Erstgeborene ist.« Jedes Wort von Saint war von Sarkasmus durchzogen. »Meine neununddreißig Prozent plus Milas zehn Prozent ergeben einen Anteil von neunundvierzig Prozent an *Torres Shipping*. Das sind drei Prozent mehr, als du besitzen wirst, nachdem Raphael dir seine Anteile für einen Preis überschrieben hat, der vermutlich weit unter deren Wert liegt, da wir alle wissen, was für ein verlogener Bastard du bist.«

Das war nicht richtig. Nichts von dem, was hier geschah, fühlte sich richtig an und je länger ich dort stand, desto schwerer wurde dieses unangenehme Gefühl in meinem Magen. Die Atmosphäre war mehr als toxisch und mit jedem Atemzug wurde die Luft, die ich in meine Lunge bekam, weniger und weniger. Langsam kroch mir Galle die Kehle hinauf und meine Haut war nichts weiter als ein kalter Schauer unter dem weichen Stoff meiner Bluse.

Raphael beugte sich zu demjenigen hinüber, von dem ich annahm, dass er sein Anwalt war, und starrte mich an, während er flüsterte, während Saint und Mr. Russo sich wie wilde Tiere fixierten, die kurz davor waren, sich gegenseitig zu zerfleischen.

Ich machte einen Schritt zurück, wobei mein Absatz in den Teppich eintauchte.

»Wir beide kennen den wahren Grund, warum du diese Aktien willst, Vater«, höhnte Saint.

»Du weißt gar nichts, mein Sohn.«

»Oh, vertrau mir. Ich weiß alles, verdammt noch mal.«

Hass. Wut. Verachtung. Böswilligkeit. Die Atmosphäre war voll davon und ich konnte endlich ein winziges Stück des Puzzles zusammensetzen, weshalb Saint solch drastische Maßnahmen ergriffen hatte, um diese zehn Prozent in die Finger zu bekommen, von denen ich nicht einmal gewusst hatte, dass ich sie besaß. Es war ein Machtkampf. Ein Machtkampf zwischen zwei Männern – zwei Bestien, die sich offensichtlich nur gegenseitig vernichten wollten.

Ich machte noch einen Schritt zurück und noch einen. James war näher an Saint herangerückt, der perfekte Wachhund, der sein Herrchen beschützte. Aber ich, ich konnte nicht länger dort sein. Dieser quadratische Raum war zum Kolosseum geworden, Saint und sein Vater waren zusammen mit meinem Bruder die Gladiatoren, die sich gegenseitig brutal vernichten sollten. Ich konnte nicht dastehen und inmitten dieses Krieges festsitzen und zuhören, wie sie über mich sprachen, als wäre ich nichts weiter als ein Objekt – eine Waffe, mit der sie sich gegenseitig ruinieren konnten. Also stürmte ich aus der Tür und das Klackern meiner Absätze auf dem Boden hallte um mich herum. Tränen liefen mir über die Wangen, ein Strudel aus Gefühlen tobte in mir und drohte, mich unter Wasser zu ziehen. Ich war nicht stark genug, um mich vor dem Ertrinken zu bewahren – nicht mehr. Die einzige Möglichkeit, den Sturm zu stoppen, nicht von ihm eingesaugt zu werden, war, vor allem davonzulaufen.

Ich bewegte mich so schnell, wie es meine High Heels zuließen, aber eine starke Hand legte sich um meinen Ellenbogen, zog mich zurück und ich schrie auf, als mein Körper gegen den von Saint prallte.

»Wo zum Teufel willst du hin?«

»Lass mich gehen«, flehte ich, nicht mehr in der Lage, mich wie eine Russo-Ehefrau zu verhalten.

Saints grausame Hände packten mich an den Schultern, als er mich schüttelte, seine Augen waren ein Orkan der Zerstörung. »Was zum Teufel ist mit dir los?«

»Du!«, rief ich. »Du bist das, was mit mir los ist. Seitdem du dich in mein Leben gedrängt hast, hast du mir nur wehgetan. Du hast mich gedemütigt, mich benutzt, und jetzt das? Ich bin nichts weiter als eine beschissene Waffe für dich, die du benutzt, um zu bekommen, was du willst.« Ich versuchte, meine Fäuste gegen seine Brust zu schlagen, und zerrte an dem weißen Stoff seines Hemdes. »Du hast mein gottverdammtes Leben ruiniert! Ich bin nichts als ein Kollateralschaden für dich. Nichts!« Meine Schreie hallten von der hohen Decke wider und prallten gegen die Betonwände.

»Mein Gott, Mila. Ich habe dir gesagt, du sollst mir vertrauen. Reiß dich verdammt noch mal zusammen und vertrau mir, okay?«

»Fick dich, Saint. Fick dich und diesen ganzen Wahnsinn, in den du mich reingezogen hast. Du schleppst mich durch die Hölle und gibst mir nicht mal fünf Minuten, um mit meinem Bruder zu reden. Fünf verdammte Minuten. Aber nein. Es geht nur um dich. Es geht immer nur um dich, nicht wahr? Um das, was du willst.« Ich sog die Luft durch die Zähne ein. »Du bist nichts weiter als ein egoistischer Bastard, dem es Spaß macht, andere zu verletzen. Ein verdammtes Monster. Ihr alle seid gottverdammte Monster.«

Saint ließ meine Arme los, als ob meine Haut ihn verbrannt hätte. Blaue Augen leuchteten mit etwas Niederträchtigem, Gemeinem auf und Wellen grausamer Wut rollten von seinen breiten Schultern.

Er durchbohrte mich mit seinem stechenden Blick. »Du sagst das so, als ob ich dir etwas anderes vorgemacht hätte. Als ob ich dir einen Grund gegeben hätte, zu denken, ich sei ein guter Mann«, knirschte er. »Dachtest du, nur weil ich deine Pussy eingecremt habe, dass sich dadurch etwas zwischen uns geändert hat?« Er machte einen bedrohlichen Schritt auf mich zu, sein Körper war nur einen Atemzug von meinem entfernt und seine Oberlippe kräuselte sich zu einem Knurren. »Du bist nichts weiter als ein Geschäftsvorgang, Mila. Nur ein Mittel zum Zweck für mich, um zu bekommen, was ich will. Dich zu ficken, hat daran nichts geändert.«

Jedes Wort, das er aussprach, war mit Toxin überzogen und sie vergifteten mich nach und nach, mein Herz starb langsam in meiner Brust. Jeder Knochen in meinem Körper zersplitterte, brach, meine Wirbelsäule riss in zwei Hälften. Es war der größte Schmerz, den ich in meinem ganzen Leben je empfunden hatte. Nicht einmal jahrelanger Missbrauch, dunkle Schränke und Zigarettenstummel auf meinem Fleisch hatten so sehr geschmerzt wie seine Worte.

Er packte mein Handgelenk, seine Fingernägel gruben sich in meine Haut. »James«, rief er, »bring Mila sofort auf *Die Kaiserin* zurück.« Seine Augenwinkel krümmten sich verächtlich. »Ich habe hier keine Verwendung mehr für sie.«

Es war wie ein Schlag in mein Gesicht. Eine brennende Peitsche, die auf meine Wange traf. Nicht einmal die Hiebe seines Gürtels hatten mir solche Qualen bereitet. Mein Herz schlug nicht mehr, mein Puls raste nicht mehr. Da war nur noch Eis in mir – hartes, quälendes Eis, so kalt wie der Glanz in seinen Augen. Es sollte nicht so wehtun. Ich sollte nichts anderes als Hass auf den Mann empfinden, der vor mir stand. Stattdessen fühlte ich Schmerz. Den zerreißenden Schmerz eines Herzens, das man herausgerissen hatte, um es bluten zu lassen.

Saint ließ mein Handgelenk für den Bruchteil einer Sekunde los, als James nach mir griff, und in diesem Moment rannte ich los. Ich wusste nicht, wohin ich rannte oder wohin ich gehen würde. Ich wusste nur, dass ich mich so weit wie möglich von Saint entfernen musste. Ich konnte in seiner Nähe nicht mehr atmen.

Die Leute drängten sich aus dem Weg, als ich mich durch die Menge schob und verzweifelt versuchte, wegzukommen.

»Mila!«, rief Saint hinter mir, aber ich rannte weiter. Meine Füße schmerzten in den High Heels, aber ich konnte es nicht riskieren, langsamer zu werden, um sie auszuziehen.

Ich eilte durch die Messingdrehtür auf den Bordstein hinaus. Ich blickte die Straße hinauf und hinunter, ohne eine Ahnung zu haben, welche Richtung ich nehmen sollte.

»Mila!« Saints Stimme ertönte dicht hinter mir und ich drehte mich um, nur um zu sehen, wie er sich durch eine Touristenansammlung drängte. »Halt!«

Ich schüttelte den Kopf, Panik und Adrenalin hämmerten durch meine Adern.

»Mila!«

Ich rannte in die andere Richtung und auf die Straße. Das Geräusch quietschender Reifen durchfuhr mein Trommelfell, als die Autos scharf abbremsten. Da war Chaos um mich herum – in mir. Orientierungslos und verletzt, in Panik und Angst, rannte ich einfach weiter, ohne mich darum zu kümmern, ob ich von einem Wagen erfasst wurde. Sicherlich würde das nicht so sehr wehtun wie die grausamen Worte von Saint, als er mir das Herz herausgerissen hatte.

Schließlich schaffte ich es, die Straße zu überqueren, und die Autofahrer schrien und fluchten wegen mir, weil ich so leichtsinnig gewesen war, aber das war mir egal. Alles, was mich interessierte, war, so weit wie möglich von Saint und James wegzukommen.

Ich warf einen kurzen Blick hinter mich und sah, wie die beiden sich einen Weg durch den dichten Verkehr bahnten. Das verschaffte mir ein wenig Zeit und ich eilte in eine der Seitenstraßen, gerade als ein schwarzes Auto quietschend um die Ecke bog und direkt neben mir zum Stehen kam. Die Tür auf der Beifahrerseite öffnete sich und ich hörte eine vertraute Stimme. »Mila, steig ein. Steig sofort ein!«

O mein Gott!

»Mila, nicht! Geh weg von dem Wagen«, schrie Saint über den Lärm der hupenden und beschleunigenden Autos hinweg.

»Mila«, rief der Fahrer, »steig ein. Ich kann dir helfen.«

Da stand ich nun am Straßenrand und mein Verstand war ein Minenfeld der Unentschlossenheit. Alles um mich herum war verstummt. Es herrschte absolute Stille, bis auf das Geräusch meines wild klopfenden Herzens, als ich beobachtete, wie Saint durch den Verkehr hastete und verzweifelt versuchte, zu mir zu gelangen.

Für einen einzigen Moment erinnerte ich mich daran, wie es sich angefühlt hatte, als er mich in der Limousine geküsst hatte, als seine Lippen auf meinen gebrannt hatten. Dieser Kuss war stark genug gewesen, um mich glauben zu lassen, dass mehr in ihm steckte als nur das Monster und dass vielleicht irgendwo unter all der Hässlichkeit und Dunkelheit auch Schönheit verborgen war. Ich hatte mir erlaubt, zu denken, dass es vielleicht einen Teil von ihm gab, der sich sorgte ... sich um mich sorgte.

Aber ich hatte mich geirrt.

»Mila! Halt!« Saints Stimme durchbrach die Stille und ich konnte mich nicht dazu bewegen, mich zu rühren. Ich konnte nicht die Kraft aufbringen, meine Füße vom Asphalt zu heben, als ich sah, wie er auf mich zurannte und mich anschrie. »Tu's nicht, Mila. Steig nicht in diesen beschissenen Wagen!«

Ich wollte glauben, dass der Grund, warum er nicht wollte,

dass ich ging, der war, weil er sich um mich sorgte. Ich war ein Narr, wenn ich mir erlaubte, das auch nur zu denken. Egal, wie sehr ich mir wünschte, dass es wahr wäre, es war nicht so. Das Einzige, was ihm wichtig war, war, zu bekommen, was er wollte. Seine Worte bedeuteten nichts mehr, ihr einziger Zweck war es, zu verletzen und zu zerstören. Nach Wochen, nach jedem Kuss, jeder Berührung und jedem kraftvollen Moment, den wir geteilt hatten, war Saint immer noch der Teufel, den ich in diesem Penthouse getroffen hatte, der seine Krallen in meine Seele gegraben und mich entführt hatte.

Ich konnte ihm nicht trauen. Niemals.

Ein anderes Auto fuhr direkt vor ihn und bremste. Wütend schlug er mit den Fäusten auf das Dach des Wagens. »Mila, bleib stehen. Verdammt noch mal!«

Tränen benetzten meine Wangen und ich schluckte den Schmerz hinunter, der meine Brust wie Glasscherben zerschnitt.

»Ich hasse dich«, murmelte ich und der Brise trug die Lüge von meinen Lippen, bevor ich mich umdrehte, ins Auto sprang und die Tür zuschlug.

Ich warf einen Blick auf das vertraute Gesicht neben mir. »Bring mich hier weg.«

Fortsetzung folgt in ...
SÜNDENFALL

Sündenfall

Mila

Geheimnisse. Lügen. Täuschung.

Das alles gehört zu seinem Rachefeldzug und ich ebenso. Er hat mich gestohlen, mich als eine seiner Schachfiguren benutzt, indem er mich in eine Ehe zwang, die ich nicht wollte. Ich musste auf der gepunkteten Linie unterschreiben und nun besitzt er mich – meinen Körper, Geist und meine Seele.

Deshalb bin ich weggelaufen. Ich musste dem Monster entkommen, dessen Berührung mich verdorben hat. Mich von dem Mann befreien, der mich verführte, der Bestie, die mir einen Vorgeschmack auf die Dunkelheit gab.

Aber jetzt sehne ich mich danach.
Ich brauche es.
Ich brauche ihn.

Und nun bin ich sein Spielzeug ... bis ich zerbreche.

Saint

Ablenkung. Süchtig machend. Toxisch.

Mila sollte nichts weitern als eine Unterschrift sein, ein schönes Geheimnis, eine Ehefrau ohne Stimme.
Stattdessen wurde sie zu einer Sucht, einer Komplikation, die mich alles kosten könnte – ein Preis, den ich nicht bereit war, zu zahlen ... bis sie vor mir weglief.

Jetzt hat sich das Spiel verändert und die Einsätze sind wesentlich höher.
Sie glaubt, meine schlimmste Seite bereits gesehen zu haben, ist davon überzeugt, dass ich nicht noch bösartiger und grausamer sein könnte. Doch ich bin dabei, sie eines Besseren zu belehren, denn ich werde alles riskieren, um zu bekommen, was ich will ...

Rache ... und meine Ehefrau.

Über die Autorin

Bella J kommt aus Kapstadt, Südafrika, und lebt für die Tage, an denen sie sich in ihre Schriftstellerhöhle zurückziehen kann, in der sie sich in ihrer kleinen Fantasiewelt aus Romantik, Liebe und wahnsinnig heißen Bad Boys verlieren kann.

Bella J. ist eine Hybrid-Autorin, die sowohl im Selbstverlag als auch im klassischen Verlag publiziert. Obwohl ihre Romane von Drama über Komödie bis hin zu Spannung reichen, ist es die dunkle, verdrehte Seite der Romantik, die sie am meisten liebt.

facebook.com/BellaJNovels
twitter.com/BellaJ_Author
instagram.com/bellajauthor